"最美奋斗者"丛书

祖国至上

李朝全 曹征平 主编

河北出版传媒集团
河北教育出版社

图书在版编目（CIP）数据

祖国至上 / 李朝全, 曹征平主编. -- 石家庄：河北教育出版社, 2021.3
（"最美奋斗者"丛书）
ISBN 978-7-5545-6177-5

Ⅰ.①祖… Ⅱ.①李…②曹… Ⅲ.①纪实文学－作品集－中国－当代 Ⅳ.①I25

中国版本图书馆CIP数据核字(2020)第233236号

"最美奋斗者"丛书

祖国至上
ZUGUO ZHISHANG

主　　编	李朝全　曹征平
出 版 人	董素山
责任编辑	王艳荣　郝建东
装帧设计	于　越　牛亚勋
插　　图	李　奥
出版发行	河北出版传媒集团

河北教育出版社　http://www.hbep.com
（石家庄市联盟路705号，050061）

印　　制	石家庄联创博美印刷有限公司
开　　本	787mm×1092mm　1/16
印　　张	20.5
字　　数	230千字
版　　次	2021年3月第1版
印　　次	2021年3月第1次印刷
书　　号	ISBN 978-7-5545-6177-5
定　　价	50.00元

版权所有，翻印必究

序 / 奋斗者最美

奋斗就是为了理想和目标而撸起袖子加油干。所有的奋斗都是为了实现理想抱负,其目的和追求是崇高的、正义的、向善的,于社会、国家、人类都是有利、有益、有助的,因此,它是顺应历史发展前行趋势的。奋斗,绝不是蝇营狗苟,也不是鼠目寸光,绝不是纯粹为个人谋求一己私利的,而必定是注目于高远的目标和未来。

为理想而奋斗需要埋头苦干,需要俯首甘为孺子牛的实干精神。奋斗就是辛勤劳作、播种耕耘、期待收获的一个过程。实现理想别无他途,唯有奋斗,唯有撸起袖子加油干。一个理想的社会应该能够让每个人都能人尽其能、才尽其用,发挥出个人最大的积极性、能动性和创造性。

奋斗需要锲而不舍、坚持不懈、久久为功、滴水穿石的精神。罗马城不可能一夜建成,理想不可能一蹴而就。通往理想的路途往往崎岖坎坷,甚至荆棘密布,因此,奋斗既需有披荆斩棘、开山架桥的勇气,更要有前赴后继、咬定青山不放松、千锤百炼浑不怕的意志和毅力,要能吃得了苦中苦,受得了挫折与磨难,勇于不断地从失败中站起,心中永葆理想的灯火,孜孜以求,持之以恒,生生不息,奋斗不已,不达目标,永不言弃。

奋斗者最幸福。生存的意义和生命的价值不在于索取、获得与享受，而在于创造、奉献与成功，在于为了实现理想而不懈地筑梦逐梦、奋斗不止，从而让生命焕发出光彩的过程。幸福的真谛在于为社会创造价值，同时实现自己的个人价值。这个过程也就是奋斗的过程。不经风雨，怎见彩虹？奋斗的过程中虽有百般辛酸苦累，更有成功的狂喜与欢乐。

奋斗者最美丽。奋斗者留给世界的永远是劳作的背影，是负重前行的身姿。美来自生活，来自生产与劳作。劳动创造美，劳动者最美。为了实现理想而不屈不挠、顽强拼搏、积极作为，这一过程就是为了将一个人生命的最大能量最充分地激发出来，使人始终保持昂扬向上、生机蓬勃的奋斗姿态。这也是一个人一生中最有光彩的高光时刻。奋斗者给予人的是一种力的美、一种雄壮的伟岸的美、一种崇高的美、一种凝结着真与善的美，它代表着人类积极向上的方向和力量。

奋斗者最伟大。劳动最光荣，奋斗者作为杰出的劳动者，为世界和人类不断地创造财富及价值，通过付出自己个人的心血汗水来推动文明进步和历史前行。他们无疑是正能量与主旋律的化身。奋斗者往往又是心怀祖国和人民、心系家国天下的一群人，他们同时又是爱国主义者，怀存爱国之心、报国之志，甘愿将自己的一切奉献给时代和人民。他们无疑最值得赞美和讴歌，也最值得书写与铭记，书写他们的辛勤付出，铭记他们的功绩和英名。

时代赋予了每个人依靠奋斗获得成功的机会。我们每个人都要争当奋斗者，勇敢地去追梦、筑梦、圆梦，持续不断加油干，努力去实现个人的梦想。一个民族、一个国家的进步发展，必须依靠这个民族和国家每个个体的共同奋斗。一个勇于奋斗、坚持奋斗、奋斗不息的民族永远是最有生机与活力的，拥有最有希望且可期待的美好未来。

2019年，为隆重庆祝中华人民共和国成立70周年，经党中央批准，中央宣传部等部门在全国范围内开展了新中国"最美奋斗者"评选表彰活动。这些奋斗者都是中华人民共和国成立以来各地区、各行业、各领域涌现出来的先进人物。书写和宣传这些优秀的时代劳动者，旨在大力弘扬他们的崇高精神和价值追求，在全社会积极倡导一种主流的正面的价值观，激励广大干部群众以"最美奋斗者"为榜样，自觉地把自身的前途命运同国家和民族的前途命运紧密联系在一起，高举爱国主义伟大旗帜，培养爱国之情、砥砺强国之志、实践报国之行，始终做爱国主义精神的坚定践行者；大力弘扬"幸福源自奋斗、成功在于奉献、平凡造就伟大"的价值理念，把人民对美好生活的向往作为奋斗目标，撸起袖子干、挥洒汗水拼，始终做新时代长征路上的不懈奋斗者。

全国一共有278名个人和22个集体荣获"最美奋斗者"称号。我们从中精选了80位最美奋斗者的故事，将描写他们的文学作品汇编成册。同时依据内容将其分成10卷，每卷都取该卷内一篇作品的标题作为书名。这些作品，通过讲述精彩好故事，刻画出彩中国人，彰显不竭奋斗情。最美奋斗者是时代的一座座丰碑，更是人们学习的榜样与楷模。我们希望读者朋友能够从这些奋斗者身上，从他们的奋斗经历中获得激励与启迪，特别是青少年读者、党员干部能够从这些最美奋斗者身上汲取青春热血和奋斗激情，接受精神的熏陶与洗礼，成为一个个拥有高尚情操和远大抱负的人，终生都当一名真正的奋斗者。

在本丛书策划编辑过程中，河北教育出版社给予了高度的重视和大力的支持，优秀编辑付出了辛勤的劳作，书中收入作品的众多作者也给予了鼎力支持和帮助。在此，谨向作者和出版者致以衷心感谢！

李朝全

2020年秋于北京

目录
CONTENTS

祖国至上
战略科学家黄大年"飞行记录"
◎ 刘国强 / 1

初心
"新时期领导干部的楷模"廖俊波纪事
◎ 李春雷 / 83

永远的李保国(节选)
富岗来了"科技财神"
◎ 徐富敏 / 123

沙漠赤子
◎ 高凯 / 167

爱国守边最美格桑花
◎ 杜文娟 / 175

刀尖上的舞者
"航母战斗机英雄试飞员"戴明盟的故事
◎ 沙志亮 / 191

"敢闯""敢笑"的当代铁人王启民
◎ 何建明 / 259

大医忠诚
记中国工程院院士、著名神经外科专家王忠诚
◎ 刘标玖 / 283

祖国至上

战略科学家黄大年"飞行记录"

◎ 刘国强

导航：朝向是"大战略"

涂抹在孩子身上的"第一笔"，往往决定整个人生的基调和定位。很多人总是挑选站位，其实最能左右人生大局的是"朝向"……

每一个惊世骇俗的人生都有弱小的童年。

黄大年生长在营养不良的那个时代。1958年一出生便遇浮夸风导致"诚信饥饿"的"大跃进"，3岁遭遇"肉体饥饿"的全国"粮荒"，上学赶上"文化饥饿"，将12年学制缩短到9年，"文革"闹剧充斥学业全程……

令人深思的是，这并不影响他后来成为世界顶尖的科学家。

黄大年的出生地和求学经历也同样"营养不良"，多年生活在广西乡下，穿行在荒野和大山里。父亲黄方明和母亲张瑞芳都在广西第六地质队工作，居住地要随着探矿队转移而"随时搬家"，黄大年便"打游击"式求学，小学读5年书，他去3个地方读了4所学校。

广西地矿局为了照顾地质队流动性大、居无定所，解决孩子们的上学困难，在远离南宁600公里的柳州罗成县小长安公社"牛毕大荒原"要块地，建所"子弟学校"。从地图上看，这里是广西壮族自治区的中心，"方便"散落在全自治区四面八方的地矿孩子上学。学校前不着村后不着店，离此最近的一个村子有六七公里。学校要开荒种粮、种菜、养猪，满足自身生活。初中一年级，黄大年便告别父母，从家乡南宁郊区出发，转2次火车到柳州，再在一个没有站台、只停 2 分钟的地方下车，徒步穿越荒原 10 多里路到学校上学。一个学期只能回一次家。

困难一下一下锉疼了肉体，包在厚锈里的意志才有机会闪闪发光。老师若说"这次考试只有一个同学得了满分"，同学们就知道，那一定是黄大年。

1975 年，17 岁的黄大年参加招工考试"一战成名"，在 200 多名竞争者中夺冠，荣幸地成为广西地矿局第六地质大队的一名"物探"地质队员。此后"物探"二字便紧紧跟随他一生，再也没有离开……

不可思议的是，黄大年几乎是在沦陷的"坑里"起步却又"一跃而起"，登上全球卓越战略科学家的高位。

1996 年 12 月，黄大年以排名第一的成绩摘取英国利兹大学地球物理学博士学位，成为该系获评优秀学生中唯一的海外学生。

黄大年在英国剑桥大学旗下 ARKeX 航空地球物理公司出任高级研究员和研发部主任、博士生导师、培训官。他从包括外国院士在内的 300 多人"高配"团队中脱颖而出，牢牢坐稳首席科学家的交椅，这是剑桥大学历史上首位登峰的黄种人。该团队所从事的科技研发能够在海洋和陆地复杂环境和条件下，通过快速移动方式实施对地穿透式精确探测的技术装备，广泛应用于油气和矿产资源勘探。这项技术是当今世界各国科技竞争乃至战略部署的制高点，是强国展示实力的重要风向标。

黄大年回到祖国后，很快成为中国航空地球物理领军人，为"航空重力高精度测量技术"项目首席科学家，"深部探测关键仪器装备研制与实验"项目首席科学家，威震一方的"国际号"战略科学家。美国航母舰队在南海演习，惊悉黄大年回到中国，整个航母编队后退 100 海里……

黄大年的儿童和少年时代"沦陷在坑里",已经"输在起跑线上",何以创造这样惊世骇俗的奇迹?虽然原因很多,但是父母和启蒙老师的"朝向引导",立了头功。引导得好,最差的时代和环境也有可能激发人的雄心壮志,相反,最好的时代和环境很有可能令人不思进取。同样是"借力",正向借力与反向借力却大相径庭。

孩子只是一张白纸,好画最新最美的图画,好写最新最美的文章。

第一任老师——父母处处以身作则。父亲锄草不小心弄断了邻居的旧锄头把,立刻买柄新的换上。"损坏东西要赔",春雨一样滋润着黄大年幼小的心灵。母亲在土路上捡到一张两元面额钞票,马上交给单位,而后给大年讲"拾金不昧"。弟弟黄大文推倒了邻居孩子,母亲领着两个儿子去向人家道歉。

在人的身上,美好和丑陋总是苗草混杂,一不留神会草比苗茂盛。培植美的嫩芽实在是个漫长而艰辛的过程,但是显示丑陋的现象往往是一瞬间的事情。特别是孩子们可逆性强,一阵风吹来就会使他们像根不牢的草一样随风倒去。

父母的身教宛如看不见摸不着的空气,却能过滤毒素和污浊,留下清爽;似无形的刀子剃掉多余的枝杈,让小树成材;像阻挡浊流的堤坝,拒绝泛滥。语言可能是声音导师,也可能是污染源。行为是辅导,也可能是误导。在孩子这张洁白的人生白纸上,父母要三思而行,怎样"落下第一笔"?这是家庭的长远大计,也是孩子一生的长远大计。近景看,这是自己的孩子。中景看,这是孩子的人生。远景看,这是国家的未来。

黄大年的初中部主任叫杜冠宇,班主任叫黄仙荣,二人是夫妻。

他们都是东北长春地质学院李四光的学生，满怀激情响应"到祖国最需要的地方去"的号召，从北京来到广西扎根。

杜冠宇激昂地讲述："新中国首任地质部部长、长春地质学院第一任院长李四光老师当年告诉我们，物探就像神话中的'金钥匙'，只要电极指向哪里，哪里就会从地下冒出宝藏。"

杜冠宇讲的故事太生动了："同学们，你们知道吗？提起大庆油田，我们的班主任李四光老师是头号功臣啊！毕业时，李老师带领我们全班学生到北大荒去实习，李老师亲自指挥工人们在大荒原上钻探，我们全体同学都编进工人里，同吃同住同劳动，要多苦有多苦，要多甜有多甜哪！我们亲眼看见打出石油了！当天晚上激昂庆功，同学们全喝多了，我们唱啊跳啊蹦啊……"

黄仙荣老师补充道："日本侵华时期，他们发现了大庆油田。但他们的钻探技术不行，差200米，没找到油。所以呀，同学们，你们要好好学习，尽快掌握专业技能！"

那是黄大年头一次听说"物探"二字，从此，这粒种子便种进心田。

二位老师的声音录进心底，从未忘却，黄大年知道该接力传承。2010年夏天，吉林大学启动"名师班主任计划"，设立了"李四光班"，觉得黄大年是最合适的人选，却又难以开口。黄大年承担着数亿元的重大项目，哪有空闲当本科班的班主任？地探学院党委书记黄忠民试探性地问问，黄大年竟毫不犹豫地回答："我非常愿意。"

首席科学家当起了本科班主任，很多人不理解。黄大年却觉得顺理成章。在国外，越是名师越要给本科生上课，学生在本科阶段就聆听一流教授授课，会受益终身。黄大年的感悟刻骨铭心，他在读本科时，地球物理学家滕吉文院士的一次讲座，让他一下子打开了眼界,从此他下决心要"走出去看一看"。

黄大年把班主任当成"重头戏",管授课,管交流,还关心学生们的生活。一位学生的家长病重,他知道后,亲自安排最好的医生治疗,替其交了几万块医疗费。得知24名学生大多来自农村,生活条件普遍较差,他自掏腰包给大家每人买个笔记本电脑。这件事震动了校内外,学生、教师议论了好长时间。黄大年说:"一个笔记本不算什么,但对这些热爱地球物理专业的孩子,能有不小的帮助。"是的,时光已至21世纪,手工画图设计不光速度慢,质量也差得太多。别的班的同学向学校提意见:为什么只给"李四光班"的同学买笔记本,没有他们的份儿?得知内情,万般惊讶……

这些善举和求学精神,得益于亲爱的"老师们"。

黄大年拜课本为老师。他的小学同桌蔡琼至今记得,每当发新课本,黄大年都兴奋得手舞足蹈,赶紧找来牛皮纸包上书皮,左看右看,爱不释手。

黄大年拜课外书为师。上班后,勘探队十天半月就搬家,黄大年总是背上一个防潮的炸药箱子,随身带着走,里边全是书。黄大年多次讲述"箱子的故事",大科学家李四光当年回国遭遇限制,绕道法国终于回到祖国,唯一的"财物"便是一箱子书。

黄大年拜师傅为师。工作后第一个师傅郭桂年调走后,黄大年大半年时间跟师傅通信十几封,请教勘探技术。

黄大年拜人生为师。他不知道前路有多少陡坡和险途,他却清楚,逢山开道,遇水架桥,勇往直前。

黄大年崇尚英雄。

一个民族没有英雄,将被小看。一个国家没有英雄,会挺不直脊梁。人生少了英雄基因,必然"缺钙"。

"向英雄人物学习，随时听从祖国召唤，为祖国而献身！"父亲黄方明将课堂上的话"搬"到家中，小大年便拉着父亲的手，央求"再讲一个"……

文史教员黄方明讲了岳飞精忠报国，讲了黄继光、雷锋、董存瑞、王杰、麦贤得还不够，又讲他的学生们的故事。黄方明"扫盲班"的学生何其了得，好多师级、团级干部，缺胳膊少腿的战斗英雄数不胜数，其中"塔山英雄阻击战"中的"塔山英雄团"的英雄们，都是黄方明的学生。黄大年羡慕哪！父亲母亲发现，每当黄大年听英雄故事时，眼睛发亮，腰杆拔得溜直，仿佛个头也比平时高了。

即使多年以后，黄大年一次从英国回来，他和好友孙伟两家一起到长白山旅行。回来的路上，孙伟不经意提起"这附近不远就是靖宇县了"。黄大年立刻说："我一定要去看看！"当即改变行程，拉着两家人去拜谒杨靖宇将军的牺牲地。

这天雨后，第六地质队附近的"七里桥"下的水面上，突然有人喊"救命"，两只手在水面上突然伸出来，又突然沉没。

几个五年级的孩子吓得哇哇叫，不敢下水。

黄大年二话不说，扑通一声跳下去营救。

水面阔大，2米多深。游泳遇险的正是黄大年的五年级同学。他平素自认为水性不错，前提是脚能碰到水底。这次下去水太深"脚不着地"，立刻慌了……

黄大年划破水面快速近前，刚要伸手拉他，却被求生心切的同学紧紧扯住，藤一样缠住黄大年。二人在水里"撕打"开来，两个小脑瓜时沉时浮，都喝了不少水。黄大年拼尽全力，才气喘吁吁地将他拖上岸……

黄大年的班主任杜冠宇说:"向英雄学习,落实在行动上,就是热爱祖国、热爱家乡、热爱学习。祖国让干什么就干什么,干了就要干好。我是国家的一块砖,东西南北任党搬,什么困难都难不倒。就说我的班主任李四光吧,当年他在英国时,周恩来总理让郭沫若先生给他捎信,请他回到新中国。敌对势力不让他回,他冲破重重阻力还是回来了。在我老师的主持下,先后发现了大庆油田、胜利油田、大港油田、华北油田和江汉油田等,为新中国石油工业建立了不朽的功勋。连毛主席都说:'地质部是党的地质研究工作部。'毛主席又指出:'地质部是地下情况的侦察部,它的工作搞不好,一马挡路,万马不能前行。'我老师的工作做到这份儿上,这,就是英雄壮举。"

在那个火热的年代,物资匮乏却尊崇正义、崇拜英雄、爱国爱岗、讲求奉献。孩子们的理想很务实,长大了当医生、科学家、教师、军人等。

当代的"媒体导师""世风导师"和"家长老师"却误导成风,调查显示,多数孩子的理想竟然是"当明星"!

我在电视上看到一个节目,电视台播放某歌星签售光盘的火热场面,一位即将分娩的孕妇撩开衣襟露出滚圆的大肚子指了指,歌星"意会",她期待孩子出生也当歌星,欣然在孕妇肚皮上签了名。

黄大年很幸运,他将英雄情结和务实精神攥成一个拳头,才无坚不摧。因为,物质贫乏只是表层瘦弱,内心结实才强筋壮骨。

英雄不只是一个词,也不是符号,更不是僵化的偶像,而是智勇结合的形象代言人。称得上英雄的人,都是对祖国、对民族有突出建树的杰出代表。那么,将英雄内化于心,便会迸发出巨大的潜能。

黄大年的潜能用在学业上，便是拔尖试卷，便是奖状上的三好学生、优秀团干部；用在工作上，便是年年摘取"先进生产者"称号；用在每一天每个细节上，便是令人钦佩的分分秒秒……

常年住在学校，黄大年成了"学生铁人"。为学校挑煤、挑砖、扛收获的果实，雨天一身泥、晴天一身汗，肩膀上的皮破了长、长了再破，手掌的泡鼓鼓平平无数次，结成厚茧。每年"农忙"支农20天，吃住、劳动跟农民在一起，种水稻、种玉米、种花生，七八月份"双抢"（抢收、抢种）更加紧张，十四五岁的黄大年咬紧牙关，在40多摄氏度的高温中打拼……

不满17岁的"物探员"野外作业非常艰苦，整天在雨水多、地貌危险的密林大山里穿梭，带上罗盘、地质锤、放大镜"三件宝"，背袋里装着沉重的"矿石样品"，"晴天两头湿（上午衣裤被露水打湿大半截，中午晒干，后背又汗水淋淋），雨天一身湿"。

"搬家"是常态，地质队最多在一个地方待半年。在山坡搭个简易"竹搭房"，上边铺上油毡纸便是家。外边下大雨，"竹搭房"里下小雨，常常被风掀翻顶盖，大家浇成落汤鸡。若找到老百姓废弃的牛圈，便是"最好的房子"。

吃饭自己烧，早上煮好大米饭，带上咸菜上山。夏天太热，天天中午吃"馊饭"。多年以后，在英国，在中国长春，亲友们都知道，"黄大年教授烧一手好菜"！

不管在哪儿，黄大年最引人注目的便是，保护好装书的炸药箱子。干劲儿像一架小马达，不知疲倦，苦活儿累活儿抢在前。

槽探、浅井、坑探，测量岩石方位，看山脉走向，观察石头斜度，黄大年"像绣花一样细致"。将每平方公里勘探地划成"豆腐块"，10个平方米一大块，5个平方米一小块，再分成小格，一个格一个格找矿。

每天120个测点，扛着沉重的磁秤仪跋山涉水，黄大年严格依规勘探，随山过山，随水过水，决不绕行。记录好每一个数据后，还要分析地质，计算好参数，再工工整整抄在表格中。面对"天天都是挑战"，黄大年偏向苦中行，力争上游，创造了一天观测160个点的纪录。

为了最大化地获取信息量，黄大年尽量多背石头，在树丛、陡坡、险崖间艰难穿行。师傅见他身上那么多划伤，心疼地嘱咐他"少背点儿"，黄大年总是笑着回答："师傅，我不累的。"

大家一年365天工作在山上，节假日不休息，过"革命化春节"。每年12天探亲假，多数人都"加班了"。徒工没有探亲假，黄大年常年不下山。

地质队搬家频繁，往山上抬机器又累又危险，黄大年"阵阵少不下"。平素赢得口碑，年底赢得奖杯。

黄大年和伙伴们热血沸腾，豪迈激昂，影响几代地质人的《勘探队员之歌》嘹亮地在丛林穿梭，在山岗萦绕："是那山谷的风，吹动了我们的红旗。是那狂暴的雨，洗刷了我们的帐篷。我们有火焰般的热情，战胜了一切疲劳和寒冷。背起了我们的行装，攀上了层层的山峰。我们满怀无限的希望，为祖国寻找出富饶的矿藏。是那天上的星，为我们点燃了明灯。是那林中的鸟，向我们报告了黎明……"

起飞:"振兴中华,乃我辈之责!"

难度决定高度,格局决定视野。心胸有多宽阔,世界才有多大。

1978年春节前,人们正忙碌着置办年货,手快的人家门上已有气氛热烈的春联,花花绿绿的窗花频频眨眼,年味儿翩翩而来。这天上午,邮递员送来一封特殊的信件,广西第六地质大队一下子"炸营"了,人们兴奋地奔走相告:黄大年考上大学啦!

仿佛整个地质系统扎了一针兴奋剂,这成为寒冷时节"最热"的消息。

中国高考停招10年,突然考试上大学,多数青年大脑"卡壳"、一片空白。黄大年却在地质系统300多位考生中拔得头筹,被长春地质学院(现吉林大学朝阳校区)录取,成为天之骄子。

黄大文告诉我,当年哥哥能考上大学太不容易了。得到消息就剩3个月复习时间了,白天上山工作,晚上挑灯夜战。租住老百姓的简陋平房,没有电,只能在冒黑烟的油灯下学习。顾不上油味儿呛人,顾不上熏成"花脸",顾不上蚊虫叮咬,心中的"大学梦"光芒灿烂,第二天照常上班。考试前,黄大年一天班都没耽误。

没有复习大纲,父亲就向邻居借了一份,当天晚上将十几页纸手抄下来又还给人家,这便是黄大年的"考试指南"。

复习没有技巧,文科便让小时候喜欢背诵的习惯"挑头",把政治、历史、地理复习题内容,在考前3天背完了。

小时候，黄大年和父亲下象棋，父亲训练他背棋局。读书至半，父亲会合上书，让儿子复述刚看的内容。眼前有一堆纸，父亲将顺序打乱，让黄大年找出哪里是改过的……

高考的前一天，黄大年走了近一天的山路，才到广西容县杨梅公社高中考点，随600多名考生兴奋而紧张地拥进考场。这是一场秋风扫落叶般的较量，考生吵吵考题太难，考到后半段只剩不到百人。黄大年岁数最小，最终以杨梅公社高中考场第一名的成绩夺魁，超出当年我国最好学校的录取分数线。

第一志愿，黄大年脑里"闪回"了大科学家李四光得意门生杜冠宇、黄仙荣二位老师的激情澎湃的演说，于是毫不犹豫地填写了"长春地质学院"。

1978年2月，东北长春寒风凛冽，雪霰纷飞，冻得行人缩脖佝腰，有人背朝前走路。第一次来东北的黄大年却满面春风来长春地质学院报到，他以高出录取分数线80分的成绩，成为应用物理系的学生。

在大学学习，黄大年像当年做"物探员"一样不放过任何一个学业的"山包"，不拿下山头决不收兵。当年同学们人手一本《吉米多维奇数学分析题集》，因为攀"山头"太陡太难，同学们只做了一小部分，唯独黄大年比当年负重跋涉勘探还累，攻克了"整座山头"。

1982年，黄大年因连年三好学生和学业最优，成为当年学院750名毕业生中唯一留校的业务教师。校领导征求他的意见，南方人在东北能否生活习惯？黄大年说："祖国哪里需要，我就在哪里安家。"硕士研究生毕业后，他曾获得学校教学成果一等奖、地矿部科技成果二等奖，1991年破格晋升副教授。

本科毕业时，黄大年与同学们依依惜别前，在毕业赠言册上豪迈地表达心声："振兴中华，乃我辈之责！"

志向的霞光照射辽远，前路一片光明。

1992年，国家教委仅有30个公派留学名额，在"中英友好奖学金项目"全额资助下，佼佼者黄大年远赴欧洲求学。在英国，人际环境和生活、学习环境反差很大，难题一大堆。这反倒激起黄大年的斗志："我是中国人，我要为中国人争气，为祖国争光！"

像蛟龙那样征服滔滔剑河，必须游在蓝眼珠们前面；网球、足球都达到高水准"横扫对手"，就是树立中国人的品牌形象；像少时父亲要求背诵象棋棋谱那样洞穿一个个困难，哪有拿不下来的难题？

4年后，黄大年再创奇迹，他以排名第一的优异成绩获得英国利兹大学物理博士学位，刷新了历史纪录，成为该系获评优秀学生中唯一的海外学生。回国才半年，再次被派往英国从事针对水下隐伏目标和深水油气的高精度探测尖端技术研究工作。至今，同学们仍记得当年与他依依惜别的情景，黄大年举起右拳道："我会回来的！等着我，我一定把国外的先进技术带回来！"

我在前边叙述过，黄大年少年时代，爱国情怀就深深地融进血液中，长在骨子里。29年前，黄大年在入党志愿书中写道："人的生命相对历史的长河不过是短暂的一现，随波逐流只能是枉自一生，若能做一朵小小的浪花奔腾，呼啸加入献身者的滚滚洪流中，推动历史向前发展，我觉得这才是一生中最值得骄傲和自豪的事情。"

黄大文告诉我，哥哥当年在欧洲留学，最牵挂年迈的父母。可父母对大儿子最牵挂的却是："儿子，你要永远记住，你是有祖国的人。"

2004年3月20日晚上,在中国广西南宁,父亲突然生病,奄奄一息,黄大年正在北大西洋神秘莫测的"海底"。身为英国剑桥麾下英国ARKeX公司派出的代表,正与美国专家在1000多米深的大洋潜艇里,进行"重力梯度仪"技术攻关。这机会来之不易,美国人相信了英国导师的鼎力推荐,才允许中国科学家参与。

黄大年正在美国潜艇里工作,突然有人通知他家属来了电话。

在地球的东方,父亲虚弱的声音让人心疼,也格外拨动心弦:"大年,你……还好吧?估计我们见不到最后一面了。"

"爸,您怎么了?"黄大年万般焦急。

"儿子,我理解你的处境。但是,你要记住,你可以不孝,但不可以不忠,你是有祖国的人!"

舰长闻知,紧紧握着黄大年的手,同情地说:"我们可以破例上浮,送你去见你父亲最后一面。但是你所从事的实验计划却不得不中断。"

黄大年清楚,航空重力梯度仪研究正处在军转民的攻坚阶段,如果放弃,将永远错过攻关尖端技术的机会,与这门绝技失之交臂。

"我不能放弃,"黄大年强抑泪水,咬着嘴唇说,"放弃,就意味着前功尽弃。"

坚持做完实验,黄大年急匆匆奔回老家,在父亲的坟前长跪不起……

2年后,母亲病危时,黄大年正在云雾腾飞的"天上"。美国空军基地将上述同样的试验,从潜艇搬上飞机。母亲的越洋电话几乎同父亲一样:"大年,你在国外工作,一定好好照顾自己。早点儿回来,给国家做点儿事情……"

父母的嘱托,也是黄大年的心声。

2017年10月27日,我在广西南宁风采宾馆506房间采访黄大年的弟弟黄大文,他回忆当年与哥哥相见的情景仍泪流满面:"哥呀,爸爸妈妈一直心疼你,你这辈子离家太远。爸说你是干大事的人,不要因为小事打扰你。妈妈临终前还嘱咐我和妹妹,千万不要怪罪你。"

在老人的坟前,兄弟俩相拥而泣。

2002年参加南宁的同学聚会时,有位同学问黄大年:"你已经是功成名就的大科学家,早就入了英国籍吧?"

黄大年坚定地回答:"我决不入英国籍,回国是早晚的事。"

同学们请黄大年唱歌,黄大年婉言相谢。当一名同学唱起《我爱你,中国》,黄大年的情绪立刻被点燃了,不禁泪流满面。激情高昂的黄大年接连唱了《垄上行》《我的中国心》《祖国,慈祥的母亲》《我的祖国》……

他哪里是在唱歌,他是在借歌抒发豪情!这哪是普通的聚会,他是在向同学表露心声!他手中拿的不是麦克风,而是向祖国汇报的传声筒!

黄大年热爱音乐,嗓音浑厚洪亮。他的歌单里只有歌颂祖国的歌曲,那首《我爱你,中国》,他百听不烦,百唱不厌。

吉林大学统战部组织留学人员艺术沙龙,黄大年第一次进了KTV,主持人要求每个人唱一首歌,黄大年激昂澎湃地唱了五六首爱国歌曲,大家笑称他"麦霸"。有人问黄大年知不知道"麦霸"是什么意思?黄大年天真如孩子:"麦霸?那是一种荣誉吧?"

大家意外又感动,大科学家竟然这样率真。

2014年学校举办中秋晚会,艺术学院副教授姚立华演唱的一首《我爱你,中国》,感动得黄大年热泪滚滚。姚立华走下舞台,黄大年立刻迎上去："姚老师，听了这首歌我感动得落泪，请理解，我们常年在国外的这些人，对祖国的爱很深、很深。"

在英国ARKeX航空地球物理公司，作为300多名外籍科学家的首席领衔人、舵手的黄大年呼风唤雨，春风得意，坐拥"首席"高薪和股份待遇，奇迹般地完成了该领域的华丽转身，由追赶者成为被追赶者，令人仰慕。突然，黄大年做出了一个令整个团队"惊骇"的决定："我决定回中国。"

蓝眼睛黄头发们万般不解：怎么可能呢？

返航：为了你，我的祖国

2009年12月24日，平安夜。

飞机刚刚着陆，迎着久违的烂漫雪花，一位魁梧健壮的汉子迫不及待地走出机舱，站在舷梯眺望中国长春的夜空——刹那间血流加速、心潮起伏，他深情地说："祖国，我回来了！"

祖国呀，隔着18年时间，我们的双手凌空一握！

黄大年果决告别了他奋斗了18载的英格兰，告别了让人艳羡的高位，一头扑进祖国的怀抱！

他用徐志摩的诗抒发豪情：挥一挥衣袖，不带走一片云彩。

此刻，人如其诗，别了，剑桥！别了，剑河！

剑桥大学是他的工作所在，剑河边就是他的家呀！

吉林大学发来的邀请函，像春风吹醒休眠的暗火，"呼"地燃烧起来！国家呼唤天涯游子们踊跃加入"千人计划"，报效祖国。母校首当其冲盛情邀请，黄大年再也按捺不住，恨不能借双翅膀一下子飞回祖国，飞回大东北长春……

黄大年兴冲冲地把这个消息告诉妻子张艳，妻子愣愣地看了丈夫半天，什么都没有说。张艳太了解丈夫了，看那放光的眼神，看那激动得红霞飘飞的脸庞，她已经知晓丈夫心中比混凝土浇筑还结实的答案。

可是，这事不那么简单啊！

他们已经在剑河边生活了18年啊！高档别墅、大花园，张艳经营的两家诊所生意正红火，女儿刚上大学，丈夫那么好的工作，说放弃就放弃吗？

这剑河水，这弧形桥，这阔大的绿草坪和比甩出的鞭弯还美的林荫路，已经成为他们家园的一部分，也是生命的一部分，怎能说走就走？

女儿黄潇从小生活在这里，连汉语都说不好，回国不可能（正上大学），不回又不放心，一颗心突然掰成两半……

妻子张艳的两家诊所，声望如日中天，现在关闭等于"割了青苗"，太可惜了！她更放不下女儿黄潇。女儿出生那年国内发大水，黄大年为她的名字加了三点水，希望女儿过得潇潇洒洒。只要有空，他就陪女儿在剑桥校园走走，讲爱国故事；在郊区的花园骑马，玩数学游戏；见女儿学中文费劲，他答应课后陪女儿打羽毛球，哄她上中文班；抽空给女儿炒几道拿手菜……

上高中时，黄潇选修美术课，他指导她素描。女儿惊喜地知道，爸爸像爷爷一样有艺术天赋，手巧着呢！

上大学前，黄潇瞄准了利兹大学，那是印着爸爸求学脚印的地方！黄大年特别支持爱女的工程与建筑专业，无论到哪儿出差，都会为女儿背回来专业书。每遇精美的建筑设计，他会兴奋地拍照，发给女儿。

现在，为了亲爱的祖国，黄大年只能割爱——将女儿一个人留在英国。

父亲的话响在耳畔："知识就是力量，知识精英是民族脊梁。"父母从小教育自己向钱学森、邓稼先、李四光那些大科学家学习，向英雄学习，现在国家需要他，他必须回去！上大学没花家里一分钱，出国也是公派，现在，报恩的时候到了！

见妻子还在犹豫，黄大年将话挑明了："我一定要回去，你要在这里过优越的生活，我们只好分开。"

张艳一愣，眼圈红了。黄大年上前轻轻拍拍妻子的肩膀："你不跟我回去，我没法全心投入工作呀。"

剑河悠悠，月光如水。夫妻俩的内心波涛翻涌，就要"出堤"。张艳心上如坠块石头，沉沉的。二人悄然无语，默契地凑到钢琴前，妻弹夫唱，他们恋爱时的歌曲《爱在深秋》悄然飞荡："有日让你倚在深秋，回忆别去的我在心头，回忆在这一刻的你，也曾流泪……"

爱女回家了，黄大年说："潇潇，有这样一个机会，爸爸等了很久，我想回到中国去。"

女儿早就知道爸爸的心思，虽然心里"咯噔"一下，却装作无事微笑着说："爸爸，我支持你！请放心，我一个人在这里没问题。"

黄大年感动地拍拍女儿肩膀："潇潇真懂事，真是爸的好女儿！"

黄大年迫不及待地给时任吉林大学地球探测科学与技术学院院长刘财回复邮件："多数人选择落叶归根，但是高端科技人才在果实累累的时候回来更能发挥价值。现在正是国家最需要我们的时候，我们这批人应该带着经验、技术、想法和追求回来。"

　　剑桥的宁静，康河的柔波，激荡着黄大年的心。他努力控制不舍的情绪，告别苦心经营的美丽家园，告别他的科研团队。

　　黄大年离开，英国ARKeX公司将"天缺一角"。领导立刻将黄大年请到他的办公室："黄，你有什么要求尽管提，我都能满足。"

　　"不是因为这个。"

　　"嫌工资少，你说个数，我不会还价的。"

　　闻听黄大年回国主意坚决，得知他回中国还要从事此项工作，总裁板紧了面孔："如果你离开这里，必须承诺不使用这里的研究成果，否则公司有权追究你的责任，这一点你清楚吗？"

　　"我非常清楚。我会递交辞职报告、签署保密协议，终生恪守我的承诺。"

　　"可是黄，请给我一个让我信服的理由，为什么非要离开？公司很需要你，你还可以有很多发展机会。"

　　"就一个理由，"黄大年洪亮地回答，"我的祖国更需要我。"

　　总裁当即派人来到黄大年家，收了黄大年的所有工作材料和笔记本电脑。张艳急了，指着笔记本电脑："那可是大年10多年的心血呀，请别拿走。"

　　黄大年轻轻拉了一下妻子的手，又向来人挥了挥手，示意拿走。

　　黄大年被同事团团围堵在走廊，诚心诚意地挽留他："伙计，你别走，领我们一起干吧。""我们是冲你来的，你在这里，我们会取得更多成果呀！""留下来吧！"

　　一位获得过诺贝尔奖提名的科学家走过来，依依不舍地跟黄大年告别。一位毕业于剑桥大学的青年科学家闻知黄大年放弃这么好的位置要回去报效祖国，激动得热泪盈眶。

国际航空物理学家乔纳森·沃特回忆当年的情景："当黄教授离开英国返回中国的时候，我们特别悲伤，对他的为人和事业的成就都非常尊重，许多人想让黄教授留下。"

黄大年麾下有300多人的"多国军团"，个个都是精兵强将。他们掌握了当今世界顶尖的科技，可用舰船、飞机等快速移动工具，对深海、深地、深空进行精确探测，用潜艇进行攻防和穿透侦察。这个团队掌握的核心技术，能用于油气和矿产资源勘探，更是军事上的一支战略奇兵。

黄大年深情告别他管理多年的"尖峰团队"，放弃了令人艳羡的公司股份，匆匆辞职、卖掉别墅，办好回国手续，惜别剑桥和康河……

妻子张艳以最快速度、最便宜的价格匆忙卖掉两个诊所，看着那些浸透多年心血的散乱药柜，像被打残的伤兵一样东倒西歪，张艳蹲在一堆医疗器械里失声痛哭。原来，买家只看中了位置，这些她一件件精心购置的物品，在漫长的岁月里与她相依相伴、成为她生命的组成部分，现在却成了无家可归的弃儿。张艳伤心极了，亲手撕碎了自己的事业前程……

黄大年见状一下把妻子搂在怀里，在此生活了18年的夫妻相互依靠，一句话都没说。多年后，黄大年回忆此景仍痛彻心扉："她是学中医的，那是她一辈子的梦想啊！"

回国前，他们像"落荒而逃"，东西物品丢得乱七八糟，几辆汽车扔在停车场，迫不及待地赶往机场……

"必须立刻走，我怕多待一天都有可能改变主意。"

人生许多事情，正如船后的波纹，总是过后才觉得美的。可黄大年相信,"过后"一个接一个,美也一个接着一个……

"对我而言,我从未和祖国分开过,只要祖国需要,我必全力以赴!"

"在这里,我就是个花匠,过得再舒服,也不是主人。国家在召唤,我应该回去!"

"作为一个中国人,国外的事业再成功,也代表不了祖国的强大。只有在祖国把同样的事做成了,才是最大的满足。"

黄大年永远记着物理学家彭桓武的话:"回国不需要理由,不回国才需要理由。"

吉林大学党委统战部副部长任波也提起这个话题,黄大年说:"任波啊,我虽然在国外生活,但我每时每刻都在等待祖国的召唤。很多人选择年老体弱落叶归根,我认为作为高端科技人员,应该在果实累累的时候回来,报效祖国更有价值。"

不是世界选择了你,而是你选择了世界。

多年以后,黄大年在一份呈报学校的工作自述中,披露了当年回国时的根源:"我的父母属于那一代历经了诸多磨难的中国知识分子,无论对国家还是儿女,以吃苦耐劳、兢兢业业、只讲奉献不图回报的优秀品质著称于世,以为国家培养和献出自己的优秀儿女为荣。他们在人生最后时刻仍然表现出对祖国自始至终的忠诚、朴实、包容、傲骨和责任,令人由衷敬佩和永远怀念。父辈们的祖国情结,伴随着我的成长、成熟和成材,并左右我一生中几乎所有的选择。这就是祖国高于一切!"

吉林大学领导担心黄大年"外流",京津沪浙都向他抛来橄榄枝,条件一个比一个好,黄大年说:"我是国家培养出来的,是从东北这块黑土地走出去的,吉林大学是我梦开始的地方,我就一定会回到这里！"

对于一位英国剑桥麾下 ARKeX 公司的首席科学家，率领 300 多位包括院士在内的"外国军团"的"大教头"，回国后安排什么职位，确实是个不小的问题。黄大年知道后回答："你不知道哇，我出国就是从长春这个地方出去的，在外面漂泊了很多年，也确实得到了各种各样的培训和机会。现在想回来，就是为了报效祖国。我什么职务也不要，什么待遇也不求，就是帮助祖国做一些事情。"

黄大年与吉林大学签约 5 年，唯一的头衔便是：地球物理探测科学与技术学院教授。

满怀激情的黄大年回国后，像压在枪膛的子弹渴盼呼啸而出，恨不能立刻扑向目标。2009 年 12 月 30 日，在他回国的第 6 天，就与吉林大学正式签下全职教授合同，成为第一批、第一位回到东北发展的国家"千人计划"专家。

像悬崖上飘荡的根须，像天空中断线的风筝，像失灵的罗盘，一直在失控迷失中。回到母校地质宫，黄大年长长呼出一口气，脚落地了，心踏实了，精神安稳了。

不是命运给了你怎样的生活，是你为自己选择了哪种生活。

他一口气爬上 117 级台阶，快步走到顶层的 5 楼，站在幽深的走廊上，任想象和回忆的翅膀自由飞翔……

地质宫原为伪满皇宫，由著名建筑学家梁思成设计，当时只建了地基部分，建成后为长春地质学院所用。"地质宫"三字为郭沫若题写，大科学家李四光曾任学院首任院长。巧合的是，学校为黄大年准备的 507 办公室，与他当年入学时的自习室仅仅隔了 15 米。为了这熟悉而又梦牵魂绕的地方，他远隔重洋，整整走了 18 年！

地质宫正对着操场，站在 507 室窗前，能看见高高飘扬的五星红旗。每一次看见那抢眼的一抹鲜红，黄大年都热泪盈盈。

黄大年心潮起伏，悄悄地在心里感叹：母校，我回来了！祖国，我回来了！

黄大年在脑子里将要做的事"过一遍电影"，要做的太多太多，时不我待，一天都不能等！

他把行李往学校安排的公寓一放，安顿好正沉浸在丧父之痛的妻子张艳，买张机票立刻飞往北京。

黄大年要摸清北京相关科研院所的"家底"，为即将组建的交叉学科科研团队铺路。

很快，黄大年面前至少有15个大项目在排队，从立项阶段对技术思路和关键环节的讨论，到每个课题任务的细化和推进，每一步都要通盘考虑，细致规划，具体实施。

在同样的地方，以更加成竹在胸的拼力，黄大年分秒必争。

2010年元旦刚过，黄大年就急急火火地上班了。见地探学院组织文体活动，不少同事聚在乒乓球室操练，黄大年也跟着练了起来。其实，他另有心事。

刚从加拿大留学回来的于平正在候场，闻听人们议论"那就是黄大年，刚回来的科学家"，她顺着目光一看，觉得有些诧异：一位身材魁梧的中年男人大步流星走来，身着暗绿色棉服，背个黑色双肩包，厚底大皮鞋落地有声。

于平毕业于地探学院，早就知道黄大年这个如雷贯耳的名字，惊喜的是，轮到她上场时，竟和这位老校友同台竞技！

场间休息成为活跃的交流平台，黄大年招手把于平叫到场边，微笑着说出他来球场的初衷："于老师，我是黄大年。我从英国回来，现在计划在咱们学院创设移动技术平台中心。我查阅了你的资料，很需要你的帮助。"

这几句话，像最先亮起来的启明星，引来众多星辰相继亮相，很快，于平与一批青年学者都被黄大年招到麾下，众星捧月一样，将"吉林大学移动平台探测技术研发中心"的牌子挂了起来！

2010年2月，长春滴水成冰，寒风凛冽，一个"热点项目"找上门来。国家科技部一位负责大项目的同志开诚布公地说："黄老师，我们领域正在部署一个重力梯度仪的项目，计划在'十二五'时期取得突破。"

国家酝酿的"高精度航空重力测量技术"项目，是"十二五"的主题项目，现在团队、仪器、设备都已备齐，只缺一位领军人物。有科学家向科技部推荐了黄大年。

黄大年当即说了他的思路，如何管理，用什么路线，怎样保证核心部件质量。来人更加兴奋，请求黄大年牵头。

"没问题。"黄大年慨然应允。

"黄老师，"来人表情略带羞涩，"我得和您说明一下，现在这个项目的情况是，您拿不到一分钱，因为……"

"没问题。"黄大年抢先回答。

来人愣住了，一时竟不知道说什么好。

"这是关系到国家战略安全的重大研究，我愿意做。"

"可是做了项目的牵头人，意味着这些项目和课题的评审、论证、验收，您可能都需要参与，需要额外占用您很多时间。"

"只要国家需要，我就干！这没什么好说的。"黄大年豪放而坚决地表态，"我有一肚子的想法和本事，只要国家需要，我就和盘托出。"

这位掌握财政大权的官员非常感动，过后曾这样评价："像黄大年这样的专家就是我们国家急需引进的专家，只谈贡献不谈钱，他需要多少钱我都支持他。因为他是为了事业而回来的，是为了国家的发展而做贡献的，不是为了赚钱回来的，我们应该全力支持。"

航空重力梯度仪是一项战略尖端技术，能透视出地表下几百米深度内一辆卡车大小的目标。它不受地形的限制，能在一天内完成传统方法几个月的工作量。关键的突出点在于，这种先进技术要比传统方法好上千百倍！打个比方，就像在飞机、舰船、卫星等移动平台上安装"千里眼"，看穿地下深埋的矿藏和潜伏的目标。另外，能给地球做CT和核磁的仪器装备，让地下2公里甚至更远都变成"透明的"。早在20世纪70年代初，美国人就不惜耗资十几亿美元研究它。至20世纪90年代，英美等发达国家已正式开始应用此技术进行军事防御和民用资源勘探。这种被发达国家严格封锁的技术，人称"非卖品""地球重力武器"，国外已经探明深海大型油田、盆地边缘大型油气田等，应用"一跃千里"，成为前沿科技领域的"大利器"！

一句话：这是花多少钱也买不来的技术！

黄大年在英国工作时，每年回国讲学两次。英国军情五处曾派员跟踪到中国，直接找到黄大年，告诉他什么该讲，什么不该讲。

黄大年太清楚了，航空重力梯度研究是一项"颠覆性的技术"。它牵涉材料、电子、软件、机械、大数据等多种交叉学科。

向深海进军，向深空进军，向深地进军，这是我国科技发展的战略方向。

从踏上祖国土地的那一刻起，黄大年作为首席科学家，组织全国400多位来自高校和科研院所的优秀科技人员，力推"高精度航空重力测量技术"和"深部探测关键仪器装备研制与实验"两个重大项目攻关研究，总投入5亿多元。那么，这两项技术到底有什么用？

关于重力梯度仪器，早已是全球性的公开科技话题，在网上搜索会多达11万个结果。问题的关键在"精度高门槛"，许多国家都在攻关，只有个别国家拿到入场券。黄大年团队后来居上，实现了登顶梦想。

资料显示：地球表面上正常重力垂直梯度大约为3086重力单位/米（3086E）（E为"厄缶"的符号），它随纬度和高度的变化而有微小变化。要测定精度为10.5米/秒^{2}重力的话，就要求梯度测量达到大约百万分之一的精度。另外，地形的起伏也会引起梯度发生很大的变化，使梯度测量复杂化。

这"百万分之一"的"精度高门槛"足以将众多研究者挡在门外，因此，黄大年团队的科研成果才举世瞩目。

我国有300多万平方公里的"海洋国土"，有了这项技术，才能扭转"海洋国门大开"，任人"来去自由"的局面。

我国当时的勘测水准相当落后，地图比例尺为1∶200 000。国外早已达到1∶50 000，1∶20 000，1∶10 000。

换句话说，没有这项科技之前，人家在我们的海洋里放了什么，做了什么，捣了什么鬼，我们只能"听之任之"……

黄大年回国后，一直是被外国人"盯"着的人物。最大的压力在于，黄大年回国研究重力梯度仪是不可以复制的，复制是侵权的。他必须从零开始，升级开发。

重力梯度仪用途广泛。

比如，传统方法找潜艇只能靠"声呐"识别。人家潜到水下几百米或是关闭了声音，磁力消掉，你就没有办法找到，想防都防不住。

　　重力梯度仪则颠覆了"声呐辨别"，只要你入了海，就能找到你。因为，"重量是永远没法消失的"。因此，美国海军闻听黄大年回到中国，才将在南海演习的整个航母编队后退100海里。

　　向深空进军，用飞机、无人机、卫星等搭载的重力梯度仪，能"实时传输"信息，地面实时掌握侦察内容。传统的美国U2侦察机曾经很先进，但飞机摔下，资料信息也随之毁掉。

　　向深地进军，重力梯度仪的民用功能更加重要。过去100年来，我们找矿只能局限在地表。我们的探测水平落后欧美30年，矿产资源平均探测深度400多米，那些地形复杂的国土至今从未勘探过。那么，5000米以下呢？10000米以下呢？在能源危机日益加重的时代，高科技深度勘探迫在眉睫。

　　黄大年17岁就是跋山涉水的找矿人，他非常清楚，辛苦不算什么，好多心怀理想的找矿人辛苦一辈子也没找到一座矿。现在，用上重力梯度仪，一小时等于一个月，就能精准勘测矿源。"在遮阳伞下悠闲地喝一杯咖啡，数据就出来了。"

云朵之上：地质宫不灭的灯光

　　掉头一去是风吹黑发，回首再来已雪满白头。

　　面对一个又一个技术瓶颈，黄大年把自己关进办公室，抓紧每一分每一秒，恨不能把365天黑夜都当白天用！

地质宫晚上10点熄灯封楼，黄大年办公室的灯光经常亮到后半夜两三点钟。他不离开，门卫大爷就不能锁门，抱怨没见过工作这么"着魔"的。得知黄大年是位大科学家，大爷敬佩地说："黄教授太了不起了，无论多晚下班，告诉我一声就行。"

一次黑夜，地质宫装修材料横七竖八地堆放着，突然"砰"的一声响，原来黄大年一不小心磕在硬物上，当即伤了腿。门卫大爷赶过来，手电光下血淋淋的伤口格外刺眼，他又心疼又吃惊。第二天早上门卫大爷又一次心疼又吃惊，因为他看到黄大年一瘸一拐地准时来上班……

听碧窗风快，疏雨半卷帘。地质宫装修时，外边下大雨，屋里下小雨，黄大年坚持在顶层5楼闷热难耐的渗水办公室工作。时任地探学院党委书记的黄忠民去检查修缮进度，一下子惊呆了：507办公室许多地方用塑料布蒙上了，屋里摆放着塑料桶和脸盆接水。黄大年穿着T恤衫、大短裤，键盘噼里啪啦打连发，若无其事地在电脑前工作。于平、王郁涵在旁边替他打伞，核对数据。

"黄老师，这屋站不能站，坐不能坐的，咋还工作呀？"

"忠民哪，"黄大年边敲字边说，"我们手头要做的事情很多很多，一天都不能耽搁呀！"

黄大年肩上的担子更重了，这位首席科学家，肩上又担起国家863计划资源环境技术领域主题专家的重任，还要负责策划、协调和组织中科院、数十家高等院校的高科技联合攻关团队。

黄大年提出了新的科研思路，"搞交叉""搞融合"，与机械领域专家合作研发重载荷物探专用无人机，与探测仪器专家合作研发深地探测仪器装备，与计算机专家合作研发地球物理大数据处理与解释……

作为世界很有影响力的战略科学家，黄大年深知，要在碰撞中寻求突破，在差异中做大增量。在交叉、融合中碰撞的火花，能产生单项、顺向所没有的"化学反应"和"裂变反应"……

黄大年激情四射，要让枯枝发芽，要让陈灰复燃，要让平湖翻浪……

"'云端远程控制'技术发展很快，能不能开发野外作业医疗看护车？这个项目在国内还是空白呀。"

"咱们学校有学者参加南极科考，能不能研制全地形车，完成在极寒、沟壑、全时段极限条件下的通信、交流和作业？"

"目前还没有任何一个国家能够在南极内陆地区钻取冰下基岩岩心，能不能在海洋资源与安全领域跟建设工程学院、环境与资源学院联合做些事情？"

黄大年类似的"想象与设计"像河里奔腾的水花那样密集……

回国仅仅半年时间，黄大年就统筹各方力量，绘就一幅宏大壮阔的吉林大学交叉学部的蓝图。

要在全世界科学家中脱颖而出谈何容易？

一个瓶颈钻过，又一个瓶颈到来。

成片的问号，成排的犹豫不决，成摞的死结，成行的假象，都要一个一个理顺，将它们拆分，将它们组合，将它们以一对多、以一对一、以多对一、以多对多地"调试"，逐一类比、梳理、导引、计算，再放进成堆的数字大熔炉里冶炼、提纯、变异、升华……

黄大年将时间一秒一秒抻长，将思考一沓一沓装订成册，将睡眠收藏起来，将和家人团聚"串后"，将飞机当成流动办公室，时间还是不够，只能 5 加 2，白加黑……

月亮归巢了，夜空像块墨黑墨黑的大绒布。只有地质宫 507 室那颗星星眨着眼，仍在值守……

黄大年向来勇于挑战。他从小抓鳝鱼，就被伙伴们称作"智多星"。一起去的，在同一个地方抓，黄大年抓得又快又多。伙伴们羡慕却又学不了。黄大年发现躲藏在水洞里的鳝鱼后，用手指送进鳝鱼嘴边挑逗，鳝鱼"嗖"地一咬，手指刹那间后退，不等鳝鱼逃跑，便被黄大年顺利俘获。

伙伴们不敢效仿，怕碰到蛇。黄大年说别看水混，他一眼就分得清鳝鱼和蛇，抓鳝鱼要学会辨识、引诱、快捕技巧。

黄大文告诉我，大年抓鳝鱼是一绝呀。

在地质宫，黄大年的"一绝"只剩下难为自己。

饿了，吃两个烤苞米或面包，困了用浓咖啡提神，再困，用冷水啪啪啪拍拍脑门，馋了去吃两碗老友米粉，以最简单的生活待遇攻克最复杂的当代科技……

广西老家的老友米粉和东北的烤苞米，是黄大年的"就餐伴侣"。

一次从国外回到广西，弟弟妹妹们为他找了家"像样"的大酒店。黄大年坐下就要米粉。服务员说小饭馆才有米粉，他们大酒店没有。黄大年不乐意了："我好几千里地回来，吃顿米粉就那么难？"

黄大文和黄玲领他去小饭馆，看见米粉他乐了："这才是我要的。"一连气吃三碗米粉，才心满意足。

黄大年每次回家，都要找老友米粉店，每次至少吃两碗。

树高千尺根扎大地。这种接地气的简朴，将与事业无关的繁复约分掉，便于集中火力攻坚克难。

快些！再快些！

黄大年总是嫌时钟走得过快，嫌天太短，嫌日历太薄，只有抓紧分分秒秒，才能将日子"加厚"。他来不及跟为他丢掉诊所赋闲在家的妻子说说话，来不及给远在英国的女儿打电话，来不及换下已经很旧的衣服，人们总是听到他快而坚实的脚步笃笃响，背着黑色双肩包，像一位着急赶车的旅行者。

白天开会、洽谈、辅导学生，忙得团团转，黄大年唯一自由支配的时间便是晚上。一年有一少半时间都在出差，别人休息时，他正在飞机上。秘书王郁涵已经习惯，黄大年总是让她"买最晚一个航班"飞来飞去，在流动办公室继续办公。

有人看他太累了，产生怀疑，这些事情你在国外都做过，为什么回国受这份累？黄大年回答道："作为中国人，无论你在国外取得多大成绩，而你所研究的领域在自己的祖国却有很大的差距甚至刚刚起步，那都不是真正意义上的成功。只有在国内把同样的事做成了，才是最大的满足。"

快些，再快些！

早起要快，用冷水快速洗脸，快速喝一杯黑咖啡，转头便扎进小山似的资料中，仿佛他就是材料的一部分。

中午要快，大家都去食堂，他仍在电脑前噼里啪啦敲击，眼睛盯着电脑屏幕喊一声："两个烤苞米！"没有苞米，他便从书包里掏出两片皱巴巴的面包。

下午要快，他用最简洁最能解决问题的语言，将办公室门口的长队"缩短"，认真回答校内校外的科研机构专家学者向他请教的问题。

半夜要快，不管是在飞机上还是在办公室加班，黄大年永远脑不停、手不停。那些星星透过玻璃跳进来亲近黄大年，在屏幕上不停地眨眼。前半夜很快过去，后半夜则是他解决突发重大事件和

"疑难杂症"的专用时段。比如，我国投入120多亿的海上油田出现外国"蛙人"捣乱，他立刻"支招"；比如某某军事基地出现"异常"，黄大年迅速转达解决办法……

他主抓的国家大项目，共计有400多位跨行业的专家，分布在全国各地——千条线一根针，都要他亲自协调、支着儿、解决……

国土资源部、教育部、科技部、中船重工、浙江大学……数十个部门和机构，都有和黄大年熟识的专家。他的"额外工作"究竟有多少，连黄大年的团队也搞不清楚。那么多涉密的，只有黄大年本人知道。

黄大年还应邀担任国家"千人计划"联谊会科技创新工作组副组长，领衔发起成立鲲海创新研究院，担任首任副院长，组织"千人计划"专家与国家战略发展需求进行有效对接，建立前沿技术与军民整合发展的公益平台。

黄大年被推选为吉林大学"留联会"会长，任波怕他太累："大年老师，您那么忙，具体工作可以由我来做，您出面就行。"

"那可不行，"黄大年很严肃地表态，"我从不做挂名的职务，我既然当了会长，就要尽我所能把它做好。"

有一阵子，刘财陪同黄大年外出争取经费，发现"大年到了人家那儿，从不谈钱"。一次跟财政司司长谈了两个多小时，黄大年只讲当前国际上有哪些尖端技术，在中国有什么用，早把钱的事忘诸脑后。刘财暗暗着急，却有劲儿使不上。意外的是，财政司司长还没听够，中午留他们吃盒饭，痛快地批了经费，还一反常态地"颠倒了主次顺序"，"追"着黄大年做项目……

黄忠民见黄大年把手头的项目大多给了外校，不解地问他："我说大年老师，你为什么要把自己搞得这么忙？你忙我们地探学院的事情我当然大力支持，忙吉林大学的事情，我也支持，但是你帮其他高校和研究机构出谋划策，帮他们设计项目，他们是我们的竞争对手，他们要争取到一大块，可能意味着咱们这边要少一部分经费了。"

"忠民，"黄大年和蔼地解释，"咱们不能那么狭隘，我们要站在国家层面来考虑问题。我们能力之外的，就应该联合国内更多高校共同把事情做好。"

地探学院领导、吉林大学领导，都曾单刀直入地指出：还是要把精力用在项目上、用在吉林大学业务上，为什么要做那么多与他们无关的工作？

黄大年没有时间一个一个解释，却说："虽然不是我们的项目，但都是国家的事，国家的事我们不能袖手旁观。"

"人家有困难，咱们一定要帮。现在不是合作伙伴，不定什么时候就成了合作伙伴。即使永远不合作，也要帮。"

工作千头万绪，黄大年的工作助手于平教授、工作秘书王郁涵，24小时都要开机。也许星期天正跟家人团聚呢，黄大年一个电话，必须赶到单位。她们也埋怨过，那些上报的材料跟团队无关，跟学院无关，跟吉林大学无关，黄大年却要求她们"认真上报，绝不允许有差错"。

于平经常半夜接到黄大年的紧急电话，让她组织团队即刻进行数据分析、组织材料，许多事情跟团队毫无关系。于平怕累坏了他，建议道："咱能不能少管点儿闲事？"

黄大年嘿嘿笑着说："都是国家的事，哪有闲事。"

一般人干完自己的工作就满足了，生怕活儿多。向国家某个部门提交一些东西，还要找人，还要解释，费力不讨好。黄大年说：

"哪怕你不理解，哪怕你埋怨我耽误你的时间了，对国家有利的事，必须办。只要数据交上去了，对某些部门，对一些决策有帮助，都是值得的。我不需要别人认可我什么。"

"商女不知亡国恨哪！当然了，不单单是你们不知道，我们有很多大科学家，也没有意识到这事情有多么严重，也没意识到这事是自己'责无旁贷'的义务，不单单是你们！"

"将来的战争不会是冷兵器时代，靠什么大块头。将来有可能就是你端着一杯咖啡，然后摁一个按钮，战争成败就决定了，所以你们要时刻做好这种准备。"

老故事越来越老，可是战争不是离我们越来越远。导演战争的人越来越年轻，我们必须时刻警惕。旧故事死亡，新的为什么还没有诞生？

"关键时刻不能掉链子，能说我需要你的时候，你说这时候过节呢，这怎么行？这个时候需要你，你必须第一时间过来。平时没事的时候可以在家休息，我不要求你跟我一块儿加班。但是如果有事叫你的时候，必须第一时间赶到。"

一些看重本位利益的单位，提防同行。在某个项目竞争上的确是非你即我的对手，即便如此，"对手"有问题请教，黄大年也"实打实地支着儿"。多少次，他真诚地向同场竞技的单位致以真诚的祝贺。在黄大年心中没有单位界限，只有水准界限。

这是战略科学家该有的胸怀。

战略是大方向、大格局、大前景。只有战略正确，细节才有意义。我们往往过于重视细节而忽视战略，等同于"方向歪了"仍在盲目执行，相当于只见树木，不见森林，只见浪花，不见河流。如果犯了战略错误，细节再完美也无济于事。很有可能，在细节上下的功夫越大，越是背道而驰，在错误的道路上越走越远。浪费的不仅仅是财力、物力、人力和时间，还有躲之不及的"社会危害"……

大失误是战略，小失误是细节。细节错了还有改进的机会，战略错了却无力回天。

黄大年正是一位极为缺稀的高站位、宽视野的战略科学家。大科学家，就要站位于国际最前沿，以国家利益为第一要素，集约多种力量，共同登上世界科学高峰。

全局观，是黄大年发挥超强组织才华的根本所在。

首席战略科学家黄大年，在知识分子成堆成群、各有见解的科学领域，威望和人气扶摇直上，一呼百应。大家佩服他的科技水准和组织能力，更钦佩他的崇高人格。

在他的感召下，多项"顶天立地"的大项目顺利推进。

在他的感召下，许多科学家回到祖国，王献昌、马芳武、崔军红等一大批在国外享有较高知名度的"千人计划"专家纷纷加入黄大年的团队。现在，吉林大学已有32名"千人计划"专家。

黄大年的办公室常常高朋满座，大家不时被一个话题"感染"，谈得眉飞色舞，争得口干舌燥。

"我最骄傲的，就是入选了'千人计划'专家，因为有一群赤胆忠心的'千人'和我一样回归祖国，一同前行。"

2016年9月，长春大街红叶绽放，黄大年的团队再次"出彩"，一个辐射地学部、医学部、物理学院、汽车学院、机械学院、国际政治学院、计算机学院等非行政化科研特区初步形成，黄大年任吉林大学新兴交叉学科学部首任学部长。

副学部长马芳武说："大年的这个战略设想涉及卫星通信、汽车设计、大数据交流、机器人研发等领域的科研，可在传统学科基础上衍生出新方向，有望带动上千亿元的产业项目。"

工作密度越来越大，工作节奏更快，黄大年恨不能"凿穿黑夜""让太阳永远亮"。午夜回家太早，那就干到两三点钟。时间还不够，"抓急了"熬个通宵。"抓紧"的事太多太多，地质宫507室的灯光便彻夜通明……

腹部疼痛，他理都不理。自己是个"准运动健将"，矫情什么？疼得厉害了，他掏出几片药吞下，又继续工作。心律不齐，他塞几粒"速效救心丸"，腹部突然剧痛，他便加大了药量。这天，黄大年突然晕厥，"砰"的一声倒在地上。秘书王郁涵吓得半死，赶紧跑了过来，黄大年清醒后吞了几粒药，很严肃地叮嘱她："不要告诉别人。"

几位好友打电话多次，黄大年都用短信回复："在忙，稍后联系你。"10多天后的后半夜终于接通电话，黄大年抢先说："我真的很抱歉，这段时间我有个研究内容很关键，我吃饭都在以秒来计算。"

"以秒来计算！"黄大年为了祖国科技实现"弯道超车"，豁出去了！

清华大学副校长、著名科学家施一公最了解好友黄大年："在科学的竞跑中，任何取得的成绩都将马上成为过去，一个真正的科学家总会有极其强大的不安全感，生怕自己稍微慢一步就落下了。"

黄大年的话响在耳畔："一公，我们身在海外，真切感受到祖国的差距，你是不是也忍不住想要回来，想要撸起袖子大干一场？"

"是啊！"施一公回答，"科学研究不全身心投入，根本不可能有重大突破，不足以解决重大问题，不足以对国家做出同样级别的贡献。"

看看这名字吧，"一公"寓意"一心为公"。作为世界著名结构生物学家，被誉为"离诺贝尔奖最近的华人科学家"，施一公已是美国普林斯顿大学生物学系建系以来最年轻的终身教授、美国艺术与科学院院士、美国国家科学院外籍院士，却连同500多平方米的独栋别墅、一英里的花园尽数抛弃，义无反顾地回到祖国……

真正的潇洒是孤独的，即使奔腾千里，也难以和另一条江河会面。

"孤独"的黄大年不再孤独，他不时到微信朋友圈里"散散心"。

2015年12月31日凌晨0点10分："今夜难眠，6年前的今天，2009年12月30日，我从英国剑桥回到母校所在地长春，与吉林大学正式签下全职教授合同，因为吉大是长春地质学院合并后的大学。我有幸成为第一个回吉大、第一个去吉林省，也是第一个去东北的国家'千人计划'特聘专家。我是南方人，回归时可以自由选择地方和单位，但我毫不犹豫地选择了母校和这片留下青春印迹以及大学梦想的地方。还记得回归时的信誓旦旦，竭尽全力、鞠躬尽瘁、不计得失，为母校的发展贡献力量。从海漂到海归一晃18年，得益于国家强大的后盾，在各国才子强强碰撞中从未言败，也几乎从未败过！有理由相信，回归到具备雄厚实力的母校，只要大家团结和坚持，一定能实现壮校情、强国梦。大跨度的经历难免遭遇各种困难，拼搏中聊以自慰的追求其实也简单——青春无悔、中年无怨、到老无憾。"

2016年2月22日晚11点24分，一张吉林大学朝阳校区教学大楼图片，楼门口停辆小汽车，高天一轮悬月，月晕光芒四射。

"元宵节夜晚，办公楼内灯稀人静，楼外正是喜气洋洋。我们被夹在地质宫第5层，夹在'十二五'验收和'十三五'立项的结合部，夹在工作和家庭难以割舍的中间。没有强迫，只是自找，总想干完拉倒，结果没完没了，公事家事两难全。我驱赶完恪尽职守的同仁，让他们回家吃上一碗迟到的汤圆，享受团圆，之后从办公大楼后门离开。忽见，正下瑞雪，空气清新，明月高悬，一幅月下银霜自然美景，让人在空旷的停车场上心旷神怡，不忍离去。经历完喧嚣和热烈，宁静、孤独甚至寂寞，原来也是难得的享受。"

世界科技的竞争往往没有第二，只有第一。地球深部探测技术，即是如此。

可这样拼命干，"铁打的也受不了哇！"

同一个团队的"千人计划"专家王献昌很担忧："你这是拿命在做科研啊！这么下去，铁打的身体也扛不住哇！"

黄大年拍拍胸脯，嘿嘿嘿笑几声，示意自己的身体棒着呢！

黄大年知道自己"是怎么回事"，他在微信朋友圈中写道："是的，和大家一样，没有'深厚的感情'就不会回来并喜欢上这块零下20多摄氏度的黑土地；没有科研精神就不会有财政部追着咱吉大砸下好几亿的纳税人的血汗钱；没有'心情的阳光'和聊以自慰的'艺术陶醉'就不会有始终如一的坚持、初衷不改、童心难改。幸运的是，回归母校与诸位知根知底的伙伴们为伍，一路走来开心愉快，走多远算多远吧，我是活一天赚一天，哪天倒下，就地掩埋……"

白露收残月，清风散晓霞。残酷的现实却是，病魔在他的身体里一点儿一点儿扩大领地，健康细胞每分每秒都在后退、减少，恶细胞已经"政变"得逞，呈合围之势……

"下次你路过，人间已无我。"于平感叹道，"直到今天，我每次走过地质宫前，都不由得望向五楼那个熟悉的窗口，黄老师在的时候，通常灯会一直亮到后半夜。可是我再也看不到那灯光了，因为点亮它的主人太累了，一狠心给自己放了一个没有期限的长假……

但他在我们每个人的心中,都点亮了永不熄灭的灯火。"

也有人说,507室的灯光转世再生,在它熄灭前已经化作天上的星星。

气流颠簸:"他不食人间烟火"

潮平两岸阔,风正一帆悬。

两个5亿多元的大项目下来后,涉及很多单位交叉合作,该项目第9分项首席专家黄大年"权很大"。可多数人不知道,黄大年就一个想法:谁水平高请谁做。这让许多人不理解:你黄大年是吉林大学的人,怎么能肥水流向外人田?

老校友找上门来,要求参与。黄大年开诚布公地表态:你和你的团队做不了这个。没有同意。老校友用社会上惯常那套"拉关系",黄大年严厉拒绝:"你没跟我套近乎都不行,你套近乎就更不行了。"

老校友拂袖而去。

这天,黄大年刚到家,一位数十年一直有联系的老同学登门拜访,黄大年特别高兴,热情地留他在家吃饭。老同学拿出提兜,里边还有礼物,黄大年觉得气氛不对劲。得知还是向他要项目,黄大年毫不留情面地严厉拒绝了他。老同学以"老朋友要给面子"进一步"争取",黄大年火了,他拎起提兜递给老同学,伸直胳膊指向门口:"在科学方面,我没有敌人,也没有朋友,只有国家利益。"

找上门来的不行，黄大年却主动将项目"送给"素不相识却有实力的科研单位，他直接将电话打过去："我有个上亿元的项目，你们的技术符合我们的要求，我可以提供经费，一起合作完成这个项目。"

接电话的人不屑一顾，认为黄大年是"骗子"。这年头，拉项目多难，托亲靠友甚至要有"潜规则"，怎么会有人把项目送上门来？

黄大年闻知特别悲哀，谁能干让谁干，本是人之常情，现在却被人当成"骗子"！从什么时候开始，正事开始"歪办了"？

后来真的与这家研究所"结秦晋之好"，人们惊讶黄大年的真诚为人。"世界上还有这样的人？"

这话更加令人深思：原本像黄大年如此办事的应该是"多数人"。现在怎么变得"稀缺了"？那么，"多数人"又是如何办事呢？

黄大文向我分析大哥的思维和行为形成原因："大年一直上学、留校任教，又是在20世纪90年代初期出国，那时中国的社会风气比现在纯净多了。近年国内有些风气不正，大年仍旧坚持原则，碰了不少钉子。"

黄大文的话令我反思，当今中国，把"友谊"都弄反了，早就丧失了本意，成了同流合污的挡箭牌，成了一块办事的敲门砖。多数人办事（包括我）不走直线，而是先绕弯儿，找到朋友再"绕回来"。那么，一个人绕弯儿，一个单位绕弯儿，一个国家绕弯儿，要浪费多少"无用功"？原本简单的事情，越绕越麻烦！

国土资源部科技与国际合作司副司长高平这样评价黄大年："大年对待科学是很'任性'的，他不唯上不唯权不唯关系，不允许'你好我好大家好'那一套，如同一股清流。"

然而，这股清流却不被人认同。

指挥如此庞大的项目，如何高效率组织科研力量，让项目在一个统一的目标下科学有序地推进至关重要。

黄大年站出来，提出"公司化""绩效化"的管理方式，"借鉴欧洲大公司的相关管理经验，在总目标下，赋予相关负责人具体任务，层层落实，责任全覆盖"。

黄大年干脆引进一套项目管理系统，把工作任务分配到每月、每周甚至每天，以计算机记录工作。把资源问题、智力问题和人为阻碍分门别类，他会实时监督、干预，实时询问、催办、指导。

春天的不少芬芳，正被一些人扒进私囊。

针对丝丝入扣、不能耍滑偷懒的紧张工作，有人直接提出抗议："我们是科学家，不是工程师！"

"我们这里是大学，不是办公司！"

"我们是科学家，又不是机器人！"

有人背后议论黄大年"不食人间烟火"。

项目启动要先制订规划，有些专家承担的科研任务比较多，不能全程参加，黄大年无论名头大小，一律通报："如果想要点卯挂名，就不用来了。"

开论证会，黄大年发言从不寒暄客套，更不绕弯子，而是直面问题，一针见血。他只对工作不对人，但被他"涉及的人"却暗中抵触。

晚上11点，黄大年登录管理系统，按时核验进度与质量，诊断问题对症开方，拧紧管理螺丝。

黄大年恨不能把自己分成2个人、4个人、8个人，出现在各个科研环节，加速推进。可不少人却因为他"不食人间烟火"暗中抵触，说他"外来的和尚乱念经"。

项目评审，黄大年态度和善，却刀子一样剜问题，数据引用不准，标示参数不清晰，他不予签字。PPT里有错字，他也要一一纠正。

"技术指标不能模棱两可"，任何一项说不清楚，他都不予通过。他要求所有提交的材料都要"无懈可击"，禁得起推敲。有人说这套管理"太不近人情了"，黄大年说："在工作上，不要和我讲人情！"

杨长春劝黄大年："你刚回来，人生地不熟，你这干的全是得罪人的事。"

"这都是按科学规范做事，为什么有人不理解？"

杨长春说国内不比国外，黄大年说："我就是想干成事，不这么干不行啊！"

有人暗中议论，搞重力梯度仪哪有那么容易？那只是"大年童话"罢了。

进度上不去，黄大年万般焦急。自己在地质宫加班干到后半夜两三点钟，回家却焦虑、失眠，患上带状疱疹。他满身劲儿使不上，拳拳打在枯叶上，步步迈空，甚至萌生了辞去首席科学家、只当普通教授的念头。

国土资源部科技与国际合作司副司长高平非常清楚，现在真理在少数人手里，却又不能打击别人，便对他直言："大年，你不能走，你不能轻易把这片刚刚看到的阳光撤走。"

"我再考虑考虑，"黄大年说，"我没有想到，真的很难。"

他一个人面对幅员辽阔的残酷现实。

黄大年在学校操场跑道上飞跑，在靠边的石头上独坐，扶着树干思索，团队的师生们心疼他，不忍去打扰他："黄老师一心想干事，可国内的环境就这样，他太难了！"

很深的声音是听不见的。

我和你只隔一页纸的厚度,为什么翻了这页还有那页?消极者的串串谗言像被风扯碎的旋律,听不清一句歌词。黄大年已经感觉到,彻骨的寒冷狠狠啮咬着他,一下一下又一下……

黄大年很清楚:爱你的人和不爱你的人,总会像玫瑰花和蒿草一样混杂着长在一起。更多的事物深隐在它们背后,很难判断来历和去向。

好端端的一团毛线,暗中却打了许多个结。

2010年7月,北戴河花香蝶舞,海浪奔涌,白鸥飞翔。随同70位"千人计划"专家来此疗养的黄大年,心胸像大海一样开阔起来,仿佛有了海浪的激情。海鸥的翅膀,一扫工作不畅带来的不快,一下子开阔了思路,增强了底气。

相逢何必曾相识,初见清华大学副校长施一公仿若知心故交,"大家有一样的想法,一样的情怀,回国后遇到不少类似的苦恼"。专家们在一起如老友重逢,相互激励着,为祖国的科学事业而不遗余力!

意外的是,习近平总书记等党和国家领导人亲自来看望他们,亲切、和蔼、真诚地倾听大家的想法和建议。"国家领导人那样有眼光、有想法",黄大年喜不自禁!

心情畅爽,时时都是春天。站在大海边,黄大年极目远眺,心随潮涌,像战马渴望疆场,像雄鹰渴望蓝天,恨不能立刻投身到科研一线!

黄大年被许多指向错误的道路围困,现在要抓紧分分秒秒,把正确的路分拣出来。

回到长春,黄大年发现电视里播放了新闻,"周围的环境很快发生了改变"，黄大年激情澎湃，找来锤子和铁钉，亲手把在北戴河与习近平主席的合影挂在办公室里，对身边的团队成员说："士为知己者死。国家这么一搞，大家对我们'千人'专家的认可度提高了，我得努力呀！"

希望是在风雨之夜所现的晓霞。

黄大年像一叶鼓满风的帆，飞速前进。每个夜晚，都是黄大年勇猛拼搏的黄金时段。

面对路上的拦挡物，他的决心气冲霄汉：即便逼下深渊，也要发现辽阔坦荡的渊底大平原！

他对工作更加严谨，丁是丁，卯是卯，认事不认人。

黄大年告诫自己，要迅速进入话语体系。如果真的有人推陈不出新，那么，就必须端出自己的话语体系。

2011年4月，东北长春春意融融，暖风习习。黄大年却"制造"了一股寒流。昨天就通知了，今天上午，按惯例进行每个月的项目课题组长视频答辩会，黄大年事先早早准备好，会前要预览交来的答辩材料。

约定10点开会，现在已经9点50分，材料没交上来，人也没来，多个视频会场的人也没到齐。

制度像失去秩序的花名册，大大小小的名称凌乱错落。

"怎么回事？"黄大年问秘书王郁涵，"小王，你催过了吗？"

"我催过了啊，黄老师！"王郁涵偷偷瞄着时间，心里怦怦跳。

"人浮于事！"黄大年气愤极了，突然一扬手，"啪"地把自己手中的手机狠狠摔在地上，屏幕立刻粉碎，他大声吼道："我们拿了纳税人的钱，怎么能草草做事？汇报材料不做好，汇报的PPT也不好好做，开会不按时到，有这么干事的吗？我们要遵守契约呀！"

身边的人一下子惊呆了,从未见过黄老师发这么大的火。

事后他对助手说:"于平啊,我实在无法忍受有人对科研进度随意拖拉,我担心这样下去,中国会赶不上啊!"

"大年,你要服水土,"中国地质科学院原副院长董树文好言相劝,"许多事情要慢慢来,跟你的想法渐渐对接。"

"那不是我!"黄大年执拗地说,"要是那样,我就不用回来了!"

黄大年坚持以项目管理的方式抓科研协同,提出了"滚动中淘汰","前期给了500万,干得不行,下期钱就收回来"。"千人专家"王献昌非常吃惊:"钱都给了,怎么可能要回来呢?"

黄大年硬是按章办事,在管理中形成了开中国科研先河的"倒逼制"。

第9项目斥资超过3亿元,如石击水般"浪花朵朵",很多机构和单位都争相"采摘"。黄大年不看介绍材料,也不提前通知,而是直接钻进人家的实验室和车间,查验对方的资质水平。有自以为与黄大年不错的专家来找他,想替某研究所拉点儿经费,黄大年一句"我没有敌人,也没有朋友,只有国家利益",把人家"噎个半死"。后来对方发现,就连黄大年就职的吉林大学,也没有多拿一分钱。

黄大年就像一架永远力足的马达,调到最高转数,飞速向前。深探专项经常开会,往往今天通知、明天开会。身在东北长春的黄大年是"出勤率最高"的专家组成员。

"你累不累呀?"高平直言道,"你前天刚走,今天又来。"

"这么重要的会我一定要来。"

会议讨论时,黄大年只考虑议题本身,开始连董树文也"受不了"。董树文在台上还没说完,黄大年就"接茬"了:"院长,这个目标我认为有点儿太不科学！"

"大年，"董树文强抑心中的不快，"你等我讲完再说行不行？"

"不行！你们不能这样说！"

董树文后来意识到，黄大年的直言原本就是"最好的方式"，此后凡是深探项目的会议，大家都直来直去把事情摆在桌面，不再"弯弯绕"，也没了桌面下的"小动作"。

2014年9月，地质宫外秋叶微红，鸟儿鸣唱。地质宫507室突然"砰"的一声响，黄大年的手狠狠砸在桌子上："别说了！"

黄大年着急建无人机库，向院里打报告层层签字盖章。事情交给于显利去办。大半年过去了，签章只完成了一半。

按规定，每个部门必须一把手签字。签字顺序也要按部门的职能排序。问题是，每个部门的一把手都有不少杂事要处理。哪怕跟某个部门约好了，如果有事晚来几分钟，就只能下次再约。如果恰逢一把手出差，还要等上十天半月。这么低的办事效率，要耽误多少事？

"黄老师，您先消消气。"王郁涵送进来一杯咖啡。

"是啊，您消消气，"于显利说，"您看咱们都走到这步了，现在不干太可惜了。"

于显利手里攥着一张纸，那是搭建无人机库的审批申请。移动平台探测技术研究关键硬件便是无人机，研制与存放必须有无人机库，在选址、搭建、管理、消防等方面涉及学校多个部门审批。

为了推进"重载荷智能化物探专用无人直升机研制"项目，黄大年一连好几个月日夜打拼，无数次跑无人机模型销售商店，左选右挑，自己掏钱买回模型样机，赶紧建好机库，便可大显身手！哪承想，事前以为没有任何难度的校内审批，竟这样曲折难办！

"我回来5年了,我现在这些成果也好,或者说进展也好,我在国外也许1年就能达到。我非常不满意,但是又没有办法!"

一波未平一波又起。

这天,几位大爷大妈打破地质宫的寂静,吵吵嚷嚷地上楼来,一位瘦高个儿往前一指:"这,就是黄大年的办公室。"

黄大年闻声走出来:"你们有什么事吗?"

几个人根本不听劝,以挡光为由,你呼我喊,跳着脚,指着黄大年的鼻子,连训带骂,一起群攻。他们三番五次闹到学校,工作根本做不通,没有办法,只得在地质宫旁边的空地上,强挤出一小块地方。

被挤跑的还有时间。折腾到10月,东北封冻季节已大举逼近,总算批下来机库手续,在东北最不适宜施工的季节破土动工。

黄大年分身无术,便请先期去北京进修学习无人机技术的退休教师、"动手大王"王永泉组织施工。

王永泉相当敬业,天天盯在工地,严格按要求施工。黄大年自己掏了千把块钱给王永泉,每天给施工人员买吃的,熬红糖姜水暖身子。他又叮嘱道:"王老师,如果施工太晚,就请大家吃顿饭,钱不够千万跟我说。"

黄大年一有时间,就来工地检查质量。冷风飕飕刮,和大家一起顶着零下20多摄氏度的严寒,给工人们递工具,帮忙搬建材。冷得扛不住,他便找来棉大衣,套在羽绒服外。

2015年3月,眼见机库就要竣工,机库临街的大门上贴了一张告知书:限该建筑所有权人于2015年4月2日前自行拆除。逾期不拆除我局将依照有关规定申请管辖权的人民政府依法强制拆除。

于显利看到告知书立刻报告给黄大年。黄大年当即向学校做了汇报，又给有关部门打了报告：这是搞科研的临时建筑，用后我们会自行拆除。主管单位回复"收到了"，转危为安。

这天正午刚过，一位学生慌慌张张地推开507室的门："黄老师，有人要拆机库！"

黄大年跑下楼时，一辆大铲车正轰隆隆威武地奔向机库。

黄大年一下冲上去："不能拆，我们打过报告的！"

"我们不知道什么报告，这是违建，必须拆！"

眼见大铲车饿虎扑食般向前冲，黄大年突然大步向前，"腾"地倒在地上，直挺挺地一躺，司机慌忙狠踩刹车、停住，车头前盖悠悠地抖动。

我们的大科学家，就这样躺在冰冷的地上，迎着刺眼的阳光，以满腔报国志和装满顶尖科学的肉体对抗大铲车……

工人们傻眼了：原来这个"帮手"是位大科学家呀！

悲哀呀！黄大年看似"意外"的举动，却在"情理之中"。这等杂事用得着一个大科学家以命相抵吗？这事该由谁来干？为什么拖了大半年，却遭遇如此境地？以这样的效率赶超国际先进，我们来得及吗？

无人机库保住了，黄大年却被人称作"疯子"。黄大年毫不理会："中国要由大国变成强国，需要有一批'科研疯子'，这其中有我，余愿足矣！"

"能让中国立足于世界民族之林，有一帮人在拼命，不是我一个人。"

黄大年甘当铺路石："为了理想，我愿意做先行者。我已经50多岁了，生命也就这么几年了，能做出点儿事情，让后来人有一条更好走的路。"

没有这样的"科研疯子",怎么带领中国物探科技"弯道超车"?

提速:实现"弯道超车"

不是棒槌的敲击,而是水的载歌载舞,才使鹅卵石如此光彩亮丽。

2011年,作为国家"863计划"资源环境技术领域的主题专家,黄大年负责策划、协调和组织中科院、高校等高科会资源形成高科技联合攻关团队,承接科技部"863计划"航空探测装备主题项目,开发军民两用技术研究。

满天的翅膀都在飞翔,多而有序;多条激流奔腾向前,各抒豪情;一条线串引多个风筝,在严谨的约束里豪情万丈……

黄大年将时间的油门踩到底,高速前进。在首都北京,在南国广州,在北国哈尔滨,在巴蜀四川,在江南苏州水乡,在大西北新疆乌鲁木齐……在英国伦敦,在美国华盛顿,在澳大利亚悉尼,在日本东京……到处都有黄大年的身影。他与探测仪器专家合作研发深地探测装备,与计算机专家合作研发地球物理大数据处理与解析,与机械专家合作研发重载荷物探专用无人机,涉猎地学、信息、军民融合等多个领域。

攀登科学高峰的距离在缩短,地质宫507室的灯光在延长;他与家人的接触日渐疏远,乘坐最后一个航班的频次在加密;睡眠的时间迅速减少，吃药、晕倒的次数日益增多……

每一个迷失又找到归宿的科研数字，每一组由生疏到默契的科技组合，每一次从抽象到具象的艰难裂变，都多瓜儿累秧一样在耗损母体，耗损黄大年的健康……

黄大年团队的科研进度震惊了世界，超高精密机械和电子技术、高温和低温超导原理技术、纳米和微电机技术、冷原子干涉原理技术、光纤技术和惯性技术等多项技术进步显著，快速移动平台探测技术装备研发也首次攻克瓶颈，突破国外封锁。

令人兴奋的是，黄大年的团队在航空重力测量研究上有重大突破，重力梯度仪已研制出工程样机。在数据获取的能力和精度上，我国与国际的研发速度相比至少缩短了10年，而在算法上则达到国际先进水平。"航空移动平台探测技术装备项目作为精确探测的高端技术装备，我们用5年时间完成了西方发达国家20多年所走过的艰难路程，取得的进展和成果填补了我国空白，将意味着中国又成功抢占了一个国际前沿科技制高点，对推动国防安全建设和深地资源勘探具有支撑作用和重要意义。"

黄大年在国际同行中威望极高，有着非凡的影响力。有一次，黄大年带队考察，国外的研究机构为了专门接待中国考察团停止工作半个月，不惜成本将处于零下200摄氏度的产品解冻，并拆开细部让中国考察团仔细观察。随行考察团的中国科学院院士罗俊震撼又感慨："我从事这项工作这么多年，这是第一次受到西方发达国家如此隆重的接待。"

深探专项答辩进入最后的倒计时，黄大年和团队主力们连续奋战3个通宵，黄大年还在紧张地工作。他清楚，这是团队苦干了6年的项目，绝不许有丝毫错误，必须来个漂亮的冲刺！

去北京答辩前,他见还有一点儿富余时间,关上门,在沙发上躺了20分钟,才匆匆赶往机场。晚上11点到北京,黄大年把师生们汇总的材料拷贝出来,一头钻进房间,又熬了个通宵!

瘦月弯成一把老镰刀,收割着仅仅剩下的那点儿余晕。黄大年敲完最后一个字,插上筒状"渔网"一样的U盘,新组建的"科技军团"整建制挥师前进……

第二天答辩前,黄大年像压子弹一样吞服几粒"速效救心丸",然后步入答辩席。历时两个半小时的答辩发言,黄大年仍像刚刚加足油的赛艇,马力正旺。

惊骇世界的伟大超越性结论,终于写在专家组的鉴定书上:项目成果整体达到国际先进水平!

这是国内同类项目评审中的最高评价!

这标志着中国重型探测装备技术研发实现了弯道超车,完成了跨代飞跃!

晚上,很少沾酒的黄大年一口气喝掉半瓶白酒,在微信朋友圈写下深情的感言:"我和我的团队成员5年多来没轻松过,最后一段时间没睡好过,有累倒的,有因委屈而忧郁的,有半道儿放弃的,还有失去家庭生活的……我在最后一刻也终于没撑住,终于倒下,是吃着救心丸上验收场的,别人替代不了。但是,正是这些项目能为吉大培养出一帮'疯子'和'狂人',一批能打硬仗的精兵。"

迅猛刮起的"大年旋风",以第9项目的结题为标志,深部探测能力已达到国际一流水平,局部处于国际领先地位。国外专业期刊艳羡而惊异地报道:中国已正式进入"深地时代"!

7年间,黄大年带领400多名科学家创造了多项"中国第一":地面电磁探测系统工程样机研制取得显著成果,为产业化和参与国际竞争奠定基础；固定翼无人机航磁探测系统工程样机研制成功，填补了国内无人机大面积探测的技术空白；万米大陆科学钻探工程样机"地壳一号"横空出世，超深井大陆科学钻探工程向前迈进；无缆自定位地震勘探系统工程样机研制突破关键技术，为开展大面积地震勘探提供技术支持……

黄大年清楚，在大宗矿产资源领域，中国的矿产资源探明程度仅为1/3，那么，没有探明的2/3究竟在哪里？自己办不到，依赖进口又严重威胁国家安全。明明知道陆地下500米至4000米乃至更深的地方有矿产资源，就是找不到！"在入地探测装备上，如果说人家是导弹部队，我们还是'小米加步枪'啊！"黄大年能不着急？

董树文说："美国人管这个叫地球重力武器，对中国是绝对封锁的，探测深度很大。比如在阿富汗战场上，重力梯度技术可以找到所有的洞。"这个"千里眼"能看穿地下每一个角落。

2009年4月22日，第40个"世界地球日"到来之际，我国"深部探测技术与实验研究专项"正式启动，该项目计划设置9大项目49个课题，集中了国内118家机构，1600多名科学家和技术专家，破天荒地叩响"地球之门"，吹响了中国地学界嘹亮的"集结号"！第9分项首席科学家黄大年，有多少事要做呀！

2016年9月，在黄大年的倡议下，经过一年多的酝酿讨论，吉林大学新兴交叉学科学部筹备初期工作宣告完成，一个辐射地学部、物理学院、汽车学院、医学部、机械学院、计算机学院、国际政治系等学科的非行政化"科研特区"初步形成。黄大年当选为吉林大学新兴交叉学科学部学部长。

专业扶摇而上，黄大年的健康却每况愈下。

2016年11月29日凌晨2点，救护车急促地响着警笛直接开进机场，北京飞往成都的最晚的航班刚一落地，医护人员便七手八脚地将黄大年抬上车。

半个小时前，黄大年突然满脸是汗，浑身抽搐，连忙塞嘴里几粒"速效救心丸"也无济于事。晕厥前，他叫来空姐："如果我不行了，你要将我怀里的电脑交给国家，里边的资料很重要。"

躺在救护车里，他怀里还死死地抱着电脑。

他被抬进成都市第七人民医院的急诊室内，黄大年第一件事仍是告诉医生保护好他怀里的电脑。

1968年12月，科学家郭永怀在青海基地急于将重要的数据带回北京研究，便搭乘了夜班飞机。不料飞机在北京坠毁。大家从机身残骸中找到郭永怀，吃惊地发现他同警卫员牟方东紧紧抱在一起。烧焦的两具尸体中间，紧紧夹着装有绝密文件的公文包，完好无损！

无须多言，这一个细节，足以感天动地！

人们想不到的是，第二天，黄大年又出现在会场。他塞嘴里几粒药当"后盾"，英姿勃发地发言，精神爽朗，看上去毫无倦意。

"拼命黄郎"将自己的生命发挥到了极限，昏厥和痉挛的频率日益加快，同事们劝他去体检，他总以"太忙"一推再推……

2014年7月，在水下通讯和水下网络领域备受瞩目的吉大校友崔军红从美国回来探亲，朋友引荐后认识了黄大年。

"中国水下国门洞开，"黄大年直言不讳，"祖国特别需要这类人才。咱们学校的新兴交叉学科学部正在筹备，你可以申报'千人计划'，回国创建智慧海洋研究中心，大家集中合力，一门儿心思把这件事做好。"

崔军红内心波翻浪卷。在美国，她的平台已足够大，回来即便和黄大年联手前景可期，可她已在美国生活16年，回来能否适应国内环境，心里没底。黄大年热情地邀请她看自己团队的项目成果，崔军红仍有疑惑："黄老师，咱们要搞海洋探测，可是吉林没有海呀？"

"这没关系呀，"黄大年胸有成竹地说，"哪里有出海口我们就向哪里去呀！"

崔军红深深被黄大年的爱国情怀和智慧感染，2016年6月，她作为"千人计划"专家，签约吉林大学。

"地壳一号"是我国完全拥有自主知识产权的"庞然大物"。将它从四川运到黑龙江大庆时，用了50辆六轴大货车运送，一举创下了6000米钻探的亚洲纪录，并且还在向地心进发。被国外一直垄断的设备终于换上"中国芯"，中国成为继俄罗斯、德国后世界上第三个掌握地下万米钻探技术的国家。这让太多"老外"刮目相看。同行友善地送他个外号叫"黄大牛"。

"深部探测关键仪器装备研制与实验"，是为黄大年量身定做的。他回国后，在前8项"名花有主"时，追加了第9项。董树文召集几家单位共同商定，时任中科院地质与地球物理研究所所长朱日祥院士同意请黄大年主持这个项目。

谁料，在掌控专项第9项目的首次讨论会上，黄大年一张口就引起一片哗然。"既然我们落后很多年了，就不能从零开始，而是要把国外最先进的设备买过来，对关键部位和插件进行升级改造，让我们的'蓝军'直接进入'红军'的心脏，一举站在巨人的肩膀上。"

黄大年所说的"红蓝军路线"，就是通过红军、蓝军之间的比拼，借用西方已有的技术升级换代，再一举超越西方。

尤其是"把人家的后台数据库买过来，进行插件升级再卖回去"的想法，可谓惊世骇俗。黄大年却毫不在意众人异样的目光，从容地说："好比一场马拉松，别人已跑了半程，中国要从头起跑，恐怕很难赶上，我们也等不及，必须另辟蹊径！"

黄大年翔实的调查和数据，深深感染了董树文，他相信"从大年嘴里说出来，一定有着深远的考虑"。

2014年下半年，黄大年主持的"第9项"传来捷报，移动平台综合数据处理解释一体化平台的24组插件全面完成，整个系统实现了升级换代。"大年童话"逐一实现……

由"大年童话"孕育的"科研特区"，即将拉动上千亿元的产业项目。人们又有猜测，"挖黄大年的地方太多，吉林大学留不住了"。

"我没想走哇，"黄大年说，"要不这样，我直接签到退休。"第二次签约，黄大年在一次聘任签5年的基础上又延长2年，一直签到退休。

经停：为了祖国的未来

爱因斯坦指出："如果把学生的热情激发出来，那么学校所规定的功课就会被当作一种礼物来领受。"

在黄大年看来，学生们都是"待飞客"。他们飞得高不高远不远，起飞冲力大不大，有没有长劲，遇到突发困难有没有办法……"问题在现场"，根源却在教育方法，在引路的导师。

"慈父"和"严师"黄大年格外器重他的学生："作为老师，不能亏待了孩子，不能耽误了人才。"实验室和科研平台位于地质宫大楼的顶层，冬天冷夏天热，黄大年自费给每个房间配备了电风扇和电暖气；伏天，师母张艳亲手做了绿豆汤为学生们祛暑；雾霾天，黄大年给学生们买口罩；周末和"五一""十一""端午""中秋"，几乎每个节日，学生们都是在黄大年家里度过的。黄大年还尽量挤时间，和学生们打羽毛球、徒步走、南湖沿岸走，鼓励学生们多多锻炼身体。

"我的成长离不开那么多国内外好老师的关怀、指引，我的成长经历让我对学生有着特殊的感情。"

"优秀人才的成长，必须以优秀的传统文化、爱国情怀为补充，一代代的经历或许有差异，但是血液中流淌着的自强不息、勇为人先的民族精神却得以延绵不绝。"

教育的本质意味着，一棵树摇动另一棵树，一朵云推动另一朵云，一个灵魂唤醒另一个灵魂。

在黄大年眼里，每一个学生都是一块璞玉，只要因材施教都能成才。在为学生设计研究方向时，他都要以学生的前途和国家的发展为重，而不仅仅从他个人的项目考虑。

碰上同频的一块儿共振，碰上异频的也要指引他共振，这才是好导师。

黄大年首次招研究生，居然不问考试成绩，而是依据每名同学的个性和兴趣爱好，为他们一对一量身打造专业，制订学业的远景规划。

每一条道路都寄生在一个人的身上，一一对应。道路使我们感到谦卑和惶惑，我们必须选择其中一条。选择太重要了，我们面对的是均等的机会,而一旦做出决定,就会押上整个人生。

关键时刻,黄大年就是那个因人而异扳道岔、精准点拨的人。

黄大年让学生们接触世界前沿技术。他为吉林大学引进了世界上技术最前沿的地球物理综合分析平台,剑桥与斯坦福大学的参观访问学者看过这套软件后十分震惊,因为就连这两所世界顶级的学府都没有引进如此先进的软件。对学生,黄大年有自己的评价标准,入学时根本不看学分,而是了解学生有哪些专长。入学后,绝非仅仅以论文和学分为标准,更关心学生们学到了什么,具备哪些能力。

每个青春都有一副好牌,不会出,照样会输掉。

"要树立远大的抱负,不要只以国内的佼佼者为目标,真正的对手在发达国家的一流大学。要开阔视野,做'出得去,回得来'的科学家。"

社会犹如一条船,每个人都要有掌舵的准备。

但是,有学生作业"欠火候",黄大年决不迁就,严厉批评。学生们知道,他的话像一股冷风掠过,然而感觉却是暖的。

学生耿美霞说:"第一次与黄老师见面的情景仿佛就在昨天,敲了您办公室的门,您正在书架上找资料,回头看见我,脸上绽放出温暖和慈爱的笑容,这个笑容一直陪伴着我至今。还记得博士毕业离校那天,您给我各种叮嘱,从工作到生活,你说这里永远是我们的家!"

移动平台团队的肖峰说:"是黄老师给了我机会,帮我规划好方向,引领我走入软件开发领域;当程序调试遇到瓶颈,他拿出自己珍贵的手稿,给我讲解原理和概念;当遇到挫折想中途退出,他和我促膝长谈,打开了我的心结。"

姚永新道:"黄老师针对我跨学科的特长,利用丰富的知识底蕴把我带入了航空地球物理探测的领域。从那一刻起，我就坚定了从事航空平台研究的方向。黄老师，我一定继承您的遗愿，不忘初心，在移动平台和交叉学科的道路上拼搏一辈子！"

周文月早已泪花闪闪："他走进实验室，总会先问我们'吃饭了没有'；他怕我们节假日想家，邀请我们去他家里做客；他出差的时候，都会带着我们的作业本，远程指导我们学习；他住进医院ICU，还在嘱咐我们好好学习。"

马国庆和李丽丽家在农村，黄大年看好他们的专业潜质，创造各种机会送他们学习英语、参加国际交流。两人谈恋爱，他帮他们争取留校。毕业结婚，他帮他们张罗租房。

周帅痴迷无人机操控，黄大年觉得他是个"好苗子"，当即把他选入"重载荷物探专用无人机"项目做操控手。尽管周帅进步很快，但还需深造。到更高的平台需要2.4万元费用，周帅拿不出来，"不用为钱的事发愁，"黄大年说，"你只管安心学习。"黄大年掏出3万块钱，让他进京学习。2个月后，周帅成为国内第4个获得了100公斤重量级无人直升机机长执照的学员，黄大年开心得像个孩子！

这天，黄大年闻知一位学生的母亲住院，却怎么也凑不上十几万元的手术费用，他立刻拿出自己的工资卡，领着这名学生去银行取出20万元，及时办理了入院手续。医生们得知手术费是老师的工资垫付的，万般感动，他们"爱心接力"，想办法为患者节省医疗费用。

黄大年早在少年时代就侠肝义胆。那时物资短缺，一年也吃不到几次肉。商店偶尔有肉了，黄大年和弟弟黄大文天黑蒙蒙就赶到商店排队，凭肉票一次买上半斤肉。非过年过节，根本吃不上肉。

母亲见孩子们太熬苦了，这天，一狠心买回来一只烤鸭。全家人"点到为止"只吃半只,留下半只。傍晚,黄大年在地矿局大院里玩,碰上同学被母亲打后躲在防空洞里,已经饿了大半天肚子,黄大年立刻跑回家,取来那半只烤鸭送给同学。母亲回家后见烤鸭没了,问哥儿俩谁吃了烤鸭。弟弟黄大文说没吃,"火力"便集中在黄大年身上:"肯定是你哥哥吃了!"黄大年称自己也没吃时,母亲生气了,狠狠打了大儿子。黄大年没有退路,这才实话实说……

2014年国庆节,黄大年和学生徒步走,发现张代磊、张冲和周帅有心事,知道他们在为学费的事发愁,第二天就让秘书王郁涵交给他们每人1万块钱,说是从经费里节省出来的。第二年的学费也是这么解决的。直到黄大年去世,学生们才知道,这钱是老师用自己的工资交的。

我在前文说过,得知"李四光班"的学生多数家在农村,经济条件普遍太差,他为学生们每人买了一台笔记本电脑。

黄大年的办公桌旁有两把椅子、两台电脑,这是专门为学生们准备的。学生们坐在黄大年身边,一人一台电脑,高效又方便。每逢学生们碰上公式或计算方面的难题,黄大年随手拉过一把椅子就手把手地教起来。

黄大年非常繁忙,时间"用秒来计算",可无论他走到哪里,心里都装着他的学生。他在笔记本电脑里为每个学生建了学习笔记和读书报告文件夹,利用开会休息时间通过邮件进行批阅。他还经常利用出差的午休时间,召开电话、视频会议,给学生们解答问题。出差回来的第一站永远是实验室,检查学生们的学习近况,答疑解难。

有人觉得黄大年太累了,劝他带学生别管那么细。黄大年认真地回答:"我们国家需要人才。现在多用点儿心,他们中就有可能出大师。"

黄大年深知育人比教书更重要，这关乎人生的"大战略"和祖国的"大战略"，时刻把祖国利益放在首位。

在黄大年手术前一天的凌晨1点钟，周文月意外地收到了黄老师的微信，说他已经向剑桥大学发送了邮件，推荐她去攻读博士学位。周文月眼泛泪光，一遍一遍地告诉别人黄老师的叮嘱："你们一定要出去，出去了一定要回来；你们一定要出息，出息了一定要报国！"

同学们的耳边，始终回响着黄大年的话："科学家要有骨气，报效祖国的科学家才是我们的榜样。"

谁能忘？黄大年老师讲述的科学家的故事——李四光绕道回到祖国；美国高官当年阻挠钱学森放出"狠话"："钱学森无论走到哪里，都抵得上5个师的兵力，我宁可枪毙他，也不让他回到红色的中国！"

邓稼先26岁便以优异成绩成为美国最年轻的博士，博士毕业第9天便放弃优厚待遇回到一穷二白的中国，"只带回来国内没有的尼龙袜，和一脑袋核武器知识"。钱三强找他，请他领衔设计核武器制造方案。因为要保密，邓稼先只能告诉妻子许鹿希说"工作要调动，又不能说是什么工作，不能照顾家和孩子，通信也困难"，从此便销声匿迹8年，过着单身汉的生活。中国成功爆炸的第一颗原子弹，就是由他最后签字确定的设计方案。

一次航投出现事故，原子弹坠地摔裂。周围的人要上前，邓稼先知道核辐射很危险，首次以院长的身份下命令："你们还年轻，你们不能去！"邓稼先亲自去安装雷管，因辐射患癌症离世。

黄大年眼含热泪继续讲述："去世前，组织上为他个人配备一辆专车，他只是在家人的搀扶下，坐进去并转了一小圈，表示已经享受了国家所给他的待遇。邓稼先终生报效祖国和人民，不图任何个人私利。你们能想象得到吗？这位'两弹元勋'只有20元奖金，原子弹10元、氢弹10元。"

钱学森、钱三强、王淦昌、郭永怀、彭桓武、朱光亚、邓稼先等一大批"老海归"，在罗布泊无人区"干惊天动地事，做隐姓埋名人"，没有他们，我们国家和我们的人民，将无法在世界挺直腰杆！而今，这些巨星一个一个陨落，我们仍在享受他们留下的福祉！

黄大年告诫他的团队和学生们，"报效祖国，才是最大的成功"。这不是一句空话，而是身体力行、以身作则的行动。榜样的力量如此之大，黄大年的学生们同样有情有义，都装有一颗"中国芯"。

2016年12月5日下午，黄大年出差回来，同学们和往常一样排队去问问题，排到王泰涵时，已是晚上9点多钟了，见黄老师神态十分疲惫，身体紧靠椅背，王泰涵不忍心再让老师辛苦："老师，您回家休息吧，我明天再问。""没事。"黄大年向他摆摆手，示意王泰涵过去。一个多小时后，四个问题解答了两个。"剩下那两个问题我再思考一下。"黄大年问，"你吃饭了吗？我请你吃饭吧。"王泰涵这才意识到，老师从机场回来就讲课，到现在还没吃饭呢。

黄大年入院的第二天，点名让王泰涵过去。王泰涵以为是让他去陪护，刚一进病房，打了一天点滴的黄大年就从床上坐起来，"我这两天一直在思考你的后两个问题，现在就在这儿给你讲讲"。

黄大年手腕上还埋着针管，胳膊也有些颤抖，因体虚而不停地喘着粗气，仍坚持着给学生讲课……

黄大年总是千方百计让学生接触世界前沿技术，他出资26人次出国参加学术会议，邀请国外优秀专家来学校交流访问。2016年10

月，黄大年带着学生乔中坤去美国达拉斯参加 SEG 国际会议，这是地球物理领域的高端会议，黄大年成为"热点专家"，多国专家围着他讨论问题，乔中坤极为振奋。那一刻他特别骄傲，感觉自己是和高山站在一起！

7 年来，黄大年指导了 18 名博士研究生，44 名硕士研究生，共有 14 人获得省部级奖励，8 人获得国家奖学金，3 人获得"李四光奖"，其中马国庆多次获得省部级奖励，现在接过恩师黄大年的教鞭，留在吉林大学任教并破格提拔为副教授。耿美霞曾在国际顶级专业期刊发表多篇学术论文，美国地球物理勘探学会邀请她去做报告，获得国家全额奖学金，已赴加拿大留学深造。

近看，黄大年把学生当成是"自己的孩子"，慈父一样爱着他们。远看，黄大年把他们当成祖国的明天，未来的大科学家，他有责任将一块块璞玉雕镂成精品。学生们也一样，在感情上，把黄大年当成慈祥的恩师；在事业上，把黄大年当成是专业上的舵手，人生的航标。他们尊敬恩师，热爱恩师，也依赖恩师。从未想到，他们最敬爱的恩师会突然离开他们……

新华社记者去采访，黄大年说："你看我们家，没什么东西，空空的。我生活很简单，我的钱都用在什么地方？用在学生身上，资助他们出国，干科研的事情。那么大的项目，吉大一分钱也没有，我一分钱也没有，你见过吗？首席科学家一分钱也没要，别看项目上亿元。我就是喜欢这个事情，就是一种享受。钱什么的没多想，国家给我的够用了。"

2017 年 1 月 4 日傍晚，于平教授的一条微信原子弹爆炸一样惊骇了同学们：大家都快来医院！

刹那间，医院的四面八方都响起急切的脚步声，大路、小道和宿舍边，都有同学们奔跑的声音。每个人的心都快要跳出来了，他们边跑边为黄老师祈祷："苍天哪，保佑我们的黄老师！""我宁可替黄老师遭罪，放过黄老师吧！""黄老师，您可要挺住哇！"

同学们守候在重症监护室门口，ICU 的门突然开了，医生说黄老师马上需要手术，一刻也不能耽误！

同学们见他们敬爱的黄老师戴着呼吸机，眼睛半闭半睁，哮喘得非常厉害……大家心都碎了，多想扑上去抱住心爱的老师，告诉他，我们在门外等他醒过来！多想告诉他，我们真想替换他做手术，让他歇歇呀！可是，同学们什么都做不了，只能眼睁睁地看着他们心爱的老师孤单单地承受生死考验……

同学们担心控制不住要扑上去的冲动，只好手攥着手，紧紧地，紧紧地。此刻静极了，没有一个人说话，没有一点儿声音，有人咬着嘴唇，有人攥疼了同学的手，个个泪流满面，在撕心裂肺的疼痛中，每个人都在心底呼唤："老师，您一定要平安地回来呀！""老师，我们等您呢！""老师，您身体那么好，一定能渡过难关！"

黄大年进入手术室后，上百名学生到场，没有一人离开。走廊窄小，他们便到别的楼层，在楼梯口、在大门外等候……

等待老师手术的时刻，每一秒都是一把刀，一刀一刀拉在同学们的心上。每一个小时都是重锤，锤锤敲在心窝……

真相如此残酷，黄大年整整昏迷了 4 天，同学们心爱敬爱的黄老师再也没能醒来！

2017 年 1 月 8 日，得知黄大年老师去世的消息，已经离开的学生再次赶到医院，边跑边哭。黄大年的遗体尚未送走，不知谁泣不成声地说："黄老师，我给您磕个头吧！"病室前的走廊便响起一片"扑通""扑通"的声响，学生们跪了一大片，刹那间，整个走廊一片唏嘘。所见之人，无不动容……

　　这些学生专业不同，年龄不同，性格也不同。相同的，却是对黄老师透心彻骨的疼痛和深深的感恩："黄老师，我还没报答您，您就走了呀！""黄老师，您说过，还有一身本领要教给我们。""黄老师，我连声谢谢都没说呢，您就突然离开了！""黄老师，别丢下我们，求求您醒过来吧！"……

强气流颠簸：国殇

　　螺丝已经拧紧了，还在加力、加力；油门已经踩到底了，还在加速、加速；肩膀上的负重已经到极限了，还在加高、加高……

　　步入地质宫 507 室，我一下被北墙上的巨幅日程表震撼。像将军的作战指挥图，上边画了密密麻麻的图表。地球是圆的，任意一点都是中心。黄大年就是以此为原点，以赤道为半径，放眼世界，胸怀祖国。

　　他的办公桌像个巨大的飞行器，上边的两个液晶电脑则是一双展开的翅膀，从这里起飞，飞向深地，飞向深海，飞向深空……

　　"作战图"上每一日的格子里，都有密集的工作安排，北京—宁波—长春—北京—长春—北京—长春—北京—成都……

　　最后填写的是：2016 年 11 月 29 日"第七届教育部科技委地学与资源学部年度工作会"，记录戛然而止。

　　2016 年 11 月 29 日，黄大年在北京至成都的飞机上晕倒。会后回到长春，在同事们的强烈要求下，他入院检查。

检查结果阴云密布，病情令人惊骇。第二天，黄大年又去北京出差。

黄大文告诉我，手术方案确定后，哥哥给他打了电话："大文，我这边要做个小手术，需要家属签字，你能不能请假过来一下？"

"行，"黄大文回答，"我过去。"

2016年12月12日，黄大文飞抵长春。黄大年见了弟弟和妹妹黄玲很高兴，告诉他们自己没什么大事，小毛病。

黄大年精神极好，病房里喜气洋洋。如果不是在病房，如果不是手臂上插满了管子，这里跟地质宫507室功能相同。

13日上午，黄大文几乎没能在病房落脚，插不上话，也插不上手。病房已经变成办公室，讨论科研，部署工作，检查学生作业，给学生讲课，在一沓一沓文件上签字，黄大年一刻不停地忙碌。就连助手于平、秘书王郁涵也爱莫能助，想要劝黄大年休息，根本靠不了前。黄大文告诉我，哥哥进病房那天，第一句话便是：连通互联网，把电脑架上。人家本来是看望他，他却主动跟人家谈工作，话题一个接一个。第二天就是残酷的风险莫测的大手术，黄大年却跟"没事人一样"。

下午，黄大年偷偷跑回地质宫工作。任波和几位老师去看他，劝他早点儿回医院休息，黄大年说还有些工作没有忙完。

回到病房，马芳武和王献昌两位"千人专家"到医院看他，黄大年将他们让到沙发上，自己坐在小板凳上，聊了两个半小时"交叉学部"。黄大年热烈激昂，新创意火花四溅，两位专家也忘了他是一位即将要被推上手术台的病人。

黄大年对秘书王郁涵说："小王，来，这件重要的事要交给你来办。"他从枕头旁边拿出一个硬盘，递给王郁涵，"这里面是一些需要妥善保管的资料，收好了。万一我不在了，要把它交给学校，交给国家。"

"黄老师，"王郁涵当即红了眼圈，赶紧低下头掩饰，"您身体这么好，医生说手术很简单，您别多想，不会有事的。"

病房很快又热闹起来，焦健、孙勇等来看他，黄大年又热情地聊起来工作，分别布置任务。一聊就两个多小时，焦健怕黄老师累着，张罗着离开病房。

黄大年说："你们别走，我想和你们在一起。"

护士进来要做术前肠道准备，黄大年又催着大家："回去吧，明天手术完了又见面了。"大家相拥而去，黄大年顿感寂寞，他痴情地看着窗边学生们送来的鲜花若有所思。

晚上，黄大年开车将弟弟送回家，妻子张艳和妹妹黄玲早已将一桌美味准备好，一家人吃个团圆饭。黄大年谈笑风生，丝毫没有"怯阵"的感觉，只是专门嘱咐家人，不要把他手术的消息告诉女儿黄潇，小外孙即将出世，怕女儿分心。饭后，黄大年自己开车去医院。

医院静极了，黄大年内心却翻江倒海，身在医院，心系科研，惦念学生，辗转反侧想着心事。他在微信上告诉黄忠民，嘱咐王献昌，跟通讯学院的学生见个面，他们在无线电认识上有些想法。"我住院了，你代我去跟他们聊聊。"又叮嘱道，"聊了以后千万不要来看我，你也别来。"

每隔两小时来做例行检查的护士长谷玥，觉得黄大年"可真不一般，人缘好"。

"黄老师，您是不是哪里不舒服？"护士长谷玥问。

"没事，我就是有点儿急。"

"急？您急什么呢？"谷玥不解地说，"明天就要手术了，从上海请了最好的肝胆外科手术大夫来主刀，您的病一定会很快好起来的。"

"我知道，我说的不是这个。我手头，还有很多事情没有做……"

"您别急，黄老师，您出院以后很快就可以继续工作了。"

黄大年向谷玥笑了笑。

半个多小时后，完成了两次灌肠，一切又安静下来。

晚7时59分，黄大年在朋友圈感慨道："人生的战场无所不在，很难说哪个最重要。无论什么样的战斗都有一个共性——大战前夕最寂静，静得像平安夜。无聊中翻看我的第一页微信相册，记录了2009年圣诞节后，把英国剑桥10多年的家移到长春南湖的日子。在湖边的上班路上奔忙，一晃又要到第7个圣诞节了。脑子里满是贺卡、圣诞歌、圣诞礼物、圣诞树，是忙碌后的放松感和浓浓的节日气氛。提醒职场拼搏的人们，事业重要，生活和家庭同样重要，但健康最重要！"

晚8点53分，黄大年在朋友圈中又写了一句话："谢谢大家鼓励，明天上午开始，暂时失联一小段时间。"

凌晨1时，人们大多已进入梦乡，黄大年却想着他的学生。他给周文月发去微信，说他已经给剑桥大学发送了邮件，推荐她去攻读博士学位。

黎明时分，黄大年用最喜欢的《再别康桥》中的诗句，改写了微信的签名档："轻轻地我走了，正如我轻轻地来。"

这一夜没有睡好，黄大年知道病情后，隐隐有些不安。肿瘤是恶性还是良性，要术后切片才知道。

14日上午9点半，手术室离病室很远，黄大年快步走了20多分钟，连他身后的弟弟黄大文都跟不上他的步伐。黄大年脚步噔噔有声，精力旺盛，神态威武，毫无大病将至的感觉。黄玲和王郁涵将黄大年送进手术室。

手术室的大门即将关上的那一刻，黄大年突然和医生说："再看看我的学生们。"他又回到门外，跟他们一一握别。

手术室的门像个立式铡刀，将他和亲人们切开。

手术室外、走廊里，很多人在焦急地等待。好多领导、专家和朋友都在关注黄大年，期盼手术成功，期盼黄大年早日康复。

时间一分一秒地过去，分分秒秒都那样揪心！

3个小时过去了，手术室的门紧紧关闭！

5个小时过去了，手术室的门紧紧关闭！

7个小时过去了，手术室的门仍在紧紧关闭！

妻子张艳的心都要跳出来了，在走廊里来来回回走。

妹妹黄玲、弟弟黄大文坐立不安。

于平、王郁涵和团队的伙伴以及学生们都在"候场"，一刻都不离开。更多的学生和同事、朋友们，互相打电话，焦急地等待手术结果……

手术进行了8个小时！

晚上6点钟，手术室的门终于徐徐打开，医生们将黄大年推出来，数十双目光刹那间扫过去，焦急而充满渴望……

当医生悄悄地告诉大家"手术很成功"，人们当即长长呼出一口气，笑容灿烂，张艳紧紧拉着黄玲的手，两人喜泪缤纷。

一片云彩散了！

天晴了！

听医生说，黄老师的身体很好，住几天院就可以上班了。手术的第3天，弟弟黄大文和妹妹黄玲离开长春回到南方。

2017年1月1日元旦，黄大年手术后的第18天，病房里洋溢着喜气。在青年教师焦健的帮助下，胳臂上插了很多管子的黄大年，在专心收看习近平主席的元旦贺词。头一天晚上，黄大年嘱咐护士将这段视频录下来，拷贝进电脑。

2016年是中国科学家扬眉吐气的一年，"中国天眼"落成启用，"墨子号"飞向太空，"悟空号"已经顺利运行一年，"神舟十一号"和"天宫二号"遨游星汉……

聆听着习近平主席的讲话，黄大年很激动，回想在北戴河意外地受到习主席的亲切接见，他说："国家对科学创新这么重视……有了国家的决心……我们的技术马上就要派上用场……你们都要准备好，加油干哪！"

一阵剧烈的咳嗽，黄大年满脸通红，泪光闪闪。

焦健忍着泪，出了门才哭出声来。病榻上的黄大年，无时无刻不想着赶超科技前沿、超越极限啊！

2017年1月4日，黄大年突然内脏大出血，转氨酶升高、肝功能快速衰竭、屏幕上呈现的心电图线条动荡起伏……

于平赶紧打电话，黄玲和黄大文再次连夜从南方赶来，黄大年再次转入重症监护室。不大工夫，医生刘凯走了出来，没等人们问他，他就像个孩子一样"哇"地哭出声来："希望很渺茫了！头一次感觉到自己不想当医生了！我从来没有这么难受过，看到黄老师这样一个大科学家走到这一步，自己却一点儿办法都没有……"

医生们热泪奔流地按压、按压……丝毫不见效，准备放弃，黄玲见医生摇头了,"嘭"地跪下了:"我求求你们,求求你们了!一定还有希望的!"

几位医生继续轮流按压,奇迹却躲得远远的……

此刻,在万里之遥的欧洲英格兰,黄潇在临盆的阵痛中挣扎。或许这个混血小外孙急着向姥爷报到,他伴母亲一起努力,终于降生了!

"快!"虚弱的黄潇不顾大汗淋淋,告诉她的英国丈夫,"拍一张孩子的照片,赶快给我爸爸妈妈发过去!"

黄潇知道,爸爸最关心这孩子,早就把名字起好了,叫"春伦",长春的春,伦敦的伦。这是黄大年最牵挂的两个城市,"春"和"伦"像两颗星,一颗亮在长春,一颗亮在伦敦。可是,世事太残酷啊!小春伦的照片传过来时,姥爷黄大年的手机正静静地躺在病房的柜子里。

黄玲听到柜子里"嘟"地响了一下,见到春伦照片的第一时间,立刻冲进了抢救室,把手机举过去:"哥,哥!你快醒醒啊,潇潇生了,是个男孩子……"

黄大年已经失去意识,脸色苍白,双目紧闭,毫无反应。

"哥,哥——你快睁眼看看啊,这是春伦,你的外孙啊!"

黄大年沉沉地睡去,仍然毫无反应。

上次手术后第3天,黄大年已经正常进食,弟弟黄大文便回到广西。哥哥病重他又赶回长春,见哥哥已经病危,黄大文术前签字的手都抖了,一连签了10多张单子,满脸是汗。张艳毕业于吉林中医学院,知道丈夫的病情已经很难回天,一下子蒙了,她接受不了这突如其来的打击,不吃不喝,目光发呆,站都站不稳。

于平含泪发出一条微信:大家都快来医院!

学生们正在食堂吃饭，赶紧扔下筷子跑向医院，万般焦急地守候在重症监护室门口。他们神情紧张，大气都不敢出。突然，ICU那道神秘的门开了，医生说黄老师的病情严重，一分钟都不能耽搁！随后，黄老师被医护人员推了出来。看见心爱的老师戴着呼吸机，眼睛半闭着，"呼呼呼"哮喘，学生们的心都要碎了！他们自觉地退后一步，手攥着手，为老师拉起一道通向手术室的保护人墙。

目送黄老师进了手术室，一种不祥的预感袭上心头，学生们万般心痛，却只能在心底呼唤：黄老师，您一定要醒过来呀！您不能丢下我们哪！

我们要学习您的满身本事！

我们要报答您的恩情！

我们要做个像您那样的科学家！

可是，他们敬爱的黄老师一直昏睡不醒！

1月7日，时逢"千人计划"联谊会换届。施一公介绍完候选人黄大年的基本情况后，忍不住说了一句："大年病危，正在和病魔殊死搏斗。"全场立刻肃然，唏嘘一片，大家不约而同，高票推选黄大年为副会长，每一票都是祈祷，每一票都是挽留呀！

1月8日13时38分，人们惊悉噩耗，敬爱的黄大年老师永远离开了！

妻子张艳听了医生的通报，立刻傻了，脸色蜡黄，仿佛一脚踩在棉花上，身体摇晃随时要散架。黄玲大声号哭着一把拉扶住她，感觉嫂嫂瘦弱的胳膊瞬间冰凉冰凉。

突然，张艳使劲挣脱开，疯魔般冲进抢救室，一头扑在丈夫身上，紧紧抱住他，脸贴在他的胸膛上："大年，你不能走，别丢下我！"

为了丈夫开心，她放弃了自己的医学梦；为了丈夫开心，她将心爱的女儿独自留在英国；为了丈夫开心，她甘愿独守空房；为了丈夫开心，她为他弹琴……可这一切都是值得的，她边哭边说："为了你，我什么都愿意！可你……你不能丢下我呀——"

张艳是长春人，她在医学院上大学认识了黄大年，两人一见钟情。从此天南地北，海角天涯，这对伉俪从未分开过。

"大年啊，"张艳悲恸欲绝，一次一次地重复着，"你……你不能离开我……"

悲伤漂光了色彩，此刻，全世界都是黑白片。

张艳特别牵挂丈夫，也曾心生埋怨，饭做好了，大年不回来。盼到后半夜，大年仍然不回来。在朋友圈中偶然发现丈夫的一条微信，只剩下感动："可怜老妻一再孤独守家，周末、节日加平时，空守还是空守，秋去冬来，在挂念中空守，在空守中老去……我六年前安慰她，再有一年就忙完，再有一年就是剑桥的生活节奏……"

有人提示要不要将黄大年去世的消息告诉黄潇。"不要发，"黄玲阻止道，"潇潇还不知道。"可是，黄潇已经看到了！

坐在产床上，黄潇疯狂地拨打父亲的电话，她要"证实"这不是真的！

"为什么不告诉我真相啊！"黄潇号啕大哭，"我为什么相信你一直在出差呀……"

上一次和父亲见面，还是在自己的婚礼上。父亲请假匆匆赶到英国。那一天，父亲既高兴又不舍，搂着穿洁白婚纱的女儿，在优美的旋律中父女翩翩起舞。很久没有这样近距离看女儿了，原来女儿已经长大了，漂亮了，要嫁人了。女儿感动地看着父亲含泪的微笑。他送给女儿一块老旧的手表，那是父亲和母亲结婚时姥爷送给他俩的传家宝。父亲亲手把表给女儿戴上,便匆匆回到中国。

黄潇非常喜欢爸爸送的礼物,她知道,"父亲永远让我记住根在中国"。黄潇把手表调成"北京时间",心便与祖国"同步"。她将手表放在耳边,"能听到祖国的心跳"。

谁知,这竟是最后一面,太痛心了!

黄潇一口东西都不想吃,可又担心幼小的孩子。丈夫哄她,喂她饭,黄潇味同嚼蜡地下咽,脸上热泪双流……

妹妹黄玲和秘书王郁涵到家里整理黄大年的遗物,打开床头柜,她们愣住了:三个抽屉装满了肝病药。"他早就知道……"王郁涵几乎泣不成声,"黄老师啊,您把我们都骗了!"

熟悉黄大年的人都知道,他从不在钱上计较。大哥离开,妹妹黄玲拿着卡去银行销户才发现,几个卡加起来才几十万元,要知道,他可是手里"有特权",经手几亿元大项目的科学家啊!在一旁的于平见了吃惊又感动,泪流满面。

若非亲眼所见,谁能相信,在利益至上的时代,在一些人为了钱可以"不顾一切"的时代,竟然还有这样的人?

黄大年去世,牵动着千万人的心。

在军方引起很大的震动!因为,他所做的事情"太大了"!顶尖战略科学家,高科技团队领袖突然去世,国家的损失太大了!

在企业界引起巨大震动!黄大年领衔的高科技"前卫军"有的进行过半,有的刚刚开始……

在科技界引起巨大震动!黄大年协调组织了400多人的科技攻关团队,许多项目都是"半截子工程"啊!

与黄大年朝夕相处、共同打拼的科学家和学生们,简直痛得肝肠欲裂,不敢相信这是真的……

黄大年团队的科学家和学生们更是哀痛不已，他们不相信体育健将黄大年老师会倒下，一定是太累了歇一歇，他不会丢下他们不管，他一定能醒过来的！

1月8日将黄大年的遗体送往殡仪馆，至出殡前6天，学生们一直陪伴着老师，昼夜坚守。许多学生明显挺不住了，但撵都不走，一直在坚持。"连我都内疚，"黄大文告诉我，"我实在坚持不住了，还回去歇歇。学生们一直在昼夜坚守。他们发乎真情，每来一个都为我哥磕头。"

1月12日，在长春长白山宾馆，全国各地来了很多人。多数人从未见过黄大年，完全是慕名而来，送大年最后一程。

北京大学的教授们，那些交叉学部的合作伙伴，从未与黄大年谋面，更没有直接联系，也来送别这位领袖式的人物。

1月13日送别黄大年，苍天却用寒冷"考验"人们，零下23摄氏度的严寒，冷风呜咽，举世哀伤。天若有情，大片大片的雪花飘飞起舞，像洁白的纸钱，像化身的精灵，每一朵都是深情的悼文，字字入心；每一朵都是象征，赞美黄大年的清纯、清透和清洁……

焦健和黄玲捧着黄大年的遗像从黄家出发，按照当地民俗，青年教师焦健以"长子的身份"，把火盆高高举过头顶，冲天大喊一声："黄老师，一路走好！""咣"地摔在地上，泪水瞬间奔涌而出。

许多人都在擦拭眼角，仿佛摔碎的不是火盆，而是他们的心！

眼泪是透明的水，掉在地上也会破碎。不破的是映在泪里的灵魂。

送行的人涌向长春市殡仪馆，任缤纷泪雨和雪花扑簌簌坠落，在头顶、肩膀和手上、袖头绽放冰花。800多人神情肃穆，素色衣服胸前白花垂首，像星星缀满夜空。哀叹、痛惜、啜泣，如暗夜中翻卷的悲伤旋涡……

　　学生们知道黄老师生前爱吃烤苞米，特意摆在遗像前。

　　国失栋梁，学术界失去领军人，科研团队失去领袖，学生们失去导师……

　　张艳面容憔悴，瘦脱相了，仿佛几根骨棒支撑着衣服，随时要倒的样子，所见之人无不垂泪……

　　不知谁失控哭出声来，多少个压抑的悲伤瞬间决口，这里决口，那里也决口，刹那间许多处决口连成片，一派汪洋……

　　主持黄大年追悼会的马芳武说："大家一定要忍住，不要哭。黄老师离开我们，大家觉得非常悲伤，非常痛心。但是如果我们哭成一团的话，这个场面就不好控制了，现在，让我们一起唱他生前最喜欢的歌曲《我爱你，中国》。"屏幕上播放黄老师生前的照片、视频，黄大年正在生龙活虎地游泳，激情澎湃，动作潇洒，一遍一遍地播放……仿佛黄大年就在身边。

　　歌声代替了哭声，动感代替了宁静，可人们大声唱着歌，却热泪如洗！有人边哭边唱……

　　　我爱你森林无边／我爱你群山巍峨／我爱你淙淙的小河／荡着清波从我的梦中流过／／我爱你中国／我爱你中国／我要把美好的青春献给你／我的母亲／我的祖国……

　　唱着这首歌，人们感觉黄大年没有走，就在身边。祖国的崇山峻岭里有他，祖国奔腾的江河上有他，祖国一马平川的大地上有他，祖国辽阔的海洋中有他，祖国的彩云高天之上有他……

追悼会上，清华大学副校长、中科院院士施一公满含热泪如泣如诉的演说再发一枚"催泪弹"："从2010年认识起，我和大年学长就经常沟通交流，每一次接触，我都能真切地感受到他对祖国和科学事业深深的热爱。在祖国需要时回国，毅然决然、义无反顾。他是一名赤胆忠心的海归科学家，为推动祖国科学的发展全心全意、殚精竭虑；他是最单纯的科学家，单纯到为了祖国、为了祖国科学事业的发展不计个人得失，倾注全部精力。大年学长将是我永远崇敬、怀念的榜样和典范！他是一代人的楷模，是中国知识分子的楷模，是460万留学生的楷模！他的精神感染、激励和鼓舞的绝不仅是一个团队、几届学生、一所学校，而将是一个领域、一批学子、一代人。大年兄是我的好兄弟，是当代的邓稼先！"

最后的离别即将到来，黄大年团队和学生们更加悲痛，每一秒都是锉，一下一下锉着亲人的心。人生最大的悲伤莫过于不想离别却又不得不离别，而且是永不见面的诀别！

当程序进行到家属们做最后的告别时，马国庆说了声"我们就是黄老师的家属"，便站到家属行列。很快，1个、2个、20个、50个……很多学生加入家属队伍，唏嘘一片……

黄大年团队青年副教授马国庆，是黄大年回国带的第一批博士研究生，也是学生们的师兄。最后时刻，马国庆泪流满面："我们都是黄老师的学生，现在我们向老师做最后的告别，跪下——"

"轰"的一声巨响，几百双膝盖同时砸在水泥地板上，惊天动地！

"哐！""哐！""哐！"几百个前额同时砸在地板上，连砸三下……

目睹之人无不震惊，无不动容！

刹那间，整个大厅号啕一片——

"我多么希望这是一场梦啊，我多么希望用我生命的 10 年、20 年乃至后半生来换回您！"

"让我真诚地叫您一声——爸爸！"

"做您的学生真的很幸福，来生我还做您的学生！"

"老师，一日为师终身为父，我这辈子都是您的孩子，您未完成的事业有我们帮您完成，老师您好好休息吧，我们不会让您失望！"

…………

在同一个时刻，曾做过大手术的吉林大学植物科学学院副院长李荣茂，正高烧 40 摄氏度，病榻上得知黄大年不幸去世，当场号啕大哭，他浑身发抖，脸上虚汗淋漓，仍坚持创作了抒情长诗《黄大年，一盏永不熄灭的爱国明灯》，他在诗中呼唤："请上帝带我走吧，留下大年兄！"

在同一个时刻，36 位从全国各地专程赶来的"千人"专家垂泪如雨，忍不住抱头痛哭。

在同一个时刻，网友们感慨："黄大年是浮躁年代的定心丸""让我们认识了一位伟大的科学家""国之大匠""已看哭，民族脊梁""游子绩高如浮萍，归乡报国根泥深"……

马克思一个世纪前似乎早有"预见"："我们的事业并不显赫一时，但将永远存在，而在将来，面对我们的骨灰，高尚的人们会挥洒下热泪的。"

续航：再出发

一叶红枫飘落，引爆整个秋天。

中共中央总书记、国家主席习近平知道黄大年的事迹后，当即号召全国人民学习黄大年心有大我、至诚报国的情怀。全国"时代楷模"、全国道德模范、全国优秀教师、全国"至诚报国楷模"等数十项荣誉实至名归。全世界有上千名华裔科学家受到震动，纷纷踏上报效祖国的归途。

"黄大年热"迅速升温。

2017年1月13日，刚刚告别黄大年的当天，于平和其他两位团队成员不顾疲惫和忧伤，连夜坐火车去北京申报课题。那是黄大年生前就布置好的，一定要完成。申报顺利通过，三人去了黄大年生前常去的一家米粉店，点了五碗米粉，另两碗留给老师黄大年。饭店依旧是老样子，人还是这些人，唯独缺了黄老师。他们紧紧盯着那两碗热气腾腾的米粉，静静地等待，仿佛黄老师还能回来……

黄大年的话又在耳边响起："吃东西可以汤汤水水，但做事千万不能汤汤水水，唯有认真对待每一个细节，才能成就最好的结果。"

"你来不来都一样，感觉每朵莲都是你。"王郁涵每星期都会修剪黄老师办公室中的绿植。黄老师看到哪片叶子枯萎都会不开心，认为花长得不好，不是花的问题，是养花的人没用心；事情做得不够好，同样是因为做事的人没有全心投入。

在地质宫大楼，507室的灯光再也没亮，黄大年团队办公室的灯光却早早亮、晚晚熄。同事和学生们把怀念黄大年的悲痛，化成勤奋的攻关行动。这样，他们会离黄老师近些。

马国庆一口气领了多个科研项目，要像老师一样，拼尽全力科技报国。

黄大年曾经工作的英国科研团队领衔人说："黄大年教授虽然离去，但我们承诺他的科研项目不会终止，我们全力支持黄大年的团队。"

中国工程院院士、吉林大学校长李元元郑重承诺："学校将在人力、物力、财力等方面全力支持黄大年同志生前所在学院的团队，围绕国家重要需求和科技创新，将他未竟的科技事业全力推进，争取在短时间内，将黄大年同志所开辟的重要方向和课题实现重要突破。"

"千人计划"特聘教授殷长春领衔的移动平台探测技术研发中心，2017年度国家级科研项目申报再次取得重大突破；李桐林教授负责的国家"十三五"重点研发计划"深地资源勘查开采"重点专项"移动平台地球物理探测技术装备与覆盖勘查示范""航空重力梯度仪研制"项目，已经正式实施；杜晓娟教授负责的国家"十三五"重点研发计划"深地资源勘查重点专项"等多个课题顺利启动；刘财教授、李桐林教授、于平教授、冯晅教授、于显利副教授和马国庆副教授各自负责的高端项目，都层楼更上，令世界瞩目。

黄大年生前"建设一流学科、一流平台、一流团队"的设想，正开足马力，全力冲刺，向国际顶尖科学高峰攀登。

黄大年的学生们有的入职全国各大科研机构，继续项目研究；有的放弃优厚的工作机会，像黄老师一样在吉林大学任教。

那些已经散布在世界各地的学生，他们按照黄大年结合每个人特点设计的专业特长、兴趣方向、性格特点，种子一样播在科研土壤里，期待破土萌发，让祖国下一代多学科交叉研究的科研人才茂盛成长。

出国的学生们所学不同，异居各地，但有一点是相同的，他们永远牢记恩师黄大年的教诲："一定要出去，出去了一定要回来；一定要出息，出息了一定要报国。"

（《北京文学》2018年第7期刊载）

初心

"新时期领导干部的楷模"廖俊波纪事

◎ 李春雷

公元2017年3月18日19时35分许，闽北大雨。

48岁的福建省南平市委常委、副市长廖俊波，在前往武夷新区开会途中，突发车祸，因公殉职。

信息甫出，舆论爆棚。万人痛惜，唏嘘满城。

但这个开放的社会呀，天然存在着多元的逆向思维。迅即，微信上便有人纷纷质疑：今天是周六，又逢暴雨，还是夜间，他不是去开会，肯定是去娱乐，抑或……

是啊，这个推测，不能说没有道理，不能说没有可能。

南平官方马上启动，详细调查：

有会议通知吗？

当然，前几天早已下发，有案可查！

有没有议题？

笑话，研究部署生活区搬迁、软件园招商等四个当务之急的议题。而且，与会人员俱已签到，均可作证！

凌晨2点49分，信息如实公布。

所有的杂音立时缄默，所有的感慨轰然响起！

…………

2017年5月，我开始深入南平民间，细细调查廖俊波事迹。

南平，俗称闽北。这里真是一块特殊的风水宝地啊：三溪汇流，闽江之起首；武夷巍峨，福建最高峰。然而，令人尴尬的是，其经济发展水平，却位于全省之尾。

20多年来，廖俊波在这里转换了9个工作岗位，处处踏石有印，抓铁有痕。

在拿口镇，他缔造了南平市第一个乡镇工业区；在邵武市，他创建了南平市最大的化工基地——金塘工业园；在浦城县，他建造了南平市实体经济的重要增长极——荣华山工业组团；在武夷新区，他正在主持创造一个寄托着南平市未来的有史以来最大的新型工业园和现代化新城。尤其在全省经济最落后的政和县工作期间，更是屡屡创造奇迹：短短5年时间，县财政收入从1.6亿跃升到4.9亿元，经济发展指数上升35位，连续3年进入全省"县域经济发展十佳县"，他本人也被中央确定为"全国优秀县委书记"。

面对南平的青山绿水，我一直在思考：在目前这个丰富多元的新时代，廖俊波，这个出身草根的农家之子，这个学历不高的乡村教师，何以能够取得如此成绩？他的心中，到底揣着怎样的"秘密武器"……

乡 村 教 师

> 起步不在早晚，储备只待激活。只要有能力，有激情，有梦想，机会就是前面虚掩着的门……

其实，廖俊波在24岁之前并没有什么政治理想。他的愿望，就是当一名合格的乡村教师。

1968年7月，他出身于南平市浦城县一个偏僻农村，父亲是一名普通的公社办事员,母亲是一位小学民办老师。兄妹三人,他是老大。家境呢,虽比赤贫略好,只是聊以温饱。由于母亲的原因,他启蒙较早,从小爱写字,爱读书,爱整洁。

3岁的时候,他突然被诊断出白血症。这是一个天大的祸端,医院里的生活便成为他的童年记忆。几年后,全县相同病情的六七个孩子,陆陆续续地夭折了,只有他,竟然奇迹般痊愈。小小的他,似乎明白了什么。所以,他总是微笑,总是感恩,同时,习练武术,强健身体。

只是他的天资似乎并不突出。他在中学期间留过一级,第一年高考也名落孙山。而且第二年,也只是考取了一所普通高校——南平师专物理系。这时候,他已经20岁了。

或许因为年龄大,兴趣广,成熟早,表现好,他被推选为系学生会主席。正当校方看好,准备培养他担任校学生会负责人时,他却有了新的目标,那就是同班女同学林莉。他热烈地追求,颇有爱美人不爱江山的决心。学校并不提倡恋爱,尤其是他这么一位优秀学生干部。奉劝再三,情志依然。于是,组织上叹息着放弃了对他的进一步培养,只是任命他为校学生会保卫部部长。

转眼就要大学毕业。他是父母唯一的儿子,女友是家里独生的女孩儿。因为爱情,1990年暑期,他毅然背井离乡,投奔女友的家乡——邵武市。

都是没有任何背景的平民子女,不懂社会,更不会走关系。当年,这对情侣竟然没有分配到一起:女方到城外60公里的一所最偏僻的中学,而他落脚的大埠岗乡中,距离县城也有30公里。

不啻说,对于热恋中的他们,这是最糟糕的分配结果。

但他仍然十分知足,因为母亲教书大半生,至今没有转正,而自己刚刚上班就是国办教师，薪水比她还高。多么幸运啊，更需倍加珍惜！

执教之初，他便担任初二年级班主任。

他备课有一个习惯，喜用红笔和黑笔。黑笔是正稿和主体，是关键点和知识链；红笔是修改和补充，是延展和花絮。黑红相间，工工整整，既有枝有干，又有叶有蔓。上课呢，除了严正的讲授，多采用快乐教学法和激励教学法。整个课堂，时而蓝天丽日，时而杏雨霏霏，时而鱼翔浅底，时而鹰击长空；春园芳草，日日见长；秋蚕食桑，夜夜育肥。

班上有几个落后学生，他耐心启发、引导和奖励。课后，和他们一起吃饭、散步、打篮球、练武术。

校长姓刘，特别喜欢这个勤奋而又阳光的年轻人，却又发现他生活的困局：每个周末，都要骑自行车去探望女友。太远了，太累了。于是，刘校长悄悄地、主动地向教育局申请调入。

很快，一对情侣终于团聚。

内心的挚爱，组织的关怀，使他的热情之火更加白亮。

学校有500多名寄宿生，生活管理极其麻烦。廖俊波却主动要求担任宿管老师。每天早晨5点开始，组织跑操、晨读和早餐；中午监督午餐和午睡；晚上最需操心：夜自习严禁外出，闭灯睡觉更要保证准时和安静。琐琐碎碎，凌凌乱乱。他却乐此不疲，津津有味。

教室通往宿舍的小路上，碎石堆积，野草丛生，时有毒蛇出入，不仅行走不便，而且暗藏危险。他发动学生，义务劳动，搬走石块，铲除杂草。半个月后，一条整洁平坦的甬道出现了。

两年后毕业考试，他的班居然名列片区第一。

刘校长看着这个外地小伙子，煞是惊奇。他身上，确乎有着一种特殊的魅力。

恰在这时，乡政府请他推荐一名文笔好、品行优的年轻语文老师，调去工作，培养担任办公室主任。

刘校长陷入苦恼，选谁去呢？

有几位年轻的语文老师，虽然文笔不错，但惰性明显：早晨赖床，常常耽误早操和晨读，甚至上午第一节课也需要自己拍门催促，总让人牵肠挂肚。这样的素质和作风，怎么能干好政府工作呢？

综合考虑，还是选定廖俊波。虽然他是物理老师，文笔略差，但综合素养高，可塑性强。

这天夜里，刘校长严肃地找他谈话，并以长辈的口吻真诚相告：以他的潜质，应该选择一个更宽大的舞台，更适合的岗位。

青涩涩的廖俊波，热恋中的廖俊波，不明就里，却又若有所悟。他感激地看着校长，看着组织。

一个普通乡村教师的人生，悄悄地转航了……

新　　星

> 由小我到大我，由走近到走进。他的内心有了一次悄悄的却是热烈的淬火，铸定了朴实而坚韧的初心！

作为国家行政机构的最基层，乡镇干部的繁忙和苦累，城里人似乎永远也难以体味。

父亲在乡政府工作大半生，深知其中甘苦。他告诉廖俊波，乡镇干部最基层、最辛苦，但老百姓更弱势、更无奈、更可怜，千万不要为难他们，不要吆喝他们，要尽最大力量帮助他们。

是的，乡政府大院里每天像集市，笑声、哭声、叫喊声，相互碰撞，无休无止。这才是原汁原味的农村生态，这才是真真实实的基层现实。

好在，他有着火一样充沛的热情，牛一样坚韧的耐心，水一样自然的笑容。

更重要的是，他有海绵一样饥渴的学习欲望。

工作总结、情况汇报、领导讲话、个案调查、新闻稿件等，这些完全陌生的公文和信息写作，必须马上学会。他收集了大量范文，搁在案边，放在枕边，带在身边，细细模仿，深深琢磨，字斟句酌，庖丁解牛。

公文写作看似简单，但要达到娴熟和精准，绝非易事啊。一枚枚文字，像一颗颗蒺藜，扎手又扎脚。他小心翼翼，蹑手蹑脚地日夜探索、前行。瞪着大眼看电脑，满眼血红。猛然一豆幽明，马上疾步上前。夏天里，没有空调，浑身是汗，裸上身，赤双脚，地板上盛开着一朵朵水灵灵的肥硕的梅花。

有一次，乡政府举办一个乡镇企业成果展览。所有展品都要拍照，要文字介绍，还要布展。"没问题，我来！"连续一周，昼夜加班，一个美轮美奂的展室形成了。照片幅幅精美，文字篇篇精彩。更让人惊艳的是他的书法，颜筋柳骨，清新俊逸。

对外对上接待也是一把好手啊。他满面微笑，彬彬有礼，言语真诚。洁白的衬衣，深蓝的裤子，永远那么干干净净，折叠熨烫得有棱有角。尤其是一些僵局和矛盾，只要他出面，大多能一一抚平，云淡风轻。

没多长时间，乡党委便培养他入党，而后指定他担任党委会议记录，并负责保管公章。

全乡大院，都喜欢这个每天默默干、满头汗的勤快小伙子……

1993年和1994年，廖俊波所在的大埠岗乡的信息资料工作和新闻稿件发表数量，均在全市排名第一。

这些当然引起了上级的注意，邵武市政府办公室急需这样的人才，迫不及待地紧急调入。

当今的青年人啊，大多好高骛远，心态浮躁，浅尝辄止，特别是文字工作，有几个人能够真正踏踏实实地潜入和掌握呢。

可想而知，他很快便成为全市的"笔杆子"，并被提拔为市委办公室副主任。

几年的乡镇和县级机关工作经历，廖俊波与这片土地、这种生活、这个社会似乎产生了一种越来越浓烈的生命感应。走在马路上，他品尝风儿是甜的；坐在办公室，他呼吸空气是香的；面对繁忙的工作，似乎感觉空气里跳动的是劲爆的音乐……

他竟然那么地热爱工作，以苦为乐。

有时，办公室集体加班，夜深，累极。他说，我给大家打一趟拳吧。说着，把大家招呼到楼道里或院子里。他微闭双目，静默片刻，便开始白鹤亮翅，双峰贯耳，形如捉兔之鹘，神如捕鼠之猫……

大家精神一振："廖副，再唱一首歌。"

"好！"

他收手，挺胸，吸气，略略凝神，一首欢快的《蜗牛与黄鹂鸟》

便脱口而出。虽然半专业，却是全投入。

一片惊呼。

唱罢笑罢，大家回到案边，再埋头，再启程，直奔黎明。

他似乎真正触摸到了这片土地的脉搏，躁动与安宁，痛苦与成长。他似乎听到了国家机器最底层的齿轮吃力而又刚劲的"吱吱"的摩擦声，听到了大地"窸窸窣窣"的天籁声和庄稼们"噼噼啪啪"的拔节声。过去，他面对的是孩子们，只有几百人，而现在的对象，是几十万名父老乡亲。他们的生活，他们的生产，他们的生命，他们的苦恼，他们的欢乐，他们的梦想……

想起原来小小的自我，他常常发笑。

1998年6月22日，邵武市大半区域遭受了一次百年不遇的水灾，损失惨重。

全市民众在市委、市政府组织下，众志成城，拼死抵御，展现了一种罕见的顽强不屈的精神状态。

市委决定，在抗洪救灾结束之时趁热打铁，召开一个隆重的表彰会，以进一步凝聚人心、提振精神。这一次表彰，在全市最大的剧场内举行，与会人员超过两千，98个单位622位先进个人，全部上台领奖。

7月中旬，正值酷暑，市委、市政府不少领导上班时穿着T恤、短裤和休闲鞋。

在筹备会议上，负责会务工作的办公室副主任廖俊波建议：在颁奖大会上，希望所有市领导统一穿着暑期正装：短袖白衬，红色领带，深色西裤和皮鞋。

不少市领导马上怒目而视，斥责他走形式、花架子。是的，现场没有空调制冷，人们岂不中暑？

他说，穿上正装，是对会议的重视，是对英雄的尊重，表现的是市委、市政府领导的态度和素养、精神和形象。至于炎热，可以用别的方法缓解。

市委书记林小华眼前一亮。是啊，过去随随便便，土八路作风，对这些细节未加注意。这绝不是形式，而是内涵，而是文化，更是文明！

那一天，虽然仍是炎热，但10多位市领导衣着崭新，领带鲜艳，严正地向全市英模一一颁奖。

廖俊波安排在现场摆上冰块，并调集了数十台电扇，摇头晃脑地吹风送爽。

全场气氛肃穆，悲壮激昂，仿佛是战场。颁奖的领导们领带飘起，头发飘起，着装整齐而庄重，极显大将风度。而立功受奖人员，更是群情激奋，神圣无比，血脉偾张，跃跃欲试，似乎每个人的心中，都揣着一个核工厂。

这次会议，反映强烈。大家说，这才真正是团结的大会，鼓劲的大会。

爱学习，肯用心，能吃苦，虽然进门起步晚，但是融入状态快。廖俊波，以朴实、真诚的努力和实绩走进了组织的视野！

一 镇 之 长

共产党的干部，什么是信仰？什么是动力？

为人民服务，让群众幸福，这就是动力！难道，我们还需要别的什么动力吗？

拿口镇，是廖俊波主政的第一块试验田。

1998年9月，他被市委任命为拿口镇党委副书记、镇长。

拿口镇位于县城东侧36公里，是本次受灾最严重区域。全镇共倒塌房屋574幢，894户3843人无家可归。

大灾过后，当务之急是建房。而要建房，红砖紧俏。当地个体户借机抬价，砖价比过去高出两倍。面对歪风汹汹，他通过相关部门马上联系，用火车从外地调运红砖数十车皮。

外来红砖入赘，骤然稳定市场！

他，第一次感受到党和政府正能量调控的巨大优势。

仅仅5个月时间，全镇共建造楼房102座。春节之前，全部灾民迁入新居。

农民收入偏低。他深层调整种植结构，推广种植烟叶，倡导多养鳗鱼。两年之内，烟叶种植面积由1000亩扩大到6000亩，鳗鱼养殖水面达到1000亩，使全镇农民收入平均提升近千元。

小镇财政寡淡。他充分调研后，果断改革财税体制，对镇属电站和集体竹山进行重新竞争承包，使镇财政每年增收70余万元。

在拿口镇期间，他最大的贡献，就是创建了一个工业园。

乡镇建造工业园，整个南平市前所未有。但他经过反复考察，根据当地的地理位置和产业特点，决定打破这个先例！

他首先规划出600亩的园区平台，总体设计，分批开发，针对具有当地资源优势的竹木加工、工艺品、竹炭、矿产加工等行业进行重点招商。

千言万语，千山万水，千辛万苦。经过几年招商引资，深情呵护，热情服务，这个工业园竟然迅速发展起来。他离任之时，已经落户生产型企业27家，其中投资500万元以上者5家，工业税收达到260万元。

正是这个工业园，使拿口镇一跃成为邵武市数一数二的经济强镇！

在拿口镇，谈起廖俊波，人们总要说到一条路。

拿口镇的前身是拿口乡和朱坊乡，几年前，两者合并。由于原朱坊乡的20多个村庄地处偏僻，没有一条硬化公路，致使1.3万村民苦不堪言。但通村公路不在国家计划之列，没有政策资金补助。

一条路，关乎一方土地的未来，更关系到两个片区群众的和谐。廖俊波经过综合考虑，决定修筑这条民心路。

但问题随之而至：修柏油路还是水泥路？

全路总长19.6公里、宽7米，柏油路需要400万元，但寿命较短；而水泥路则需要600万，如果质量保证，可使用20年。

他选择水泥路！

困难，困难，党委解困，政府克难！

除了乡政府自筹和贷款，资金还有不小缺口。他马上捐出一个月工资，又动员全乡干部和教师捐款，并游说当地企业家赞助，然后又四处奔波，苦苦化缘。

终于，筑路资金基本凑足。

他日夜值守现场，协调监督施工质量。

铺路的石子大多从河中捞出，粘满泥沙。他主张对石子们进行统一洗澡。

现场工程师嘲笑他多此一举。

他是物理老师出身，明白在混凝土硬化过程中，凝结物之间的杂质容易产生裂缝。这些微裂纹虽然肉眼难辨，却是质量隐患。他再三呼吁，只需增加这一工序，便可使公路寿命延长几年。

于是，在他的坚持下，工人们用高压水枪对全部石料进行细细冲洗。

2000年12月26日，公路终于通车。

当天上午，数百名群众自发地涌向乡政府，敲锣打鼓，点鞭放炮。最引人注目的是十几位白发苍苍的老翁和老婆婆，从家里拿出铁锅和脸盆，用铁勺拼命地敲击着，脸上全是笑容和泪水。

霎时间，他泪流满面。

我们共产党的干部，什么是为人民服务？什么是信仰？什么是动力？什么是目标？

这就是目标！这就是动力！

难道，我们还需要别的什么动力吗？

17年过去了，这条"拿朱公路"至今未曾损坏，仍然在坦坦荡荡、扎扎实实、日日夜夜地为这片土地服役……

共 享 荣 华

真正的干将，真正的干部，就是主动地披荆斩棘，攻坚克难，进行开创性工作，并且任劳任怨，无私无畏。唯其如此，才能受到群众的拥戴、组织的信任！

单人又独骑，勇闯荣华山，是廖俊波生命中的又一段传奇！

拿口镇工作5年，年年考核全市第一。2004年2月，他被选举为邵武市副市长。在这个岗位上，他率先提出建设专业化产业平台，并主持创建占地26平方公里的省级循环经济园区和南平市最大的化工基地——金塘工业园，使全市规模工业产值3年几乎翻番。2006年5月，他调任南平市政府副秘书长，协调工业和城建系统。

此时，南平市为了突破发展瓶颈，决定在闽浙赣交界浦城县仙阳镇的荣华山一带，上马一个工业园区。

或许因为他熟悉工业，对建造园区颇有经验；或许因为他是浦城人，更熟悉当地情况。他，成为最佳人选。

2007年10月，廖俊波被任命为荣华山产业组团管委会主任。

从地理位置上看，荣华山位于福建省最北端，紧邻浙江和江西，位于长三角、珠三角和海西三个经济影响圈的叠合部，的确是一块天然的聚财和吸金宝地。

但当时，它却是一片荒山，没有土地，没有规划，没有人员。

更重要的是，由于经济基础薄弱，市委、市政府授权他的启动条件，只有1个人、1部车和2000万元包干经费。

所需人员，暂且从当地政府机关借用。而办公场所，只是租用附近农村的五间小房。

真是白手起家，平地创业呀。

不，没有平地，因为每一寸平地都需要自己开掘。

…………

实在难以想象，4年时间，廖俊波投注了多少智慧和心血！

一组数字为证：

铲平山头13个，新造平地3732亩，完成征地7000余亩。

签约项目51个，开工项目23个，前期投资28.03亿元。

在荣华山的开发中，他别出心裁地大力采取园中园形式。

最早启动的是绿色食品产业园。福建仙芝生物科技有限公司落户之后，所研制产品出口美国、加拿大、日本等20多个国家和地区，在国内各城市设立了120多家专卖店，并在当地种植灵芝1500多亩，带动菌农2000多户。而后是合成革园中园。他精心规划4000亩平台，打造出一个极具吸引力的孵化温床，最快地招来23家同类企业，创建了全国第一个合成革产业园。接着是机械电子产业园。采用企业代管模式，打造小微企业创业集群……

他仍然坚持着当教师时的习惯，对每一项工作都备课般地细细规划。

他的皮包极其特殊，是一种黑色帆布包，五层，分别放着图纸、报表、文件、材料、笔记本和一沓打印纸。当然，还有红黑两支笔。这一切加起来，足有十几斤重。

4个春节，他全在岗位上度过。春节之前，他会带着妻子女儿先回到老家，向父母叩头请安，奉上年货。而后，全家上山，在岗位上值班过年。从大年初一开始，他便向当地村干部和进驻企业的值班人员拜年。

平时，他最常态的工作，就是西装革履、腰插话筒，向客商们介绍情况，讲解规划。

最苦最累的是他的汽车，4年时间，行程36万公里，平均每天竟然行驶250公里！

一部崭新的汽车跑成了老旧，而一个年产值近百亿元的产业组团，已经无中生有，蔚为大观！

果然，仅仅几年之后，一座丰茂且强劲的荣华山，已经成为南平市实体经济的重要支撑！

……

他把荒山，变成了金山，变成了财富！

荒山把他，变成了中年，变成了黧黑！

"省尾书记"

由门外到门内，由会场到现场。

只有学习学习再学习，用心用心再用心，才能最快地进入，才能穷尽我们这一代人的智慧，不留遗憾！

毋庸讳言，廖俊波人生的最辉煌，是在政和县。

政和县位于闽北、闽东、浙南交界，全境山地丘陵面积约占93%以上，其余为河谷盆地。由于地处偏僻，自然条件恶劣，历史上曾用名关隶县。

关隶，处于大山深处，重重叠叠，只有一条羊肠山路通向州府。

但，荒蛮之地有特产，尤以白茶最优。

北宋政和五年（1115年），颇有雅趣的宋徽宗品尝到这种稀世佳茗，惊叹之余，竟以本朝年号相赐，政和县由此而来。

这在历史上，绝无仅有。

莫大的荣幸，金贵的广告。

但是千百年来，这里却没有富庶祥和。直到廖俊波就任县委书记时的 2011 年 6 月，只有两条省道过境，没有国道，更没有高速公路，全县 23.5 万人，财政收入只有 1.6 亿，位居全省倒数第一。

最让人惊奇的是，整个县城，没有一盏红绿灯，没有一条斑马线，没有一家规模超市，没有一处正规停车场。高压电缆和弱电线路，布满天空，密如蛛网。居民用水，时时瘫痪。这样落后的县城，在中东部地区应该也是绝无仅有。

为什么会这样呢？

原来，除了自然条件恶劣外，还有别的原因。20 世纪六七十年代，政和县曾两次被合并到邻近的松溪县，先后又恢复建制。而且，原属宁德地区管辖，后又划归南平市。还有，2000 年前后，政和县发生了一起贪腐案，时任县委书记、副县长等多人涉案。

多种缘故使得这个偏僻小县经济落后。

…………

上任满月，一言未发。

50 天后，他汇集全县所有副科级以上干部，召开一个为时 3 天的务虚会，要求人人发言。最后，确定了一条特色化、差异化之路，即发展四大经济：工业、城市、旅游和回归。

前三者易于理解，回归经济是什么呢？

原来因为穷困，不少本地人外出谋生。全县人口 23 万，在外人口竟达 7 万。这些人中，不少已经发展壮大。

如何吸引他们回乡创业呢？

时任政和县城乡建设和旅游局局长卓成庆告诉我，廖俊波第一次见面，就向他索要一张全县等高线地图。

"什么？等高线地图？"他疑惑地问。

"是的！"

卓成庆心中震撼。过去历任领导，谁曾询问过这样的专业地图呢。

又过半个月，廖俊波再次找上门来，严肃地说，准备给他划拨1000万元，作为全面改造、提升城乡功能的设计费。除了县委、县政府办公楼，一切都可以进入规划设计视野！

"什么？1000万？"卓成庆大惊失色。几十年来，全部的城乡规划设计费相加，也不过几十万元哪。

廖俊波说，政和要发展，必须要建设一个具有现代化功能的县城。缺少这些，谈何归属感，何谈吸引力！我们要穷尽这代人的全部智慧，力争不留遗憾。

年近五十的卓成庆，汪然出涕，热血沸腾！

于是，他聘请省内外数十位专家，开始了长达半年的奔忙，对城市规划、村镇规划和园区规划，特别是县城道路、桥梁、超市、电路、管网、文化场所、绿化等，进行了全面的科学规划和设计。

2012年4月，一场史无前例的投资26亿的"十大工程"开工了。

投资26亿？全县年财政收入不足2亿，而且是吃饭财政。这些巨资从何而来？

其实，我们是人民政府，我们有国家后盾，有市场资源，有土地资源，更有多种途径和舞台。在这里，廖俊波以他无私的情怀和丰富的经验，舞动慧心和巧手，合理地撬动了多种资金。廖俊波提出用好"四块钱"：用好祖宗留下的钱，即土地、矿山、林业等变现来的钱,要用于民生、用于城乡基础设施建设;用好"东家"的钱,即中央、省、市帮扶的资金,要把事情做好,对得起"东家";用好子孙的钱,即通过融资、贷款、债券等筹来的钱,要用于发展,如开发区建设等,赚更多的钱;用好赚来的钱,即通过开发区发展赚来的税收等,可以用来发工资。

这些资金,有沉睡的,有僵硬的,有惊险的,有意外的,但都需要真诚地、智慧地去争取,去激活。这里面,有着几多的苦口婆心,有着几多的泪流满面,有着几多的海誓山盟。

县人大副主任许绍卫已临近退休,廖俊波找到他,想请他兼任熊山街道党工委书记,主抓城市建设征迁工作。他摸着自己的满头白发,对廖俊波说:"我老了,还是让年轻人冲锋陷阵吧。"

廖俊波说:"老将出马,一个顶仨。这种事还是老同志。"

劝说再三,老许仍是不愿出山。

一天晚上,廖俊波再次登门拜访。当许绍卫再度说到自己的白发时,他从皮包里拿出一盒染发剂:"老兄啊,这是我托人专门从香港给你买的,保证绿色产品,保证立马年轻!哈哈……"

老许再也坐不住了,站起来,一把握住书记的手。

是的,只要科学精准,只要规划严密,只要摒弃私心,只要杜绝贪腐,只要没有浪费,一切投资,都会变成正能量,都会开花结果!

政和县城,开始了脱胎换骨的精彩蝶变!

谁都清楚,县域经济发展必须依靠规模化的实体经济。这个实体经济,就是工业区!

而政和,是南平市唯一没有工业区的县。

为什么没有工业区呢？一是因为政和县交通闭塞，经济落后，招商引资特别困难。更主要的是在这里创建工业区，周期长，见效慢，如果增加财政收入，最少需要五六年时间，而哪个县委书记有此耐心呢。

但是，为了政和县的长远发展，廖俊波下定决心。

经过再三踏寻，终于在县城西部6公里外的一个丘陵地带，寻找到一片合适的场地，可以最大限度地节省土地。

下一个难题，就是征地。

如何才能发挥大家的积极性，共同克难呢？他想起了县人大、县政协的领导们。他们都是当地人，都有着丰厚的人脉，在当地颇有威望，只是县里这些年的落后和前些年的腐败案使大家信心不足。于是，他决定成立11个小组，让他们各领一组，分头行动。

县政府副县长何宋林曾担任开发区所在地的镇党委书记，被派到开发区负责征地工作。廖俊波经常带着何宋林等人走村串户，与群众拉家常、谈远景，破解征迁难题。

2012年8月26日晚，石屯村82岁的村民林子荣刚刚吃过晚饭，就听到一阵敲门声。

一个衣着随意、头发松散却又面目儒雅的中年人，笑微微地站在面前。

乡下村民，谁敢奢望县委书记傍晚叩门呢。

"能不能把邻居和各组的老乡请来，咱们一起聊聊？"廖俊波问。

很快，各组小组长，辈分高的老人，来到林家厅堂。

这个村的600多座祖坟，正好位于工业区规划的中心地带。多日来，村民们不肯搬迁，提出了种种要求。今天晚上的议题，就在于此。

大家议论着,争吵着,讨价还价。最后,终于同意搬迁。

可往哪里搬迁呢?

廖俊波说:"我们在附近的山上选一块风水宝地,建一座公墓,把先人都搬迁过去。他们都是老邻居、老相识,受了一辈子苦,也没有住上楼房。现在,让他们住在一起,楼上楼下的,不也热闹吗。"

大家一听,都笑了。

又有人拍马杀出:"还是不能搬!征地补偿标准明后年就要抬高,我们现在搬迁,不就吃亏了?"

"决不能让带头人吃亏,决不能让老实人吃亏!如果在开发期间,征地标准抬高,我们一定如数补齐!"他拍胸脯保证,而后,招呼大家:"来,吃西瓜喽!"

…………

第二天,这位82岁的老人,颤颤巍巍地来到现场,戴着老花镜,翻着家谱,一一核对祖坟。

几天时间,12个家族的600多座祖坟全部移走。

短短3个月,征地3000亩,竟然零上访。

经过反复论证,工业区的支柱确定为机电产业。

政和县地处偏僻,发展机电产业的瓶颈是物流,所以只能从小物流开始培育。廖俊波和相关人员费尽心机,引进65家中小型机电企业。这些企业虽然入驻,却又不能异地贷款。于是,他又着手解决融资难问题。中小企业终于抱团成链,却又缺少龙头带动。为此,他辗转在3个省会和京津沪之间,连续40多趟,手捧鲜花,跪地求婚。

2014年2月的一天,他正在福州开会,晚餐间偶然听说一位国内知名机电企业董事长正在福安市。这位董事长曾来政和考察,而后没有回音。

马上电话,相约见面。

但这位老板公务繁忙,明天一早就要赶往厦门,飞往美国。

廖俊波恳求:"我现在赶过去,您方便吗?"

老板大惊。从福州到福安,开车需要3个多小时,而且是夜行。正在他犹豫之时,廖俊波已经动身了。

当晚10点,双方见面。

1个小时后,廖俊波返回福州。

3个月后,这个投资3亿的项目,落户政和!

政 通 人 和

郡县治,天下安!共产党的根基,主要在县级。老百姓会说,共产党怎么样,主要看县委书记。

在政和4年,他不仅把经济搞上去了,更把人心搞上去了。

"小张,能不能帮我在网上购买一双皮鞋?我的手机没有绑定支付宝。"

"当然可以!多少码?"

"42码，黑色，内增高5厘米。价格300至400之间。"

上网搜索，即刻锁定目标，定价368元。

第三天，鞋到了。当天晚上，他向廖俊波办公室走去……

张斌，男，1982年生，政和县黄垱村人，初中毕业到上海打工，后来从事电商业务，主要从事手表销售。近几年，在县委、县政府的召唤下，他回到故乡创业。不仅如此，他还根据市场感觉，设计开发自家品牌手表，在广东生产，在政和销售。

2014年，政和县成立电商协会，散落全国各地的政和籍电商终于有了自己的组织，而张斌也与廖俊波成了无话不谈的朋友。

去年春节，廖俊波专程赶到张斌乡下的老家拜年，而他设在政和县城的小家，廖俊波已是两次做客。

这期间，廖俊波多次主持召开电商座谈会议，并亲自陪同他们，合租一辆班车，前往厦门大型电商——乐麦总部，学习两天。

县政府已经正式决定，征地38亩，投资建造一座高标准电商孵化园——同心电商创业园。园区建成之前，由政府租下一处办公楼和一个20000平方米的大仓库，供政和电商无偿使用。

此时，全县工商登记注册的电商类企业达到460家，注册网店总数超过2500人，直接间接从业人员达到4800多人。

据阿里巴巴发布的"中国县域电商发展指数排行榜"显示：全国2700多个县市，政和电商赫然排名第73位。而在手表销售单项中，位居全国第一！

这个成绩，让人惊叹！

…………

2015年6月的这天晚上，廖俊波试穿皮鞋后，特别满意。

他悄悄地却是兴奋地告诉张斌，近日要去北京参加一个重要会议，习近平总书记出席并接见。这是他平生最昂贵的一双鞋了。

说着，他拿出一个信封。368元，不多不少。

小张满脸窘色。这几年，在县委、县政府的鼓励支持下，自己成了千万富翁，而且他们又是好朋友，一双不足400元的皮鞋，竟然……

廖俊波温和却又坚定地说："小张，咱们是君子之交。亲兄弟，明算账！"

张斌仍是尴尬不已。

"你如果过意不去的话，就考虑一下我的愿望。我希望你把手表生产地从广东迁移到咱们政和，带动家乡发展……"

自从宋徽宗抬爱之后，政和白茶盛极一时。

千百年来，这些精灵们沿七星溪蜿蜒而下，通过闽江融入中国文化。而县境内最大的茶运码头，就是县城西部9公里的石圳村。

石圳村是一个溪边半岛。作为方圆百里的白茶集散地，繁华之时曾拥有茶馆数十家，旅店十几所，甚至还有当铺和教堂。可近几十年来，由于种种原因，这里落后了，破败成一片荒芜。

不仅荒芜，而且颓废。全村526人，青壮村民大多出去打工，只剩下180多位老弱病残值守家门，茶园面积大大缩小，茶叶交易完全消失。新旧垃圾堆积四周，臭气熏天。

小村有个女儿袁云机，回娘家时实在看不过去，就动员9个妇女清运垃圾，并向镇政府申请垃圾箱。

廖俊波听说后，猛烈意识到小村有正气，有希望，便马上前来考察。

接着，他动员社会各界支持，并重点推荐小村创建全省美丽乡村示范村。省里相关部门考察认定后，决定支援小村130万元。

同时，他倡议村民集资入股，成立旅游开发公司，开垦茶园，恢复传统制茶工艺，开办农家乐、民俗馆、采摘园等，发展乡村旅游，创建白茶小镇。

仅仅两年时间，石圳村便恢复了昔日的繁荣。

各种体育和娱乐设施运来了，小村的欢乐也运来了。

我采访的时候，正值傍晚，放学的孩子们在秋千上摇荡着，几个老太太正在健身器材上活动身体。小村人像城里人一样，开始享受一个个熏风沉醉的夜晚。

是的，村街上的路灯一盏盏地亮起来了。不仅照亮了小村的夜，也照亮了小村的心。

石圳村醒了，笑了。

现在，小村新开辟茶园600多亩，茶叶市场逐渐恢复，青壮男女大多回归。

小村的苏醒，小村的微笑，小村的芳香，自然也引起了更多更大的关注。

2014年3月，本地一位在厦门做医疗器械生意的企业家，决定在小村征地50亩，投资2亿元，建造"中国白茶博物馆"和白茶银行，向全国推介政和白茶。

政和白茶，再度飘香。

廖俊波说，或许别家的白茶是美女，让人一见钟情；但政和的白茶肯定是才女，会让你日久生情……

廖俊波常说，招商引资，要有跪地求婚的真诚和勇气。

国内某著名大型养殖企业，养鸡养鸭，原料直供肯德基和麦当劳。

他通过中间关系联络若干次，对方一口回绝，拒不见面。正常情况下，别人早就知难而退了，可廖俊波说，双方没有见面，没有沟通，希望犹在，一切皆有可能！

2013年3月，廖俊波终于见到对方董事长。没想到对方不客气地说，他知道政和，那是一个非常偏僻的地方，他怎么能往那里投资呢？

现场气氛，立时冰雕。

片刻，廖俊波高兴地说："非常偏僻的地方，正是投资创业的好地方。您想想，正是因为偏僻，现在高速公路刚刚开通，这个问题已经解决；非常偏僻，说明这个地方地域广阔而且生态良好，正是养殖的首选之地；再者，非常偏僻，地价肯定便宜。总之，希望您去看一看。"

董事长一怔，看着这个独特的县委书记，西服笔挺，头发板正，温文尔雅，不亢不卑。

事态的发展，果如廖俊波所言。

在董事长从政和考察回来的路上，一个全新的构想诞生了。

这是一家大型生态养殖企业，而政和偏远的山坡上，到处是闲置的天然养殖场。

双方签约后。廖俊波内心仍然不甚满足：这个项目虽然富民，却没有税收。

此时，他又得到信息：一家以熟食加工业务为主的美国著名公司正在寻找合作伙伴。

猛然，一个更加高新的构想再次升空！

于是，他又开始了新一轮的奔跑和游说。

2013年10月，一家全新的集养殖加工于一体的中外合资企业，在政和呱呱落地!

如今,这家投资15亿元的大型合资企业,已在全县发展44家养殖场,日屠宰量达到12万只,用工3000余人。500多辆冷链运输车,日夜不停地奔跑在这片曾经贫穷和寂寞的大地上。

天生天养的鸡鸭,源源不断地进入世界的肠胃;花花绿绿的现钞,滔滔不绝地回归政和的财政……

短短4年时间,政和的变化翻天覆地。

2012年,县域经济发展指数提升35位,上升幅度全省第一;2013至2015年蝉联全省"县域经济发展十佳县",财政收入由2011年的1.6亿元猛增到2016年的4.9亿元。

更重要的是,他离任之前,一座现代化的新县城已经脱胎换骨:改造5条大道,打通9条断头路,新增3家大型超市,设置4个红绿灯和1500盏路灯,建造高标准的市民广场和文化中心,电缆和弱电线路全部地埋,供水管网全部改造。特别是县城周围,高速公路通车,2条国道过境,8座大桥竣工……

春节时,外出的乡亲和学子纷纷回家过年。走下高速是宽阔的迎宾大道,两侧站立着璀璨的街灯,高挂着喜庆的中国结。不少人看着这亮堂堂、红彤彤的场面,看着这全新的故乡,瞠目结舌……

政和政和,政通人和!

一个千年的梦想,终于实现!

最关键的是,廖俊波任职政和4年,不仅把经济搞上去了,还把人心搞上去了。

忠诚又干事,干事又干净。他的实干和廉洁,真真正正,让人折服。

党的事业,人民的事业,太需要这样的干部了!

他，不仅是县委书记的形象，更是共产党的形象！

我爱武夷山

是的，这个社会物质极大丰富，娱乐极其多元。很多人耽于娱乐，享受安闲，甚至指指戳戳。但总有更多人在支撑着这个社会，他们夜以继日，鞠躬尽瘁。

他们，就是中国的"脊梁"！

可别小看闽江，它的流量与黄河不相上下呢。

20世纪七八十年代，由于"三线"建设，南平的国民经济总产值在福建省名列前茅，是龙首。但改革开放后，随着沿海地区的发展，这里落后了，变成了龙尾。沉重的龙尾。

这些年，南平人一直在试图突围。

但是，毋庸置疑，南平的发展存在着巨大的瓶颈。首先，南平市政府所在地延平区是一片狭窄山地，四周无处延展，而且处于市境的犄角地带。这些年来，为了寻找一方舞台，南平和福建方面的领导和专家费尽心思，终于选定了一个好地方，那就是全市中心区域的邻近武夷山的建阳市市郊。如果依托现有城市基础，再创建一个武夷新区，把南平市政府搬迁过去，岂不是一个凤凰涅槃的好主意。于是，经过多年论证，在省委和中央的支持下，整套计划已经通过。

2013年,新区整体规划完成,进入建设时期。

2016年,市党代会明确提出:2018年有序启动行政中心搬迁,2020年初步形成布局合理、设施配套、宜居宜业的新兴中心城市。

不仅要尽早建造一座武夷新区,还要搬迁一座地级城市,这是一项多么巨大的工程!

这项任务,又历史性地、宿命般地落在了廖俊波肩上。

2016年8月,身为南平市常务副市长的廖俊波,兼任武夷新区党工委书记。

市政府,他是常务负责人;武夷新区,他更是第一负责人。

武夷新区距离南平市委、市政府所在地130公里。于是,穿梭于两地之间,便成了他的常态。日日夜夜,风风雨雨。

工作之忙,压力之大,可想而知。

什么叫殚精竭虑?什么叫绞尽脑汁?什么叫夙兴夜寐?什么叫披肝沥胆?都是此时的廖俊波!

武夷新区初始的产业规划,只有四个产业:新能源新材料、绿色食品加工、电子机械和生物医药。

2017年元旦过后,不少有识人士呼吁上马软件园。是啊,新区,新区,新在哪里?信息时代,怎么可以缺少软件产业?

但南平是一个偏僻之地,落后之隅,谁来落户呢。

于是,廖俊波开始了全面的考察。

1月23日晚,市长许维泽和廖俊波都在市政府办公楼加班。晚上9点多,廖俊波来到市长办公室,主动提出汇报一下软件园的事情。

许维泽拉过一把椅子:"好哇,好哇。"

廖俊波说:"我市目前还比较落后,要想后发崛起、弯道超车,产业就必须插上科技和互联网这两个翅膀,要着手建设互联网产业基地。"

"我们当然希望建立自己的软件园,问题是以我市的综合条件,你感觉有把握吗?"

"只要我们目标明确,真正用力,就一定能建成。不仅要建成,而且一定要高起点规划、高标准设计、高质量建设,把硬件搞好,还要引进辐射带动强的IT龙头企业。"

许维泽眼前一亮:"说说看,说说看。"

廖俊波的构想,像画卷一样缓缓展开。他从软件园的建设谈到今后的管理,谈到云计算、大数据、智慧城市等。可以看出,每一个环节,都已经过反复考察和深思熟虑……

一直聊到凌晨2点,两人越聊越兴奋。

干脆,请值班人员从食堂拿来几瓶啤酒和一包花生米。

两人以酒助兴,直到天明。

…………

马不停蹄。

一个多月时间,廖俊波连续拜访了国内IT业规模企业,其中10多家已经签订协议并陆续入驻。特别是在福州,他与国内IT巨鲸——浪潮集团福建公司总经理孙庆弟交上朋友,并在合作谈判中取得实质进展。

3月15日,廖俊波北上拜访浪潮集团执行总裁,双方确定本月20日正式签订战略合作协议。

为什么确定在3月20日呢?

因为这一天,是浪潮集团福建公司总经理孙庆弟的生日。

清水出芙蓉

　　要说共产党的干部，好干，也不好干。只要你真正做到经济无贪念，心中有百姓，就可以无畏，就可以放开手脚，就可以无往而不胜！

　　每次外出上任时，廖俊波的行李之中，有一件东西必不可少。熨斗！
　　这是他从来的习惯。他的衣服，从来都是白色衬衫，深色裤子，这是他的标配。虽然价格不高，但绝对保持整洁，并且熨得平平展展。
　　不仅衣服，他的头发，也是从来一丝不苟，他的皮鞋，更是始终亮亮光光。
　　这是对人的尊重，也是他的作风，更是他的心情。
　　工作之余，他在宿舍里自己用手洗衣服。晒干后，就把办公桌上的文件暂时推开，拿起电熨斗细细地熨衣服，有棱有角，工工整整。这样，无论是招商洽谈，还是开会座谈，都是精神抖擞；抑或亲友相见，也是如沐春风。
　　不仅对自己，对妻子女儿，也是如此。多少年来，他对妻子的爱一如既往，宛若鲜奶。妻子的衣服，大多是他购买。分别的日子，每天晚上，他都会用微信向妻子献上一束玫瑰。

多少年来，他养成一个习惯，只要在家，看书、写日记，即使看文件，也决不在自己的书房，而是和妻子女儿一起，围坐在餐桌前。三个人低着头，一个办公，一个备课，一个学习，各自沉思，各自前行，相视一笑，芳香四溢……

这也许就是他们的良好家风吧。

妻子是南平一中物理组的教研组长，是名师，而女儿在大学里年级综合成绩第一名，最近被免试保送到同济大学读研究生。

不仅对家庭，对工作更是如此。

20多年来，无论工作多么忙碌，他每天晚上都要做日志，用黑笔和红笔把当天的工作认认真真地记录下来，条分缕析，枝叶分明，像小学生的作业本。这样的日志，每年都有10多本。

…………

工作，总是一如既往地忙碌。

但是，千万不要以为他是工作狂啊。

对他来说，工作不仅仅是工作，更是责任，是使命，是快乐！

看着城市在一天天精致起来，看着工厂在一天天成长起来，看着市场在一天天繁荣起来，他高兴啊。他感谢组织，感谢党给自己的工作机会。

有时候，加班到半夜，揉揉眼睛，舞动双手，总是感觉意犹未尽。于是，走到户外，拉开架式，打几趟拳。

他经常给大家表演打拳，给大家唱歌。只是节目更多了，除了《蜗牛与黄鹂鸟》，还有仓央嘉措的《那一天》："那一瞬，我飘然成仙……"

打完拳，唱完歌，出一头汗，回到办公室，盘腿坐下，重归静思……

2006年,被任命为南平市政府副秘书长的第二天,他就在一个平民小区买下一套二手房。

因为协调城建工作,他不想让开发商们有任何的借口和企图。

去年,他在福州又买下一套36平方米的住房。

这是他们退休之后的巢。女儿研究生毕业后准备在福州工作,可以先住进去。女儿结婚时,他们再筹资在附近买一套,送给亲爱的女儿。然后,他们就住在这套小房里,就近守着女儿,安享晚年。

这座小房位于福州市东郊,首付20万,贷款50万,每月还款4000元。

一个曾经的县委书记,一个现职的常务副市长,为什么悄悄购买如此狭小的住房?

实在是财力所限。

试问天下高官,几人能够如此?

要说共产党的干部,好干,也不好干。只要你真正做到经济无贪念,心中有百姓,就可以无畏,就可以完全放开手脚,就可以无往而不胜!

雨　　别

从一个乡村教师到一名高级干部,他没有任何政治资源。如果说有,那就是民心,那就是政绩,那就是老百姓。老百姓就是他的后台,就是他的拥趸,就是他的选票，就是他的靠山！

2017年春节过后的两个多月，各项工作的挤压，他竟然没有休息过一个周末。

3月14日晚，他赶到北京，原定15日上午拜访的一家央企临时通知要改为下午2点，空出了一个上午的时间。工作人员提醒说："你父母住在北京，何不去探望？"是的，父母在妹妹家已经住下两三年，自己还没有登门看望过，只是春节期间在老家见一面。作为父母唯一的儿子，他常常心有愧疚呢。

转念一想，软件园事情太繁杂，便马上通过孙庆弟联系浪潮集团。正好，对方执行总裁答应见面。他马上拿出西服，打上领带，梳理头发，擦亮皮鞋，像谈恋爱一样，雀跃而去。

这一次，他终于见到了浪潮集团执行总裁，并取得了实质性进展。双方相约，3月20日，南平见！

回到南平市，已是3月16日凌晨。他兴奋地对大家说，这几天行程太紧、太累，大家明天休息一下吧，晚一个小时上班。

第二天8点30分，大家仍是正常到岗。可他呢，已在建阳区参加过一个早上8点的开工会，又赶往南平市开会去了……

3月17日下午，纪检部门在武夷新区调研，他全程陪同。晚饭后，新区开了碰头会，赶回南平已是晚上11点。

3月18日上午，市长主持会议，协调研究武夷新区生活区搬迁相关事宜，直到12点30分结束。

午饭后，他睡得很沉。妻子不忍心叫醒他，可是他定了手机闹钟：14点30分。

闹钟响了，他睁开眼，又闭上，对妻子说："我再睡一会儿，36

分叫我,盯紧啊。"

时间到了,妻子犹豫一下,还是叫醒了他。

下午3点,他主持会议,研究上午会议内容的具体落实。

会议5点半结束,他又与市国土局局长一起开小会,商议武夷山国家公园事宜。由于涉及四个县市,决定下周二再开协调会。

下午6点,他回家吃饭。饭后还要赶到130公里之外的武夷新区,主持今天晚上8点开始的协调会,几个当务之急的议题,不能再推。明天早上8点30分,还有一个重要的开工典礼大会。

他,为什么要把这些会议都安排在周末呢?

因为他的第一职务是常务副市长,平时,市委、市政府的重要活动和会议,他需要参加。而周末,这些重要活动和会议相对少些,他可以专注于新区。所以,每个周末,别人的休息日却是他的忙碌日。

快快吃饭,6点半出发。

妻子静静地看着他。

这个匆匆忙忙的男人啊,真是她今生注定的眷侣。结婚25年了,他仍是像新婚一样爱着自己。只是,他常常不在身边。每次想他了,就打电话,可总是不接。有时候,回一个字:忙。有一次,他抱歉地说:"以后退休了,买菜、洗衣服、熨衣服、做饭、拖地、养花,我全包了!你什么也不用干,只管坐在沙发上指挥,哈哈……"

那一刻,他兴奋得像一个孩子。而她,幸福得宛若初恋。

可他,毕竟心累呀。从政和县离任时,他还是一个精壮的中年人,而两年来,头发全部灰白,几乎脱落一半。脸上和手上,竟然长出了一片片老人斑。48岁的人,看似一个58岁的老者……

想到这里，她一阵心酸。唉，再干几年，退休后，到福州，陪着女儿，好好休息。相互依偎，相互守望，看着彼此从年轻到衰弱。这，就是白头到老吧。

他埋头喝粥。

这时，天阴沉下来。天气预报有大雨。

忽然想起还有130公里的山路，妻子就试着说：“反正是你召集的会议，今天又是星期天，你休息一下，也让大家休息一下吧。”

他没有吭声。

她又说了一遍。

他沉默一下，略有嗔怪地说：“你是老师，下雨天，就可以不去上课吗？”

妻子怔一下，无语。

这是多少年来，他们第一次交锋，第一次红脸，第一次矛盾。

于是，他一手提着公文包，一手提着衬衣、领带和西服，微驼背，弓身，点点头，笑一笑，走出门……

40分钟后，噩讯击来！

清晨的南平，睡意蒙眬，晨光熹微，宛若梦吆。

整座山城，高高低低，密密实实的楼房，一扇扇小窗，静静的窗帘，仿佛一双双闭合的眼睑。一棵棵大大小小的榕树，依偎着，像母亲抱着儿女，似丈夫拥着妻子，在梦乡中。

每个人，每座城市，每个民族，都有一涡甜甜的梦啊。

太阳出山，天光大亮。整个城市，开始了自己的忙碌。车辆出动，人员出行，开始了各自繁忙的、多滋多味的人生。

城市的每天，每人的每天，不都是这样吗，反反复复，复复反反。日子黑黑白白，季节青青黄黄。

这就是生活,这就是现实,这就是历史!

只是,南平的历史上,注定要刻写上一个人的名字。

他的微笑,像惠风和畅,弥漫在政和的山水之中。他的梦想,像白云朵朵,飘扬在南平的蓝天之内。他的精神,如浩然正气,健行在民族的天地之间!

这是一种什么精神!

正是他们理想和生命的光焰,烛照着我们精神的天空,正是他们瘦弱的肩膀,刚健的筋骨,支撑着共和国的大厦!

鲜花、掌声、流行音乐、舞蹈、高尔夫球……这些都是文明的装饰、表面的美丽,都不是社会的主干躯体,都是经济和科技大树上长出的杂碎的小花。没有这些小花,这个时代可能显得不够浪漫。而没有躯干,这个世界就会一派混乱,坍塌沦陷!

所以,我们应该脑洞清醒,不要本末倒置。

我们要清楚,支撑着这个时代稳定和发展的定海神针,是谁?

正是他,和他们——千千万万个廖俊波!

正是他们,带领和激活着社会成员,为这个社会创造了先进的、丰厚的物质基础,才有了大地的丰收,才有了丰收大田里的花花草草,才有了花花草草里蛐蛐的吟唱,蝴蝶的蹁跹……

这个开放多元的年代呀,人们都很智慧,都很警觉,都很冷静,都懂维权,都害怕受骗。人们已经学会选择,人们不再轻易盲从。

也许真正打动人的,只有真诚——经过时间验证之后的真诚!

听到噩讯后,万人震惊。与廖俊波有过接触的人们,纷纷要求现场吊唁,当面告别。限于安全、交通等方方面面的原因,官方进行了劝阻。但执意前来者,仍有数千人,送来的花圈达1500多个;仅政和县,就有10多万人网上发帖纪念;而其他地方的上网吊唁者，超过40万！

不啻说，这是闽江流域和武夷山脉有史以来最大规模的吊唁了。

3月26日，是遗体告别的日子。

一位在南平市做生意的政和籍商人，这些年深感故乡的巨变，却又从来没有见过廖俊波。这天一大早，他特意赶到灵堂，像拜祭长者那样，双膝跪下。而他的年龄，比廖俊波年长3岁。

他哽咽着说："我不是共产党员，但我佩服这样的共产党员，这才是真正的共产党员！"

林小华特意穿着笔挺的西服，打着黑色的领带，深深三鞠躬。已经满头霜雪的老书记，俯卧在地，泣不成声。

与林小华站在一起的是政和县人大常委会副主任许绍卫。昨天晚上，他特意把满头霜雪染成黑发。

张斌是执意赶来的。到南平后才发现，这几天全市宾馆爆满，他只得住在一个朋友家。去年以来，他遵从廖俊波的心愿，高薪聘请广东方面16位高级工匠，在本村创办手表制造厂，并对本地青年进行培训。

大山深处的原始村落，竟然可以生产精密手表了！

浪潮集团公司总经理孙庆弟在20日这个约定的日子如约来到南平，与武夷新区、南平实业集团洽谈对接项目后，再次前来南平为廖俊波送行。

在廖俊波的遗体和遗像前，他噙着眼泪，与同样噙着眼泪的南平市市长许维泽一起，用最简短、最低沉的语言进行了交谈。他们告诉南平市市长，浪潮集团已经决定：首期在武夷新区启动投资5亿元，建造一个高标准的软件园……

那一天，南平再降大雨。

天上雨，人间雨……

南平是一座山城。

采访结束后，我专门参观了廖俊波的办公室。他的办公桌上，摆着一个笔记本和两只红黑水笔，仿佛是教师的教案，好像是学生的作业。厚厚的笔记本上，记录着他生前的工作日记，密密麻麻，红红黑黑，是他冷静的思考，是他炽热的心血。窗外，是九峰山。苍苍翠翠的群山之间，两条清清的溪水——建溪和沙溪，在南平市中心相约，举行婚礼，合二为一，形成一个大大的"丫"字。

这，就是闽江。

一江清水，向南流去，流入大海，汇入中国潮流，汇入世界潮流……

（《人民日报》2017年9月28日刊载）

永远的李保国（节选）

富岗来了"科技财神"

◎ 徐富敏

1996年8月的一天,"轰隆隆——"突然一声炸雷,震撼了寂静的山谷,排山倒海似的在颠连不绝的群山中回荡。刺眼的闪电,划破了漆黑的夜空。大团大团乌黑的云层飞速地从四周包抄上来,抹去了最后一点星光。天,宛若一口倒扣过来的大黑锅,罩在千家万户之上。刹那间,呼啦啦地起了风,风越刮越紧,越来越猛,门前来不及收进的晾杆、三脚架和挂在屋檐下的簸箕被吹得在地上翻滚。那些枯草败叶连同尘埃,被卷得老高老高,飘飘悠悠在半空中旋转。

狂风过后,一场多年不遇的特大暴雨袭击了华北地区,一霎时,仿佛天地之间都成了白茫茫的一片汪洋。暴雨,在冲刷着、倾注着,把整天未消的闷热冲得无影无踪,也似乎想把满山的秋色一口吞噬!暴雨,一个劲地从九龙岗上空倒下来,造成了巨大的洪涝灾害,位于太行深山区的岗底村更是损失惨重,全村250亩耕地冲了个一干二净,河滩地变成了乱石堆,甚至连老祖宗在山坡上留下的上百年的板栗树、柿子树也被连根拔走。仅存的那800多棵板栗树犹如一场残酷的血刃战后留下的惨不忍睹的场景一样,横七竖八歪歪扭扭地趴在地上无助地呻吟。村里男女老幼哭成一片……

洪灾过后的这天上午,岗底村按照县里的通知,接待省里的一个"灾后水土流失评估"专家组,一共有7人,河北农业大学的教授李保国是其中之一。他一条长裤卷到膝盖,足蹬一双绿色军品胶鞋,鞋底上沾满了泥汀。村支书杨双牛和村干部陪同他们一行在村里仔细巡察,大家都对岗底村被洪水和泥石流冲刷的惨状深感震惊和痛惜……

　　当时的岗底村和整个太行山区其他山村一样，重峦叠嶂，怪石嶙峋，抬头是石山，低头是山石。人们的田地就挂在山腰子上，巴掌大小，七扭八歪。遇到老天翻脸，一年庄稼连种子都收不回。村里穷得叮当响。人均收入只有几十元，吃粮靠返销，花钱靠贷款，只能是靠天吃饭、望山兴叹。

　　1984年以前，这个当时只有110户的小村子，竟有20多条光棍汉，30多个残障人员！村西的九龙岗是连绵不断的群山，山那边就是山西省，村里流传着这样的顺口溜："九龙岗下穷山庄，傻愚穷名传四方；山秃地贫收入少，光着脊梁睡土炕；糠菜树叶半年粮，十有九年闹饥荒。"

　　穷惯了的岗底人却有着极其旺盛的生命力。人多地少是这里最突出的矛盾，地里打粮食满足不了这些嘴，为求果腹，只能用糠菜树叶充饥。岗底人就把目光放在了本来没有什么价值的8000亩山场上。

　　1984年，以杨双牛为村党支部书记的新班子上任时，岗底村和其他村一样，把村里的荒山全部分给了各家各户，但3年过去了，山场依旧是光秃秃的，没有给群众带来什么，反而给群众带来对山场的失望。问题在什么地方呢？从部队退伍的杨双牛和班子成员通过深入调查分析，根源就在于荒山分到户，群众放了"羊"。简单分山后，一家一户办不起水利，请不起技术员，拿不出治山必需的资金，不能很好地看护山场，牲畜不能有计划地放养，这些问题严重制约了山场的开发，村民索性把分给自己的山场搁置起来了。杨双牛在这个时候，霍地站起身来，在他绝望的悲伤的眼睛里，忽然迸放出一种狠狠的坚决的光焰。他深深地感到要想把山治好，就必须首先解决一家一户想解决而自身解决不了的问题。要解决这些问题必须先收回山场，进行统一规划，统一治理。

将分下去的山场再收回来统一治理，是要冒很大风险的，闹不好就要被摘掉"乌纱"，受到处分，因为当时"分"是顺潮流而行，"收"是逆潮流而动。一时不少班子成员犯了难，意志坚强的杨双牛自己也拿不准："收"是不是意味着与当时中央要求"两山下放"政策相抵触？

夜半，月儿偏西，星斗满天，露水浮地，一片凉意。

岗底村沉浸在夜色的宁静中⋯⋯

杨双牛如饥似渴地反复学习党的现行土地承包经营政策，从中悟出了深奥的道理⋯⋯中央一号文件不就是让我们坚持实事求是吗？不就是让我们发展生产过上好日子吗？岗底村的实事求是就是要依靠集体的力量治山致富，这有什么不对？一号文件上写的，农村生产责任制不是允许因地制宜选择多种形式吗？并不只是"分"，更不是"分"得越小越好，基本点是"统分结合"，如果只讲"分"而不讲"统"，就不是实事求是地理解中央一号文件精神。他想，只要对治理荒山有利，不管是分是统都是正确的，在实际工作中，必须宜统则统，宜分则分，统分结合。将山场收回集体统一治理，和中央一号文件精神并不矛盾。于是他坚定了"收山"的决心。

杨双牛紧急召集"两委"干部开会，他刚毅的眼睛注视着干部们的脸，足有两三分钟。他开门见山道："同志们，咱们当干部的就要有担当，担当就意味着牺牲。在风险和困难面前，干部不担当，群众要咱干部干啥？"

他低沉的声音充满感情，铁一样的下巴微微抖动。

杨双牛向前站了站，他那身躯——那充满顽强力量的钢骨铁架似的身躯，立刻使干部们振奋了，生动了。

像过去常有的情形一样，杨双牛一看见干部们，就觉得浑身翻涌着不能遏止的力量。他觉得每一个干部都是顶天立地的人，都是翻天覆地的英雄。他在干部们身上能看到别人看不出的神奇的力量。

他继续讲着，当他讲到"收荒山，放绿山"与中央"放"的精神是完全统一的，集体"收山"是为了更好地"治山"，这与群众利益和目标完全一致的时候，他胸脯略略向前，咬紧牙关，炯炯的目光直望着干部们。干部们的眼睛随着他的姿态转动，干部们的心都随着他的话语和情绪在跳动。他的每一句话，都是干部们的话。他的话，让干部们回想起集体"放山"的痛苦，让干部们心里点燃的集体"收山"的火烧得更大，让干部们以更强烈的感情向往岗底村美好的明天。

全体干部哗哗哗地鼓起掌了。掌声，震荡着会议室。

"两委"班子是群众的旗帜，一把手是班子的旗帜。岗底干部思想一坚定，多数群众举手赞同。当时全村130户，家家签字画押，一致表示自愿把山场交给集体统一治理。于是治山成了全村上下统一的意愿。

杨双牛和他的班子经过几年的实践探索和完善，总结出了"统一设计规划、统一组织施工、统一质量标准、统一检查验收、统一治好后实施分户管理"的"五统一分"的治山路子，并聘请专家设计规划，然后进行科学施工。托么沟是村里最大的一条沟，沟里除了稀稀落落的几棵小树以外，大小岩石裸露着，可供利用的土层很少。杨双牛带领岗底人饿着肚子，硬是在山上打眼放炮，炸开坚硬的岩石，接着按照科学的管理模式和工程技术，先后高标准治理开发了从托么沟到全村的"三沟两峪一面坡"，把8000亩山场换了模样，动土石210万立方米，累计投工40万个，栽果树20万株，形成了经济、生态、社会三大效益协同发展的格局。

岗底村治山的成功，得到了国内外专家学者和各级领导对岗底村工作的充分肯定，称"岗底是山区发展的榜样和一面旗帜"。德国经济专家达姆斯教授称之为"岗底模式""中国农业的奇迹"，以岗底村的发展为模式，带来了EZE项目。中国著名的水土保持专家于宗周教授称岗底村治山"标准高、质量好、在全国罕见"。岗底村被评为"全国造林绿化千佳村"。

荒山都高标准治理了，红富士苹果也种了七八年，而且长势喜人。令杨双牛大为不解的是，这些果树年复一年地只长枝叶而很少开花结果。即使结果，全村没有一家的果品算得上上乘，不是个头儿小，就是有斑点；不是颜色差，就是心里烂，大多是"一咬一层皮"的"小黑蛋子"。除终年为大山罩上一片片绿荫外，每年贡献给人们的果实，树均尚不足10斤！

杨双牛的眼睛焦灼痛苦地望着满坡绿波滚浪的苹果树，百姓们干着急挣不到钱，现实像燃烧的鞭子抽打着他的心，逼迫他尽快改变，寻求新的科技之路。

1996年8月4日，杨双牛清晰地记得这一天。

太行山突发暴雨引发特大洪灾，泥石流从山顶奔袭而来，一下子冲垮了岗底村250亩"保命田"……

乡亲们跪在污泥里，一边流泪，一边疯了一样用泪水打湿的双手去"抢救"自己命根子般的果树，可挖出的都是一些光秃秃的死树枝子。

乡亲们的手指甲都挖掉了，血淋淋的瘆人……

面对荒滩上血迹斑斑的男人以及无数号啕大哭、悲恸欲绝的女人，杨双牛第一次真正懂得了什么叫凄惨，什么叫悲伤，什么叫撕心裂肺，什么叫悲痛欲绝，什么叫万念俱灰，什么叫生不如死！

专家们听完杨双牛的汇报，已是泪流满面。接着他们在山上进行了实地考察。

座谈时，村支书杨双牛，这个40多岁的农家汉子，好像见了亲人一样，在众多上级领导面前哽咽着说："十几年了，我们带领群众，吃了多少苦，受了多少累，才有了今天满山遍野的苹果树，没想到……唉！"这是一个在部队的大熔炉里锤炼出来的硬汉子，这是一个在市场经济浪潮里浸泡出来的硬汉子，这是一个在山上山下、山里山外摔打出来的硬汉子。这个硬汉子哭了！热泪横流，泣不成声："这以后，真不知道该咋办……"

老实说，在巨大的灾难面前，岗底村的父老乡亲都心痛得哭了，也有的人绝望了。60多岁的杨京春，看到洪水暴发后的惨状，说这光景没法过了，回家后服毒自杀了！杨双牛心痛归心痛，就是撕肝裂胆的痛，利剑穿心的痛，他也得忍着，在群众面前他不敢掉泪，有泪他也得憋在肚子里。他能向谁倾诉、宣泄这一腔子的悲苦呢？向群众，他不能，他怕感染了群众，因为他是岗底村的脊梁骨；向家里，他不能，他怕家里人担心，因为他是家里的顶梁柱。此刻，他在上级领导面前哭了！他不是为自己的苦和累哭，也不是被灾难吓哭的；这不是绝望的哭泣，更不是懦夫的哭泣！他是在控诉老天不公啊，你何必对一个饱经沧桑的穷山村这么残忍呀！

此情此景，深深地打动了在座的每一个人。

这时，脸色黝黑的李保国，一身疲惫地坐在下边听着。当他听到杨双牛这些年带领村民们种苹果的坎坷遭遇，便低下头在地上找了个空烟盒，拆开后撕出一张纸条，低头趴在木桌上，在上面写了两行字，悄悄递给了杨双牛。

因为专家们都在场，杨双牛正在汇报，也没顾上看，就随手装到了衣兜里。

等散会后，把专家们送走，杨双牛还没完全从阴晦的愁绪中走出来，乱七八糟的事儿都涌进脑子里来，好像山洪暴发，咆哮着，夹带着沙石，翻滚着波浪。他的脑壳感到有些沉重，也有点儿疼痛，于是便竭力想排除掉这股子烦躁情绪。可是无论如何也做不到，这股子烦躁情绪怎么都排除不掉，而且头绪越来越乱，好像形成了一股泥石流，冲坏了桥梁，堵塞了道路……他的心都要碎裂了。

但当他深一脚浅一脚地走回办公室，疑惑不解地打开李保国塞在他手里的小纸条，见上面苍劲有力地写着一行字："如果需要果树管理技术，我可以帮忙。李保国。"

看着，看着，他的眼睛亮了，放光了，睁大了。捧在手里的这张小纸条，好像一道灿烂的阳光，照进了他的心底。李保国教授的果树管理技术来得太及时，太重要了！

这张十几个字的小纸条，具有一种强大的魅力：激动人心，清醒头脑，使5分钟以前的杨双牛和5分钟后的杨双牛，成了两个截然不同的人。他浑身蒸腾起热气来，他的眼前现出了彩虹，他的心里也笑了，亮了，他进入了新的美梦一样的境界。

岗底村山上没地了，可村里山场面积很大，特别适合种果树，杨双牛早有这心思，但不知道怎么整。

于是，第二天，杨双牛就按照李保国留给他的家庭电话，试着给远在保定的李保国打了个电话，非常诚恳地邀请他来岗底村考察。杨双牛这次伸出去一双火热的手，为岗底村拉来了一个"科技财神"。没过几天，李保国果然坐着长途汽车从保定出发，一路颠簸，辗转着倒了好几次车，才来到这个距县城百十里的小山村，并开始了整整20年矢志不渝的"科技扶贫"。

李保国来到村里后，在杨双牛和村干部的引导下，详细考察了村里所有的山场。

转完之后，李保国脸上没有表情，眼睛黯然无光，半晌不说话，像一尊泥塑的人像，默默地望着荒冷的山野，寂静的村庄。

杨双牛小心翼翼地问："李教授，你看咋样，具体指导指导我们，该怎么整？"

"你们这里，真是好地方啊，海拔500到1200米，昼夜温差15摄氏度，片麻岩的中性偏酸土壤。"李保国沉思片刻道，"可就是……"

"咋了？你说……"杨双牛神情紧张。

李保国指着山上的坡岗，叹口气说："你看，你们这里，连条路都没有，怎么到山上种树？种上了树，又怎么管理？"

大家看看四周，全是泥石流冲塌的山，岩石裸露，一座叠着一座，像大海的波涛，无穷无尽地延伸到遥远的天尽头，消失在云雾迷漫的深处。如果沿着村前一条弯弯曲曲的山路走去，小路两旁，丛生着肥硕的杂草柞木。拐过一个弯，再往山上就找不到路了，哪怕是羊肠小径。杨双牛他们都不吱声了。

李保国态度坚决地说："你们有没有信心改变现状？"

杨双牛毫不犹豫地说："有信心！"

李保国当场拍板："你们3个月修出一条通往村后沟的路，路修好了我搬到村里来，不要一分钱和你们一起干！"

李保国走后，杨双牛带领村干部，利用一周的时间，制定山场修路规划，并在山上高悬着一幅大字标语：开山劈岭赶修环形路，诚心诚意请进财神来。然后动员全村男女老幼，按人口将路段分到各家各户，要求保质保量完成施工任务。

70多岁的郭树德无儿无女，是村里的五保户。考虑到他年事已高，领导小组没给他安排任务。但开工那天，郭树德自己提着镐头，扛着钢钎怒气冲冲地赶来："他安长才73岁能修，我郭树德就不能修啊？"他一边"发脾气"，一边"捡"个标段修起来。

"我无儿无女，是乡亲们照顾我到今天，莫说我还要享受几年（科技带来的好处），就是享受不到，我也要搞嘛！"郭树德对"组织"的安排很不满。

当年领着乡亲们修地造田，被誉为"穆桂英"的71岁的老妇女主任刘九玲，被人笑称"修路的中坚力量"——她所在的三人筑路小组，一位是体弱多病、现年45岁的郭成德，另一位是已经74岁的李成功老人。

人们争先恐后，挥汗如雨。按"规定"，早上8点出工，下午6点收工，中午还有2小时吃饭时间。但每天早上5点一过，修路村民便一个比一个早地赶到工地，晚上天黑才回家。中午，没人愿回家吃饭。家里有人的，都是送饭到工地；没人送饭的，早上出门时带点儿干粮，中午就着白开水就是一顿。

修路几乎全靠体力，肩挑、背扛、手刨，遇到稍大的石头，常要全组出动才行。工具全靠原始的镐头、钢钎。他们一次次手震裂了，磨破了，血，染红了钢钎，染红了锤把。杨双牛记不清有多少次手中的血泡破了又起，起了再破，最后都成了老茧。半个月后，一条长3公里、可通中型汽车的盘山路像飘带一样挂在了山上。杨双牛迫不及待地给李保国打电话，邀请他来这里看看。

李保国接到电话后，他不相信杨双牛在20天内组织岗底人按他的要求修好了那条路。

"李老师，真修好了，你来看看，看看是不是符合你的要求。"

李保国半信半疑地来了，到山上一看，这条通向山场荒岗薄地的路，比他要求的还宽，也比他要求的还长，像一条灰色的带子在山间起伏，消失在望不见的远方。李保国被岗底人那种自力更生、奋发图强的精神深深地感动了，他不敢相信，他丢下的一句话，只过了20天，就变成了现实。他知道这条路隐藏着什么，昭示着什么，那是岗底人的心血，那是岗底人的宣言，那是岗底人渴望科技、渴望富裕的希望啊！

李保国紧紧地握住杨双牛的手，激动万分地说："杨书记，你们真行，干劲儿真大呀！好，从今天开始，我们就把富岗山庄作为河北农业大学'教科研生产实验基地'，全方位对果农进行技术指导。"

李保国的心里呀，还藏着千言万语。然而，这个不善于用语言表达自己丰富感情的农业大学教授，只说了这么简简单单的一句话，这是一句发自肺腑的话，这是一句万千情感凝练成的语言。在农村扶贫开发工作中，他带着农大学生到太行山去，曾经遇到过多少这样激动人心的场面，遇到过多少这样真诚热情的干部群众啊！每当这时候，李保国的感情，并不仅仅停留在感激上。他已经深深地体会到，这是一种为全面建成小康社会英勇奋战的战友之间特有的感情，这是一种真正的同志之间的信任、鼓励和无限的希望。在这里，他受到莫大的鼓舞和教育，得到无穷的力量和智慧。

于是，从1997年年初开始，李保国身穿一件灰色大袄，脚蹬一双旧球鞋，带着同在河北农业大学任教的妻子郭素萍，把行李卷直接从车上搬到了岗底村给他们临时安排的石板房里，一住就是20个寒暑。

白天，李保国翻山越岭，一头扎进山里，一个个山坡、山头都要仔细考察。每天跑50多里山路，累得晚上都上不去炕。看到苹果树光疯长不挂果，他心疼地说："我来晚了。"中午，啃一个凉馒头，就着凉白开咽下去，算是午饭。傍晚，他又回到临时住处，挑灯夜战，仔细整理一天下来的考察数据，全村就属他屋里的灯灭得晚。

村支书杨双牛看着李保国对岗底村农民的事这样上心，心里特别感动。一天晚上，杨双牛带了包花生米，提了瓶酒，到李保国的住处，想找他聊聊。一张桌，两个人，喝得尽兴。杨双牛先给李保国斟满一杯酒，顺手给自己的酒杯满上了，然后，端起酒杯来，分外热情、分外诚恳地向李保国说："李老师，欢迎你和素萍老师不辞千辛万苦到岗底来，更欢迎你们夫妇二人全方位地对岗底的苹果树进行技术指导！"

"谢谢你的一片心意，杨书记。"李保国也端起酒，说完把酒杯举到唇边，仰起头来，一饮而尽。杨双牛也把酒喝干了。

这时，郭素萍正好端着一盘炒绿豆芽走进来，杨双牛迎面叫着说："郭老师，你也来喝一杯吧！"

"我不会喝酒。"郭素萍微笑着说，"你喝吧！杨书记。"

"不行，郭老师，为了欢迎你，你就喝一杯吧！李老师，你下地去再拿一个酒杯来。"

"不用去拿了。"郭素萍爽快地说，"既然杨书记这么说，我想也应该。就用保国这杯子吧！你可给我少斟点儿。"

"好。"杨双牛态度庄重地斟满了一杯酒，非常尊敬地端起酒杯，递给郭素萍，回手又把自己的酒杯斟满了酒，然后举起酒杯说："郭老师，你为了岗底村的苹果树科学管理，舍小家为大家，我和全村父老乡亲一辈子都感激不尽。为了表示我和全村父老乡亲对你的感谢，敬你一杯酒，你一定要喝干！"

"我喝。"郭素萍说着，把酒杯放在唇边，只见她一仰脖儿，就把一杯酒倒进喉咙里去了。然后，她捂着嘴望一眼杨双牛说："我喝完了，你们慢慢喝吧！我还要去准备饭哪！"

郭素萍走后，他们继续喝着，瓶里的酒越来越少，他俩的心越贴越近，杨双牛的心里面也越来越亮堂。

李保国对杨双牛说："我是在农村长大的，过去家里也很穷，所以我见不得老百姓穷。你相信我，依靠科技肯定能致富，咱们一块干，让老百姓尽快富起来。"从那天起，这个愿望就在他俩心里扎下了根。

半个月下来，李保国踏遍了全村的沟沟坎坎。经过对全村8000亩山场的实地勘察，详细记录每一道沟谷的坡度、土质特征、地貌类型和植被情况。经过综合研究和分析，充分结合岗底村实际情况，李保国设计出了村里未来发展的三大支柱产业：一是立足本地苹果，通过技术改造创名牌上效益，年产量要达到50万公斤，产值500万元；二是新栽板栗，预计年产量50万公斤，产值300万元至400万元；三是建立小尾寒羊饲养基地，饲养小尾寒羊700到800只，年产值100万元。有强壮劳动力的家庭可以通过种植业致富，年老体弱或缺少劳动力的家庭可以走养殖业的路子，每年也可以有超过1万元的收入。树叶和林间的苜蓿可以喂羊，羊粪可以生产沼气，沼气废料可以肥田，这样就形成一条良性发展的生态链。村民一合计，在李保国的账面里苹果挣得最多，自然就成为大家的首选。

李保国二话不说，马上指导乡亲们科学种植苹果，大刀阔斧地对岗底的苹果树进行了调整和管理。第一步是对果树进行修剪和疏果。可这刚开始的两项技术在推广中就遇到了重重阻力。

为了让农民能听懂、记住那些复杂枯燥的技术术语，李保国把很多技术编成顺口溜、歌谣，教给果农，比如剪枝："无肥不能把树长，树不结果不透光""角度小，枝疯长，不结苹果枝向上"……简单易懂接地气儿，老百姓一听就懂，一学就会，效果特别好。

李保国给村民上的第一堂课，是剪枝。他把课堂设在果园里，亲自动手，一会儿用锯，一会儿用剪子。李保国剪枝有自己独特的风格，以"狠"著称，下起手来"毫不留情"。对于岗底老祖宗留下来的老树，更是大刀阔斧，一棵树"剪"下来的干枝竟有几百斤之多，碗口粗的树枝照样齐根而下。剪枝队员们在旁边向上看，天哪！光秃秃的胳膊粗、碗口粗的苹果树枝，一枝接一枝地向他们打来。剪枝队员们闭着眼睛，全身都发抖了。待到他们下手时总是犹豫不决，躲躲闪闪。无奈杨双牛在一旁"督阵"，说必须按李教授的样子干，不能有一丝一毫的走样，可一天下来，看到苹果树底下大堆小堆的干枝也有些心虚。他的衣服都叫冷汗湿透了，但心虚也得给自己打气：你杨双牛要的不就是科技进山吗？

两天后，全体剪枝队员人人抄起剪刀、斧头上树，边干边实践边熟练。冬天的山野，显得空旷、辽阔。东北风在山野里一无阻拦地呼啸着，尖寒而薄刃，割得人脸疼。风刮过枯枝，都会发出一种绷紧了的弦声。剪枝队里的小伙子们，却在严寒的天气，挥动着雪亮的斧头，年轻的姑娘们飞舞着银闪闪的剪刀，卸老枝，疏弱枝。一会儿遍山响起了"当——当——"的砍树声，紧接着就是"咔嚓、咔嚓"的剪枝声，还有歌声、笑声，漫天飞扬，让人觉得，这儿的每一个迎风摇曳的树枝，都在喜悦地颤动着哩！整个托么沟在寒冷的冬天里热气腾腾，火火爆爆。

几十年放任生长的苹果树，要砍下多少枝枝丫丫啊！大枝子直往下卸。尤其是那些只吃养分不结果的劣种树，要实行多头高接，就必须把原有的枝丫统统截掉。一车车苹果树枝杈从早到晚往村里拉，分给各户当柴烧。

李保国万万没想到，就是这些树枝子，在村里掀起一场风波。

农民们何时见过这样的阵势？他们木头一般地站在那里，愣着两只眼睛发痴地看着拉树枝的拖拉机。眼见偌大的树枝子一个个被截下来，真比截断他们的胳膊还心疼！在岗底村已经种了十几年果树的老农们，一个个都觉得自己是把式。

"咱村的苹果树啥时候剪过枝，咱生怕枝子少呢，谁还嫌枝子多？枝多才能挂果多，这连小孩儿都懂的道理，还来教我们？"

"这不是故意让咱们减产吗？"

"咱老辈子种树都是靠自然生长，也没修剪，不是也照样结那么多吗？"

七嘴八舌的议论，像针刺一样，尖锐刻薄。还有的村民找到杨双牛家里，放肆地吵吵起来："双牛，我问你，这苹果树是枝结果还是根结果？你找来的这个教授到底行不行啊？这不是糟蹋年景吗？简直是胡闹！"

"科学？甚科学！非把苹果树'科'死不可！"

"败家子！败家子！胡折腾！比那阵'割尾巴'还狠哩！"

面对这些质疑，李保国并未退缩。他分析，岗底村和前南峪村开始修剪苹果树的情况一样，在果树管理上都是靠传统、过时的错误观念和经验，缺乏新知识和新技术，必须马上帮助岗底村的果农们纠正过来，让他们少走弯路，尽快致富。于是，他一户户地做工作，不厌其烦地耐心讲解："你们想啊，咱们要建设社会主义新农村，不是过上吃不愁穿不愁的日子就行了，我们要为国家多生产苹果，要把我们幸福的根子深深扎下去。苹果的传统管理不转为科学管理，岗底的苹果就不可能大丰产，不光是社会主义新农村搞不成，就是吃不愁穿不愁的小日子也没保证。"他还把果树比成农家过日子，树枝子和果子就是家里的人口，人口多，每个人都得吃饭，最后日子紧巴了，挨饿。剪去几个次要的枝子，人口少了，日子反而过得好了，家里的人也长得健壮了。

村民听到李保国浅显、朴实的讲解，脑子开始转弯，但仍半信半疑。

李保国向村民们保证："明年果树挣了钱是大家的，如果损失了，算我的。"

农业科技研发难，推广更难。这之间的距离，被称为科技推广的最后"一公里"。

怎样打通这最后"一公里"？李保国概括为四个字——"死盯、盯死"。

"死盯、盯死"的背后，是他对农业、农民的深刻了解和热爱。了解李保国的人都说，他这个人性格太倔强，几十年没变，只要他认准的事情，会一直干到底，任何困难都会被他粉碎。李保国却觉得只有全心全意专注于农业技术和教学科研的推广，并将其转化为让老百姓致富的现实生产力，才配得上农民送给他的"科技财神""科技福星"的称号。

就这样，李保国和妻子郭素萍各有分工，手里拿着剪刀，一直钻在苹果园里，死死盯住各家各户果农，一个个环节盯着，亲眼看着他们完成剪枝和疏果。对于那些不听话的果农，怎么办呢？这是难不倒李保国的。他有很多老经验，非常熟悉农村的情况，像熟悉自己的手掌一样。问题即便再多、再复杂，他都能一下子抓到它的本质，并且看到隐藏在它背后的东西。当下，他略一思索，明确地讲道："……有些人所提的问题，我觉得都应该提到原则上来考虑。首先是修剪，现在碰到了困难，是事实。但我们不能在困难面前低头、退缩。科学管理既然大家已经赞同，就一定要完成。同时我们还应该注意到，有些人思想上是有抵触的，故意把困难夸大。"

这一番话，把人们说得哑口无言。李教授的意见一向是十分正确的。大家互相看了看，想开口又不敢开口，终于都不作声了。但也有的人，会上什么都同意了，会后却不是那么回事，有些决定往往贯彻不下去，或者贯彻了也不彻底，或者竟然走了样。李保国和妻子就直接上手。每户完成后还要经过他们来验收，方可"通关"。

当年，村民杨小平种着十几亩苹果，从未修剪、疏果，每年摘苹果后，整筐子卖也卖不了几个钱。李保国看到他家果树低产量、低品质的状况，就直截了当地掏心窝子说："你这样放任不管不好，也不应当。我敢说，岗底的人，只要有一点儿科学管理果树技术的，都不会赞成你这样干。你仔细想想吧，准是这么一回事儿！"

"我顾不上这么多……"

"为啥要硬是一条道跑到黑呢？"

杨小平一挺胸脯子，大叫："我就是走到没脖子深的火坑里，也不喊你们救我！"

"小平，你可把话说绝啦！"

"就是这个。"

李保国停顿一下，缓缓口气问他："小平，我今儿个对你的说服，耐心不耐心？"

杨小平把脸扭到一边。

李保国又求援似的问郭素萍："你说？"

郭素萍点点头说："小平，你就是铁石心肠，也得被保国这火一样的心焐热了。"

李保国大声说道："小平，告诉你，我李保国在这块蓝天黄土上活了39年，我没有嬉皮笑脸地哄过谁，我没有低三下四地求过谁，这一回为了岗底村脱贫致富，为了让你用科学技术管好果树，我才开天辟地头一遭儿，赏你的脸，哄你，求你。闹了半天，你竟是这样的不通情理！"他死死盯住杨小平，强制性地要求他必须疏果，"杨老弟，如果你自己忙不过来，你雇人也得疏果，哪怕是我来出工钱！"

为这，当时的岗底村民还给他起了个外号，叫"杠头儿"。

李保国刚到岗底村时，画了两张平面图，一张是果园分布图，一张是村民住宅图。他经常到果园里转，看到谁家的果树有问题，谁家操作不规范，就直接找到村民家里去辅导。

村里有些老树生了腐烂病，像疯了一样地传染开来，如果防治不及时，整个果园就毁掉了。村民们十分绝望，想把树刨了种庄稼。李保国想出了好多办法，一是用刮皮刀和杀菌剂治疗，二是跨过伤口，进行桥接，新建树体养分运输通道，并反复给果农做示范。就这样救活了100多亩果园，也重新点燃了老百姓心里的希望。

根据太行山独有的气候特征，李保国还对果树进行了树形改造，让树冠变成了垂帘形。改造后，果树变得通风，透光，枝条壮；苹果变得果形正，果面光，着色均匀。

一次，李保国为了教岗底村果农给果树刻芽的技术，他亲自爬到树上示范。正确的做法是在芽前刻伤，而村民却偏偏刻在了芽后，最后效果适得其反。李保国手把手地反复教授正确方法，可村民常常是前边听后头忘，老是弄不成。李保国干着急没办法，气得浑身发抖，一只手没抓牢树枝，一下子跌落在果树下。

"哎呀！不好！"

"摔着人啦！"

在场的人们惊叫起来。震耳的喊声惊动了果园里所有的人，大伙儿急忙放下自己手里的活计，潮水般地涌过来。

杨沣军第一个不顾一切地冲到李保国跟前。张海景、李志岐等几个青年也随着冲了过来。

李保国衣兜里斜插着一把大剪子，那锋利的尖刃正好抵住了他的肘窝，把他穿的大袄穿了一个洞。幸亏穿的大袄厚，要不真就插进了肉里！

李保国从树上重重地跌下来后，当时双唇紫紫的，脸色也黑得厉害……

杨沣军急切地呼唤着："李老师，李老师！"

李保国眯着双眼，有气无力地摆摆手，示意不要动他。他声音微弱地说："我有心脏病。"

大家一起围拢成一个圆圈，紧紧地把李保国围在中心，关切地注视着他。

杨书合冲过来，伸开双手，要去抱李保国，大家忙告诉他李老师有心脏病。杨书合两眼发红，腮上的肌肉抽搐着，急促地喊道："李老师，李老师！"

然而李保国仍是两眼紧闭，没有回声。杨书合不觉鼻子一酸，泪水在眼眶里转了几转，但他咬紧牙关忍住了。

张海景趴在李保国的身上哭起来。杨沣军说："海景，不要哭。快去把村医找来，进行急救！"

杨书合便喊身旁的李志岐："志岐，你快去叫杨支书！"

张海景擦着眼泪，跳起身来和李志岐一起跑去了。

这里，杨沣军给李保国喂了几口热水。不大一会儿，杨双牛带着村医，疾步跑来。在他们后面，还有焦虑不安的郭素萍，抱着一条被子。

人们给他们让出一条路来。郭素萍见自己丈夫昏迷不醒，立即扑了过去，两手抱着他的肩头轻声地叫道："保国，保国！"

村医蹲在李保国的身旁，快速打开药包，取出听诊器，迅速而熟练地给李保国诊断。

过了10多分钟，李保国脸色转淡了些，嘴唇由暗紫转为深红，万幸总算苏醒过来了。

杨双牛和乡亲们把李保国轻轻搀扶起来，送回到村里的宿舍。

杨双牛叮嘱他什么也不要干了，安心休息几天。可李保国哪里闲得住，令他着急上火的事没有得到解决，他是一刻也静不下心来。

为了让果农尽快掌握技术，李保国把村干部叫到他宿舍里开会，一起合计如何能让果农们准确、清晰、快速地掌握果树管理新技术。

大家很快纷纷议论起来：

"哎呀，想得好！真该搞个材料把果树整形修剪的方法排排队，让群众知道，什么时候刻芽，什么时候摘心，什么时候环剥……做到心里有数。"

"还有什么时间疏花疏果，也要列列项。"

"嘿，真能这样，那咱们科学管理果树就更有把握啦！"

会场里，气氛十分活跃。大家从果树整形修剪，谈到疏花疏果、病虫害防治，讨论十分热烈。当大家把想法充分摆开以后，李保国胸有成竹地说："看来，得给乡亲们弄一个明确的工序手册。"李保国请村干部先拉出一套果树管理工序，他利用业余时间，把工序订正、细化、完善。

岗底人文化低，为了让果农尽快掌握好技术，他编写了128道苹果标准化生产管理工序，助推了富岗品牌跃上极品和辉煌的阶梯，并印成"明白纸"，让果农像工人生产标准件一样生产苹果。一年365天，什么时候管什么，不管什么，管到什么程度，都要清楚明白。

128道生产管理工序的精华就在于：一是奠定果树生产的基础环节，主要体现在施肥和灌溉上，在128道生产管理工序中，施肥和灌溉是基础环节，要把烘干鸡粪足量施用到位，每年灌溉次数在5次以上。二是修剪、疏花疏果的能量集中环节。搞好修剪和疏花疏果，让果树充分见光，让能量集中供给有限的果实，提高果实质量。三是严格控制防病治虫环节。防病治虫直接关系到富岗苹果的农药残留和重金属指标达标。四是以增色、细腻为核心的提高质量环节。岗底果农就靠这一"金刚钻儿"，不仅生产出绿色、有机苹果，还避免了苹果"大小年"。按工序生产出来的富岗苹果，果形端庄、着色艳丽、个头硕大，而且个个相同，简直就是一个模子刻出来的。

有一次，李保国关切地对杨双牛说："咱这128道工序可别光在兜里掖着，你花钱在媒体上公布出去。"再后来，他又把每道工序编写成一个精彩的故事，刊登在报纸上，最后集印成书，免费发给果农，发向太行山里种有果树的每个山村，乡亲们都"疯"抢着要。白塔村一位身材高大的老大爷，拄着一根枣木棍子，上身一躬一躬的，找到杨双牛，拿到那本书，他就站在原地如饥似渴地读起来，忘记了时间和场合。直到村干部上去推推他，他才猛然惊觉，随即解开衣襟，把书深情地放进怀里。还有羊峪村的一位大嫂，抱着娃娃急急忙忙赶来，对杨双牛说："孩子他爸爸出车到外地拉脚，听说你们要发那本书，连夜打了个电话来，要我帮他领一本。"杨双牛笑了笑，用双手把书递给她……

很多果农来岗底学习128道生产管理工序，一部分学成的果农成了富岗连锁基地的成员，还有一大部分前来学习的果农，高兴而来，扫兴而归。学不成岗底的原因只有一个：相中价格，相不中管理。相不中管理的有两点。一是工序多，劳动强度大。施肥、剪枝、刻芽、疏花、疏果……一直到收获，一个劳动力管理2亩果园，常年得盯在山上，忙时还得雇小工。二是投入大。富岗基地一般一户承包4亩果园，200来棵果树，每年上鸡粪4000元，浇地1300元，施微肥6000元，铺反光膜、安黑光灯治虫、雇工等开支，不算果农的工夫钱，一年下来开支要2万元，每亩平均5000多元，亩产苹果一般控制不超过5000个，一个苹果的成本高达1块钱。

每次说起这件事，说起果农们如何喜欢他编写的故事，而且相互传诵，李保国就高兴得咧开那张有胡子的大嘴，真像一个稚气未脱的孩子。

他教疏花疏果技术时，都是先对村民集中培训，然后再单独辅导。疏花，隔3寸留一朵花；疏果，隔6寸留一个果，这些细节都要严格按照工序执行。有的村民不理解："听李老师的，他秋后一拍屁股走了，赔了算谁的？"

"我说你说的全是废话，有屁用！"

"实际上是这样。什么叫废话！"另一个回答。

杨双牛听出这是郭学新的声音，不觉停住了脚步。

"你要有种，你敢当面提？"赵令旗尖声说。

"当面提了！"

"向谁？"

"杨双牛！"

"哦，原来是杨双牛。你向他提有屁用！李老师在后面督着，他做不得主。你要有种，你敢当着李老师的面提？"

大家笑起来。

杨双牛有些忍不住了，他的眼睛闪闪的，像是烧着什么东西，当场在会上批评那些似乎有点儿"对着干"的村民："你们要想学技术，就听李老师讲，按李老师说的办。不愿意听就回家去！"现场一下子鸦雀无声了，村民们面面相觑，不敢言语了。

李保国站在杨双牛旁边，待杨双牛说完了，他咳嗽一声伸出手来拍拍杨双牛的肩膀，示意他消消气。李保国转身温和地对村民说："疏花疏果，大家都没经验。这是以前所没有的，谁都没有干过。所以经验要由大家来创造。岗底村是河北农大的教科研基地，河北农大很重视。可是，你们村的疏花疏果工作进度却比别的地方都慢。到底是什么原因？村里有些什么问题需要解决？大家可以尽量提。不是说，问题是最好的老师嘛。你们能提出问题来，就是我李保国的老师！"村民一听李保国这样讲，还这么谦虚，不高看自己，不禁激动地拍起巴掌来，掌声由稀稀拉拉逐渐整齐划一，满村都能听见。

李保国不仅向农民推广了树势调整、整形修剪、疏花疏果等常规技术和外地经验，还重点抓了苹果的无公害绿色食品生产。

李保国向村民讲，岗底村实现无公害绿色食品的生产，就苹果而言，主要从果园的土——果树——病——虫——草等整个生态系统出发，创造不利于病虫生存、有利于病虫的各类天敌繁衍的环境条件，保持农业生态系统的平衡。病虫防治，主要采取物理防治、生物防治、无公害农药防治；施肥以有机肥为主，以硼、锌、铁为主，以无公害金秋液肥为辅，根据土壤理化性质检测进行配方施肥。轮纹病、早期落叶病是苹果树常见的真菌病，如果得不到有效控制，会直接影响从萌芽到采收的整个生长期，甚至会影响果树的正常储藏。按照绿色食品的要求，在萌芽前，统一喷石硫合剂，同时果农每隔10天就要全园喷一次无毒的杀菌剂，这些杀菌剂起封闭、保护果树不受真菌侵害的作用。蚜虫是果树常见的一种吸汁类害虫，它直接吸取树上嫩枝、嫩叶、嫩尖上的树液，影响果树生长。传统的防治方法是喷高毒的氧化乐果，富岗公司的生产者通过科研单位从外地买来几十万只草蛉和七星瓢虫放在园子里，蚜虫是草蛉和七星瓢虫最喜欢吃的美食。放入草蛉和七星瓢虫后，蚜虫就得到了有效的控制。金龟子吃花，棉铃虫、卷叶蛾吃叶，桃小食心虫吃果，是果园常见的另一类害虫，传统的防治方法是喷菊酯类、1605等剧毒农药，而岗底的生产者则根据这些害虫的成虫（蛾子）喜欢向甜酸味和具有紫外光的地方集中的特点，在全村所有果园布置了160个黑光灯和120个糖醋缸，在黑光灯下放上药缸，把害虫毒死在缸内。

除了药物污染以外，李保国还针对尘土和冰雹对苹果的侵害，在农村推广了苹果套袋技术。用纸袋把苹果保护起来，让它的表皮细嫩、光滑、洁净。到一定时间，摘去纸袋，再让它接受几天光照，颜色会很快变红，红得照样细嫩娇艳、光彩照人。

于是，每年5月上旬，当果树挂上幼果的时候，李保国指导果农们马上把苹果一个个套上双层纸袋，直到9月中旬，苹果开始着色的时候，才把一个个果实袋从苹果上小心翼翼地摘下来，苹果的整个生长期不受空气污染，而且着色好，颜色亮丽，果肉细腻。

然而，岗底村的果农们种了多少年的苹果，从来没有给苹果套过什么袋子。开始有些果农认为这根本不叫什么新技术，纯粹是奇思怪想。

一时间，人们叽叽喳喳地议论起来：

"嘿嘿，这是个新鲜事，见过大姑娘戴帽子、围纱巾，没见过苹果也戴帽子围纱巾的。"

"挺好的苹果，套个袋子，既不透气，又不着光，苹果烂了咋办？"

观望，徘徊。看来，此时，即使苹果卖不上好价钱，谁也不肯首先在自家果园里使用"套袋"技术，除非傻子才干那号蠢事。顿时，好像有谁在李保国心里打翻了五味瓶似的，酸、甜、苦、辣、咸一齐滚落出来。李保国心里痛苦极了，悲伤极了。一颗晶莹闪亮的泪珠，在他眼眶里滚来滚去。这些果农啊，你们怎么能这样蹂躏别人的感情？那新推广的"套袋"技术，可是花费了很大心血才研究出来的呀！最讲务实的果农啊，直到现在还没有完全从狭隘、保守和愚昧落后的小生产意识的束缚中解脱出来。要叫你们接受一种新鲜事物，除非是等你们套过、摘过，才会相信呀！李保国在思在想。既然有人对套袋顾虑重重，那就得消除这种顾虑，让农民的旧观念在实践中真正得到转变，最后使岗底村的苹果整体提升质量和市场竞争力，这才是最终目的。何况这一技术早已在其他地方开始试验，对于这项新技术，李保国充满了信心。想到这儿，他几步走进群众中间，抓住果农们粗壮的大手，真心实意地说："乡亲们，你们在果园里大胆套袋吧，增产了是你们的，减产了是我的，绝产了我全包！"

这不是夸海口吗？这不是赔着钱给技术打包票吗？

当初心里也没底的杨双牛，听到李保国这句话，也有点儿替他揪心。于是，杨双牛悄悄把李保国拉到一旁，百思不解地发问："李老师，这可是当着全体果农的面，说出去的话就是泼出去的水，难往回收。套袋技术真要是失败了可怎么向乡亲们交代呀？"

李保国说："苹果套袋，咱们岗底虽然没有干过，可是别人已经为我们闯出了路子，找出了经验。"

说到这里，杨双牛和李保国又回到群众中去。

杨双牛毕竟是村支书，岗底的主心骨。请来了李保国，就得跟李保国站在一个战壕里。于是，他拍着胸脯说："如果赔了钱，不管多少，我们村干部出！"

但李保国却不怎么"买账"，反而指着杨双牛埋怨道："你给我的技术上保险没用，乡亲们怀疑的不是你，是我。"

随后，李保国自己拿出5万元购买了16万个苹果纸袋，全部运到岗底村，开始在农民果园里搞试验。村委会用大喇叭广播，要果农们来领袋子，由李保国手把手地教村民套袋方法。可一只袋子3毛多钱，当时的苹果一斤才卖5毛，经济账一算，多数人都不来领。16万个袋子，只领走8万来个，余下8万个堆在仓库里。村民都认为李保国靠卖苹果袋赚钱是真，推广技术是假。

杨双牛心里着急，李保国却心平气和地劝他："老兄，别着急，当一个新生事物刚产生的时候，有些人不理解、不认识，这是可以理解的。我们要把道理向群众讲清。光让群众知道我们怎样做还不行，还得让他们知道为什么这样做，发动群众一起做。我们应该相信，群众对新事物是能够接受的，是热情欢迎的。关键在于我们领导如何去做群众的工作。向群众宣传好'套袋'技术的先进，是我们干部的责任。"

李保国说到这里，杨双牛不言语了。他长长地叹了一口气，从兜里掏出烟卷,划着火柴点着烟抽起来。

李保国看着杨双牛的神态,诚恳地说:"农民最讲实惠,等他们看准了,你拉都拉不住。等着瞧吧!"

秋后,离采摘时刻近了,一枝枝、一树树快要成熟的苹果,像一群群风华正茂的妙龄姑娘拥挤在一起。它们并不羞羞答答,而是昂首侧脸、自得其乐地眺望着高远的天空、彩色的山野。

村民们按照李保国的要求,家家户户摘下了纸袋。纸袋子一摘,大伙儿可是傻了眼了。果农们发现苹果个头儿确实比以前大,可颜色却是白的。

当时村民都沉不住气了,议论纷纷:"李保国在咱村这是胡闹哩!你瞧瞧现在这苹果弄成个啥了?白不拉几的,谁要呀!"

"前些日子李老师不是还说,套袋的苹果比不套袋的长得又大又红吗?"

"光说顶啥事,就这苹果,到时候你去卖卖,甭说挣钱了,白给都没人要,不信你试试。"

李保国一边听着,心里比磐石还要沉重。他憨笑着说:"乡亲们别心急,往后看。"

接着,为了使苹果着全色,李保国又指导果农,一是在树下铺上反光膜,使果下阴面也着上色;二是摘叶,把挡着阳光的树叶摘掉,让在叶下乘凉的苹果见着太阳着上色;三是转果,每个果都有阴阳面,阴面不能见光,着不上色,他们把果转一下,把阴面转到阳面的位置。同时,李保国还让果农大搞"苹果文化",他们把诸如"福""禄""寿""喜"等字样贴在苹果上,尤其把"富岗商标"贴在苹果上,到10月中旬的时候,果农把贴上的字揭下来,苹果上红底绿字的"福""禄""寿""喜",非常好看。

当年，凡是套袋的苹果，竟都是那么红，那么鲜艳，像小红灯笼似的压弯了枝头。村民们看着满山遍野的丰收景象，个个喜出望外。

李保国套袋技术试验成功了，支书杨双牛高兴得整个身心都沉浸在欢乐之中，嘴角露出喜悦的笑容。他说："这套过袋的苹果就是城市里的'小姑娘'，没套过袋的苹果就是山沟里的'老土鳖'。"这样俏皮而形象的比喻惹得大伙儿哈哈大笑。

在李保国指导下的常规技术的落实和全面实施的无公害绿色果品生产技术，使富岗苹果无论在口感、颜色，还是在内部品质指标上都提升了个很高的档次。2000年1月，富岗苹果获得了中国绿色食品发展中心颁发的绿色食品证书。有关人士在总结富岗苹果的优点时说了16个字：酸甜适口、细脆津纯、清香蜜味、易储耐藏。主要特点表现在以下几点：一是绿色。富岗苹果严格按照中国绿色食品中心的生产要求进行生产，生产的果品完全符合无公害绿色食品标准要求、毒素残留等项指标。二是营养。果实中含有对人体有益的微量元素钾、钙、镁等，人体必需的各种矿物质元素、微量元素、维生素均衡。三是纯、美。果汁含量丰富、糖酸适宜，果肉细脆、硬度大而无渣，具有典型的富士风味。果个儿大，果形端正，粉红，全红色。富岗苹果每年都要随机取果到中国农业大学食品学院进行检测。以下是1999年检测结果的一组数据：

外观品质：果色条红，着色均匀，颜色鲜红，果肉白色至淡黄色。

质地品质：果实硬度$18.9 lb/cm^2$，含水量89.3%，果肉脆、多汁，质地细，纤维少。果肉含原糖8.7%，蔗糖15.1%，可溶性固形物含量16.1%。果肉滴定酸0.295%，果汁pH值3.3。具有典型的芳香味,且风味较浓。以上指标均高于全国代表值。含有18种氨基酸,15项均高于全国代表值。

李保国一次次给村民们立着军令状,推广新技术。第一年打基础,第二年初见成效,第三年果园的面貌全变了,1亩苹果多卖了3000多元,带来效益900多万元,真成了金苹果。

一时间,李保国成了村里炙手可热的科技财神,好像一颗耀眼的明星,正悬挂在村庄后边山岗的顶上,是那么大,那么亮,散发着令人注目的光辉。

这一下,村民们都打心眼儿里服了,说李教授就是行,以后全都听他的,他说怎么干,他们就怎么干。

2003年,在盛大的富岗公司改制大会上,村民们被喧腾而鼓舞人心的锣鼓声激奋了,被欢跃而热闹的秧歌队吸引了。人们一拥而上,把秧歌队包围起来,而且随着锣鼓的节拍,拍起手来。秧歌队的小青年们扭得更欢,锣鼓敲得更紧,喇叭吹得更响。

在这欢乐的气氛中,董事长杨双牛把李保国拉到一边,热情地握着他的手说:"这些年辛苦你了,送你一些股份吧。"

李保国听后大惊失色,继而斩钉截铁地说:"以后不要再议这个话题。"

…………

后来,杨双牛才感觉此话不妥,在河北省苹果产业、核桃产业两个技术创新联盟产业里,有50多家大型龙头企业,李保国是产业联盟理事长,如果一家企业送他一个股份,他李保国成了啥人?

李保国是富有的,他拥有的28项科研成果和36项实用技术得以推广,他拥有一个和他一样优秀的林果研究员妻子,他拥有一个流动的4只轱辘支撑的每年颠簸4万公里的家,他拥有140万亩浸涌着李氏 DNA 的花果山。

翌年阳春三月，正是岗底村山坡上苹果花盛开的时节，远远望去，那一簇簇雪白而粉红的苹果花，如团团云絮，漫卷轻飘。

然而，天不作美。一场倒春寒突袭而来，漫天大雪飘飞而下，纷纷扬扬，贴在树上和人身上。气温骤降，果树发生严重晚霜冻害。李保国在电视里看到天气预报，不禁担起心来了：如果岗底村不及时采取措施，一旦霜冻了苹果花，不仅果农们一年的辛勤汗水会付诸东流，而且整个村子的苹果都会受到损害。"我得立刻上岗底看一看。"一种强烈的责任感，驱使他一边打电话到岗底村，让村民都上山，把树上的雪都摇下来，然后把村里能发烟的东西都运到山上，夜里 12 点开始烟熏，一亩地 4 到 5 堆；一边与妻子郭素萍辞行："这样的天气如果造成苹果花冻害，必然直接影响授粉，岗底的苹果就全完了！我得马上走！"

黑夜茫茫。整个大地像扣在黑锅里，伸手不见五指。

看不见汽车道，只觉着雪粉扑面打来。李保国连夜开车从保定出发，不顾雪后路滑进入内丘县城，然后沿着 328 省道，蜿蜒向西行进 50 余公里，经过 360 多个盘山弯道，来到位于太行深山区的侯家庄乡岗底村时，已过子夜。

李保国下车后，立即打开手电筒，"咯吱咯吱"地踏着积雪，直奔山坡上的果树园。在漆黑的山野上，手电的光柱忽儿闪到这里，忽儿闪到那里，给黑夜带来了生气！

凭借着光柱的照射，可以看到一株株受冻的苹果树。花冻了 85%，果农们垂头丧气。村干部杨和平说："今年完了。"

李保国一户一户看过后说："问题不大，有 10% 的花就够用了。"

然后，他马上召集人，布置到外地找花粉，人工授粉。那一年，岗底村不但没减产，反而增收了。

他爱老百姓，百姓更爱他。

盛夏的一天，李保国行至内丘县摩天岭村遇上交通堵塞，进退不得。他下车察看。

这里是一条新修的街道。它从正西伸过来，到村民李金和的西院墙外边，往正北拐，又顺着北墙往东拐，再顺着东墙往南拐，最后才能朝正东方向直伸过去。房后边这一截路更不好走，南边是李金和的后房山，北边是一处破厂房，因为低洼和雨后存水，所以非常泥泞。

果然，一台拉石头的拖拉机陷在这儿了。司机急得满头大汗，正挥锹铲石子垫道，一时半会儿很难奏效……

李保国奔过去就要帮着垫道，却被村民们认了出来。

"李老师，是你？"一个高个子村民问。

李保国一怔，赶忙扭头一瞧："啊，你是……"

"我叫赵修海，前一阵子，听你讲过果树修剪课。"那个高个子说到这里，又用手一指不远处一个名叫李金和的和其他几位村民，"他们几个也听过你讲课。"

当大家听说李保国急着回保定参加一个学术会议，人群中的李金和大声喊道："快把我家院墙推了，让李老师的车过去！"

没容李保国阻拦，几个人一拥而上，硬是将路边一堵土坯墙围成的农家院扒开3米多宽的缺口，让李保国的小汽车从院子中间穿过。

20年来，李保国与岗底人心连心、心贴心。杨双牛及岗底村的果农们见证了李保国由专家变成农民，并把200多名村民变成"永久牌"专家的全过程；见证了他把岗底村由人均收入不足80元的穷村，改变成人均收入 3.1 万元的小康村；见证了富岗苹果获得 1999 年昆明世博会银奖、奥运会专供果品、中国驰名商标、河北名片、邢台金名片，一个苹果卖到 100 元的天价，就是因为李保国教授的试验田在岗底，他在太行山研究推广的 28 项技术中，有 15 项是在岗底试验成功的；见证了以岗底为中心的富岗苹果连锁基地发展覆盖到太行山、燕山 11 个县市 369 个村，种植面积 5.8 万亩，产量超过 1 亿公斤，带动 7 万多农民走上致富路的宏伟图景。

常有人问李保国："你跟岗底不沾亲带故，不图麸子白面，为什么这样卖劲儿干？"

李保国不假思索地说："我是农民的儿子，最见不得农民穷，老百姓脱贫需要什么，我就研究什么。"

后来，跟杨双牛回忆起这件事时，李保国显得异常激动："有些心里话我不能给村民说，说了人家会说我唱高调。给你说你信。双牛！在战争年代，我们的战士，迎着敌人的枪林弹雨，穿过敌人的铁丝网，在战火和硝烟的阵地上，高喊着口号，一次又一次地把敌人消灭在阵地前面。他们连做梦也没有想到图什么，只有一个念头，那就是怎样克服困难，英勇作战，坚决打垮敌人，把胜利的红旗，插上敌人的碉堡！你再说太行老区，解放时期牺牲了那么多人，你说他们图什么？不就图过上好日子？先辈流血都不怕，咱是共产党员，是党和人民成就了我们，我们为农民脱贫致富流点儿汗算啥？"

杨双牛的胸脯一起一伏，这一席恳切动人的话直接打动他的内心，激起了他心海的狂潮。他凑到李保国的身边，紧挨着蹲下来，紧握住了对方的手。

停了一会儿，李保国咳了口痰，又慢声慢语地接着说："你可能说，我那 5 万元血汗钱也不是大风刮来的。有钱留给谁？钱花到哪儿？留给儿子可能会害了他，花到果农身上，我觉得就是花对了地方！"

李保国不管走到哪里，总惦记着岗底。

2007年，李保国在日本长野县信州大学搞梨树矮化课题研究，发现那里作为富士苹果的发源地，拥有世界一流的果树管理技术，便打电话给妻子郭素萍。

郭素萍放下电话，立刻按照丈夫的要求，通知岗底村技术员杨双奎到日本学习世界一流的果树管理技术，并提前自费把杨双奎的一切出国手续和机票办好，送他上了飞机。

此刻，超音速客机正在烟波浩渺、水天一色的太平洋上空飞行。

西岸：中国。

东岸：日本。

……杨双奎端坐在宽舒的机舱里，双手接过身着白衫裙的俏丽的空中小姐送来的可口的饮料。

这时，他才注意到，整个机舱就是一个小国际社会。白、黄、黑、棕各种肤色，赤、橙、蓝、绿各色服装，英、汉、日、俄各国语言……鲜丽的异国情调，浓郁的香水气味，迷漫在机舱里。

班机在灯火辉煌的东京国际机场徐徐着陆。杨双奎笑容满面地一下舷梯，早有李保国在机场迎接，并自费为他安排好了一切。他们乘小车，驶上高速公路，向信州大学急驰而去。

杨双奎在日本全面学习了现代化果树管理技术。该技术以下垂枝结果为主，采光好、通风好、抗风灾、果形正、品质纯，省工又省力。这项国际领先的技术成就了"富岗"苹果。

岗底村有一位叫梁山林的村民，家里一贫如洗，是出了名的"大懒汉"，每天都是"衣来伸手，饭来张口"，早饭都要母亲给他端到被窝里吃，吃了睡，睡了吃，37岁了还打着光棍。

李保国了解情况后，便想着把这个懒汉"改造"成有出息的男子汉。

一天，李保国走进梁山林家，见梁山林妈挑起水桶，要往外走。李保国连忙上前拦住说：

"大婶子，把担杖给我，我去挑。"

"我挑吧！你一个大教授，还能叫你去挑水干重活儿？"

"不要紧，能行！我在农村干惯了。"

梁山林妈见李保国执意要挑，只好把担杖交给他，自己去温猪食喂猪去了。

李保国一干起活儿来，便再也闲不住了。他挑罢水以后，又拿起扫帚扫起院子来。

在一阵叮叮当当的干活儿声中，把个"大懒汉"从睡梦中惊醒了。李保国干完活儿，还没等梁山林磨磨蹭蹭地穿好衣服，便走进屋子里。

他见梁山林懒洋洋地下了床，便笑着劝他道："山林，你包几亩果园吧，种上苹果，挣点儿钱，盖个好房子，快点儿娶上个媳妇儿……"

梁山林不敢正眼瞧李保国，垂着头说："我不会种，再说那挺累人的吧……"

李保国抚着他的肩膀说："你身板这么好，年纪轻轻的不能光闲着，连挑水扫院子都靠你母亲，得干点儿事啊！啥事不干，不挣个钱，哪个女人愿意跟你？"

梁山林惭愧地说："我刚下地的时候，也想在农村好好干一番，可是手上一磨了几个血泡，心里就受不了了。"

李保国往前凑了一下身子说："在农村是艰苦。对你来说，更是一件不容易的事。现在和你同龄的人都有深刻的体会。你开始干的时候，手上不是磨了几个泡吗？现在我让你看看我的手。"说着，他把手伸给梁山林。

梁山林看见李保国的手，浑身哆嗦了一下，愣住了：李保国那双手，血泡摞着血泡，口子连着口子，血糊糊的一片，手心手背，横竖贴了几条橡皮膏。

李保国放下手，对梁山林说："看到了吧，不单是我的手这样，你再看看杨双牛他们的手，都是这个样子啊！"

梁山林抬起头，喃喃地问了一句："李老师，你们不怕疼吗？"

李保国看了一下梁山林，情绪激动地说："手都是肉长的，怎么能不疼呢？关键在于我们如何对待它。山林，你想过没有？为什么同是一双手，人家广大干部群众的手是那么粗，那么壮，那么有力量，那么不怕磨？为什么你的手就这么娇嫩？这只能说明一个问题：缺少锻炼。山林，从今天起，你听我的，振作起来干吧，有我帮你，赔了算我的，苹果挣了钱都是你的。"

梁山林第一次听到这样贴心的话，他慢慢抬起头来，看着李保国那双充满温情而又坚毅的眼睛，流下了眼泪。

按照李保国的要求，梁山林种了4亩半苹果树。他每天起早贪黑，整天整夜泡在果园里，简直不知道疲倦。没有牲口耕，他就用镢头，一镢一镢地把土地翻开；没有肥料，他每天清晨推着架子车到附近工厂的公共厕所去淘；没有管理果树技术，他就虚心向别人请教。辛勤劳作，再加上李保国手把手教他，果树长势很好。眼瞅着梁山林地里、家里都变了样，"懒汉"的帽子一下子甩掉了，第二年开春，提亲的就上了门，冬天就结了婚。后来，梁山林又包了1

亩半果园，6亩果园年收入15万多。如今的梁山林，早已走上富裕之路，住上了现代楼房，开上了漂亮轿车，还买了商铺。

在岗底村，像梁山林这样彻底被李保国改变了命运的农民还有很多。

这些都是李保国的功劳，可他却说："山区要脱贫，不能光依靠我一个人，必须要把我变成农民，把农民变成我，把大家都培养成管理果树的专家。"

李保国知道，要农民变成专家，得叫农民对技术从感性认识上升到理性认识。平时，他想方设法给村民办夜校，搞培训。2009年，邢台农业学校校长关林柏为把农村党员培养成掌握和运用现代科学技术的新型农民，带动更多的农民学文化、学科技、学管理，加快农业现代化的进程，加速社会主义新农村建设，他大胆地设想，为什么就不能为离不开家门的农民办学，尽快提高他们的科技文化素质，让他们多得实惠、增产增收？为什么就不能变学生进城上学为学校送教下乡，创办没有围墙的学校呢？教育要公平，农民要富裕，就必须尽快实施送教下乡。这是几代中国农民孜孜以求的夙愿，更是历史和时代赋予当代农校人的神圣使命。很快邢台农业学校就形成了这样一个构想：送教下乡，招收对象为初、高中毕业生及同等学力的农村基层党员干部、专业户、复转军人和返乡农民等。培养形式实行学分制和弹性学制，工学交替，并适当延长修业年限。采取集中学习与生产实践相结合，农闲时间集中上课，农忙时间兼顾学习和工作。课程设计以模块为主，以技能训练为主，结合农业生产实际，侧重学习当地产业发展急需的知识和技能。在授课形式上，把专业课堂搬到乡镇和农场、养殖场，方便学员上学，解决生产实际问题。征得上级主管部门批准后，邢台农业学校开始在邢台市首批17个教学试点组织招生报名。"给我报个名。""给我……""给我……"人们争先恐后，潮水似的涌来，把临时招生教学试点的办公桌围得水泄不通。在邢台农业学校首批教学试点之一的隆尧县牛家桥乡，按规定只招两个果林班100名学生，前来报名的就达800多名农民。在邢台农业学校另一个首批教学试点之一的威县高公庄乡，按规定也只招两个蔬菜班100名学生，而前来报名的超过900名农民。与此同时，邢台农业学校选拔了一批实践经验丰富的骨干教师，并从科研单位、技术部门、生产第一线聘请本地化、专业化、技能化的教师。另外，为满足教学，农校还投资30多万元购置了60台迷你型计算机、10台笔记本电脑、5台投影仪，装配了2台流动教学车；为确保教学质量，学校投资15万元购置畜牧养殖、林果、种植专业必需的便携式教学仪器；为各教学点购置无线上网设备，可实现学校总部和各教学点的视频通话；为解决任课教师的交通问题，确保风雨无阻，按时上课，学校投资购置15台送教下乡专用车。烈日下的乡间，处处有辛勤耕耘的身影。教师们常常风雨无阻，亲自到田间、果园、猪场、棉田上实践课，为农民当场解决了许多生产技术上的难题。接着，邢台农业学校为传统的中国农村带来了科技、财富、活力，也带来了方向。接着，邢台农业学校又为真正改变中国农民的命运，彻底打破中国农村几千年传统耕作的模式，提出了让农民"持证下田"，进一步深化和拓展送教下乡活动。此时，李保国立刻感到职业教育的春天来了。春光融融，万物蓬发。李保国马上建议杨双牛，抓住这个千载难逢的机遇，在岗底村全面推行"持证下田"培训工程。

  2010年4月23日，彩旗飘扬，歌声嘹亮，鞭炮齐鸣，巨大的彩色气球开放在会场四周。邢台市农村党员"持证下田"培训工程启动仪式在内丘县岗底村隆重举行。数千名农村干部,早早赶到披红结彩的会场上,一个个舒眉展眼,喜气洋洋。

按照岗底村与邢台农业学校签订的"持证下田"培训协议,邢台农业学校用一年时间对岗底村的208名学员进行果树初、中级工知识和技能培训。培训内容有果树育苗技术,果树建园与栽植技术,果树土、肥、水管理技术,果树整形修剪技术,果树花、果管理技术,果树病虫害防治技术,果品产地储藏技术和果品市场营销实务等8个大项,共计198个学时。为了鼓励村民学好知识、用好知识,岗底村规定,学员每人200元的培训费由村里负担。

"持证下田"培训工程启动后,热闹非凡,报名人数超过全村人口的三分之一,夫妻同班学技术,父子同窗比技艺,岗底人学习技术的热情十分高涨。

阳春时节,草木吐出了青芽、绿叶,桃花接着杏花,在山谷间、田陌上盛开怒放。置身于岗底村满山遍野的果园里,仿佛徜徉在花海中,淡粉如霞的苹果花在枝头竞相争艳,和风吹拂,送来淡淡花香。果农们反映,当地红富士苹果得轮纹病很普遍。邢台农业学校教师李克军看到这个情况,他把轮纹病的有效防治办法告诉这些学员:

"苹果树得轮纹病的原因是地下管理跟不上,需要在树下挖个坑,埋上一些柴草、鸡粪。"

"人粪尿行不行啊?"

"行啊行啊!"

师生间有问有答,好不热闹。

…………

果农王文广是党员班的班长,面孔黢黑,眼睛明亮,笑时露出一口雪白的牙齿。这次他和妻子都踊跃在果林班报了名。"邢台农业学校的老师告诉我们,发达国家的农民80%都有大中专学历,我们在这方面还有差距。作为一名党员,仔细想想,党性修养和创业能力太重要了。尤其是现在,如果不能成为有知识、懂管理、会经营的行家里手,就会落后时代,落后群众。参加这次培训,就是想实现素质和能力的全面提升,争做一个优秀共产党员。"

王文广家有5口人,经营着4亩果园,年收入5万元。他和妻子商量好了,一块儿学习,一块儿拿到"下田证书",再过4年,实现收入翻番。"党员时时刻刻都得想着进步,想着带头儿,致富也不例外,要不然怎么发挥带头儿作用?"谈及妻子,王文广呵呵地笑出声来,笑得很爽朗,"有时候为了一个问题,争得可激烈了。争归争,咱让老师在果园里评评理,谁对听谁的"。风吹乱了他的头发,黝黑的脸庞显得格外清朗。

像王文广这样夫妻二人同班学习的,岗底村就有8对,杨立军、翟建英就是其中的一对。"特别怕落下课,因为老师讲得太有用了。"翟建英脸上泛起幸福的微笑说,就算农活儿比较忙,家里有特殊的事,两口子也得"出一个代表"听课,"晚上回到家,说说今天讲了啥,近期果树管理要注意啥,实在弄不懂的,记在本子上,下回上课问老师"。

到了苹果成熟的时候,一踏进那漫山浓绿的果树园,就看到那红彤彤的苹果挂满枝头,有的树梢都被压得垂到地面了。熏风徐来,果香扑鼻,是那样浓,那样叫人心醉。"持证下田"使岗底村普及128道苹果标准化生产工序,苹果从果园到餐桌实现全程绿化监控,还生产出驰名中外的有机苹果,每个苹果能卖到100元。2010年,该村仅苹果一项人均收入就达16155元。当年,邢台农业学校就为该村208名果农进行了初、中级果树工技能培训。为了鼓励村民学习，岗底村村委会对获得果树技能证书的村民种的苹果，每公斤收购价比无证的多2角钱；年满60岁的持证者享受村里的养老金比无证的多一倍；对考试成绩前三名的村民分别奖励1500元、1000元、500元。最终，191名学员通过资格考试，成为全国第一个"持证下田"的村庄。2011年1月18日，邢台市内丘县岗底村党支部、村委会代表全村169户619名村民，怀着对党的富民政策的感恩之情和对邢台农业学校的感激之情，给中共中央政治局委员、国务委员刘延东写了一封感谢信。1月31日，刘延东满怀激情地在感谢信上做出重要批示："河北省'送教下乡'的做法很好。职业教育就是要面向基层，面向企业、农村，适应他们的需求，为他们服务，才能体现价值，才能更有作为。"同时，她还给岗底村的父老乡亲拜了年。富了钱袋和脑袋的岗底人，真正尝到了掌握科技知识的甜头。

2011年，岗底村村委会又做出一个决定：凡拿到果树初级工证书的，要尽快拿到果树中级工证书；凡拿到中级工证书的，要尽快拿到高级工证书；凡中专毕业的，要尽快拿到大专学历。2012年秋季，岗底村有100名果农中专毕业，后来又上大专，两年以后读中国农业大学的本科，直至2016年这100名果农真正变成了"本科生"农民。这4年间，岗底村又陆续培养了100名中专生。当这200名"大本"农民毕业后再回到岗底村工作，这些农民的素质跟发达国家农民的素质真可媲美。

无情未必真豪杰。在别人眼里，李保国好像从来不知道累，甚至对自己和家人有些不近人情。只有他的妻子和山里的果农知道，他把全部的精力都用到了工作上。李保国把村民们培养成才了，却耽误了他的儿子李东奇。李保国夫妇在岗底村最忙的那几年，根本顾不上回家照顾儿子,只好把李东奇从繁华的保定市迁到偏僻的内丘县读高中。

一天,夜晚出奇的黑,没有星星也没月亮。内丘县中学突然打来电话,说李东奇水土不服,来了不久就病了。郭素萍放下电话,立即跟丈夫李保国坐着杨双牛的车,连夜向学校奔去。

村边的小道坑坑洼洼,开不快。过了小河桥,上了大路,杨双牛猛开起来,飞也似的向前冲去。此时,郭素萍心急如焚,思潮澎湃,恨不能马上见到儿子,向医生询问儿子的病情。

开过一个个村庄,穿过沉睡的侯家庄乡,上了到县办高中去的公路。杨双牛浑身是汗,他一手轻扶方向盘,一手把外衣的扣子全解了开来。他开得好快呀!公路两旁那高高的白杨树,一株一株飞快地向后闪去。

一个多小时后,他们来到了内丘中学。郭素萍一进宿舍,看到李东奇躺在床上,发着高烧,面容明显消瘦,医护人员刚给他喂完药。

"东东!"郭素萍叫了一声,一下子扑到李东奇的身上,抱着儿子,再也控制不住自己,藏了半天的泪水唰唰流了下来:"爸爸妈妈对不起你,孩子!"郭素萍心里内疚极了,她觉得做父母的没有尽到自己的责任。早在前南峪搞小流域治理工程时,他们就把儿子带在身边,村里条件差,儿子没上过幼儿园。儿子读高中时,两口子在岗底村搞研发,只有把儿子转学到内丘县高中。儿子是放养大的,自理能力强,小学就会做饭。他其实很聪明,初二时,保定市八中选两个学生参加数学竞赛,就有他。男孩子贪玩,没人管,成绩就下来了。李保国夫妇都是高级知识分子,但丈夫关心农大学生比儿子多。刚刚有笔记本电脑的时候,他买了一个,只给他的研究生用,不让儿子用。写论文得刻光盘,他又买了个刻录机,绝对不让儿子碰。在日本做访问学者时,他给岗底村技术员办签证让他们去学习,也没想到让儿子过去看看。

李保国站在一边,眼圈红了。他朝床上看了看儿子的脸庞,儿子瘦了,两块颧骨高高地突出来。他走到李东奇跟前说:"这些年,我在孩子的身上,用的心太少了。这,我知道,村里的干部群众都知道。"李保国说到这里,背过身去,用大手背一下子擦干眼泪。

看着一家三口,杨双牛心里有愧,他用灼热的目光望着李保国夫妇说:"这不是你们对不起孩子,是我们岗底对不起孩子啊!"

(节选自徐富敏《永远的李保国》,作家出版社2017年出版)

沙漠赤子

◎ 高凯

一代人，二代人，三代人……与沙漠持久鏖战，似乎成了一种使命——在他们的意志里，沙漠还要肆虐多少时光，他们似乎就将奋战多少岁月。甘肃省古浪县八步沙林场，是一个出好"老汉"的地方，都是治沙造林的好汉。

　　历经五十年的艰苦奋斗，从沙进人退，到沙退人进，一步一步逼退沙漠侵袭。他们就像在画一幅幅神奇的沙画，演绎几代人造林治沙的传奇。

　　不久前，中央宣传部授予八步沙"六老汉"三代人治沙造林先进群体"时代楷模"称号。

守 住 家 园

　　抱成团，就是绿洲。"我们只是想把家园守住，这个荣誉太高了！"六老汉之一张润元捋着胡子说。"那天在台上领奖，想到四个走了的老汉时，我还默默地念叨着告诉了他们呢。"

　　让我们先一起看看六老汉治沙三代人的"家谱"：

　　好老汉郭朝明，已故，中共党员。1973年至1982年在八步沙治沙造林。第二代治沙人郭万刚，系郭朝明长子，中共党员。第三代治沙人郭玺，系郭朝明孙子、郭万刚侄子，2016年进入林场……

好老汉石满，已故，中共党员。1981年至1992年在八步沙治沙造林。第二代治沙人石银山，系石满次子，中共党员……

好老汉罗元奎，已故，1981至2002年在八步沙治沙造林。第二代治沙人罗兴全，系罗元奎次子……

好老汉贺发林，已故，中共党员。1978年至1991年在八步沙治沙造林。第二代治沙人贺中强，系贺发林三子……

好老汉程海，1974年至2004年在八步沙治沙造林。第二代治沙人程生学，系程海四子……

好老汉张润元，中共党员。1981年至2016年在八步沙林场治沙造林。第二代治沙人王志鹏，系张润元女婿……

我之所以在这里详细列举了这个名单，是因为觉得六老汉背后的好家属也应该被我们铭记。

第一代六老汉已有人故去，使命与意志却未消逝。他们曾约定，六家人每家务必有一个"接锹人"。如今，第二代多在壮年。而他们的第三代，八步沙林场治沙的年轻人们，正在聚集。

这样的"家谱"，最让我动容。六老汉治沙造林，不是他们六个人的事，而是关乎身后一个大家庭生存的大事，离不开家里每一个人的理解和支持。正因为如此，在第一代好老汉之后，才有了第二代、第三代，有他们的妻子、儿女的鼎力支持。

没有新墩岭，就没有八步沙。郭万刚告诉我，八步沙林场最初诞生于新墩岭。因为人为对植被的破坏，加上天旱少雨，当地曾沙尘肆虐，粮田大面积失守。一天，在与八步沙一河之隔的新墩岭一块旱地里，郭朝明意外发现一个"奇迹"：没有草的地方麦苗一株无存，而有草的地方麦苗却还绿旺旺地活着。生命的这个细节，让郭朝明得到启发，喜出望外：要夺回粮地，先把草种上把树栽上，然后再种上庄稼。按郭朝明的理解，所谓植被，就是土地的绿被子，由植物们用自己的根根、枝枝和叶叶编织而成，离开了这个绿被子，土地就死了。要想生存，首先必须恢复植被。第二年的一开春，郭朝明与土门队的罗文奎（罗元奎兄）、和乐队的程海等人带着林场的群众，从土门林场购来八万多株树苗，一口气栽在新墩岭周围的风沙前沿上。第二年，60%的成活率又激励郭朝明迈出大胆的一步，他辞去生产队长职务，承包了新墩岭这块弃耕还林的土地，建起一个林场。

郭万刚的老伴陈迎存还记得，当年，风沙大的时候，人在田间劳动，面对面都看不清对方的面孔。而地里的庄稼，刚一长出来就被风沙拔掉。老天不让种庄稼，大家只好去栽树。每一天，自己要挖一千个窝窝、栽一千棵树，用麦草压下的树都是不怕风沙的柠条、梭梭。种树离不开水，八步沙没有水，家家就赶着一头毛驴从土门镇往回拉。不只是年轻时在栽树，陈迎存一直到有了孙子才停下来。郭万刚之子郭翊虽然没有进入林场，却在土门镇另外一个治沙企业任职。郭翊对爷爷栽树还有印象。他记得，天不亮爷爷就要背上干粮步行七公里去林场。到了父亲治沙的时候，已经有了自行车，父亲则每天把干粮往自行车上一挎就出发了。而他从十岁就开始经常给父亲送衣服什么的。他清楚地记得，那时候没有电，到了晚上，林场一片漆黑，风沙把父亲住的土坯房吹得瑟瑟发抖。

八步沙风沙大，因为古浪是一个地理要冲，也是风沙的关口。古浪曾经有两条路，两条风沙线。从前沙进人退时，黄沙漫道，两条线上都是护路队；后来人进沙退时，绿树成行，两条线上就看不到护路队的影子了。而八步沙林场还给古浪奉献了一条美丽的风景线，那就是站在316省道古浪段28公里两边的杨树。多年治沙，家园在变美丽,沙漠变绿洲!

化沙为友

  绿洲和水有关。要守住林子,必须有水。古浪年平均降水少。八步沙,水就更稀缺了。打井吧,打井吧。水是生命之源,没有水,不但干啥都没有希望,林场人活命也有了问题。

  1997年7月,八步沙的治沙人开始找井。经过半年时间断断续续的人工苦干,他们最后终于打出一口200多米深的水井。

  这口井,不但解决了周围两千多人的饮水问题,还使八步沙的那些树林子焕发出无限生机。一些人在沙地种了西瓜,西瓜熟了后,几个老人嘴里吃着西瓜,还是不相信是自己的地里长出来的。

  八步沙人也开始考虑化沙为友。林场人说,八步沙的沙子也会变成金子。八步沙林场已经开始产业化,林场人说,八步沙林场就像一个绿色银行,所积累的资金全部会用于绿色产业。比如,今年流转的一万两千亩土地将全部用来栽种梭梭和嫁接苁蓉。在一片一望无际的沙土地里,我看到一群人和四台拖拉机热火朝天劳动的场面。

  八步沙林场人有句话:"我不知道大海是什么样子,但我们要把八步沙的沙海变成花海。"从今年开始,他们计划在省道旁种三千亩熟菊花。从黄河引水的水渠,已经像一列望不见首尾的火车一样轰隆开进,为八步沙带来滴灌的好前景。

进出八步沙，我不但看到了大片大片压着梭梭和柠条的方草格，还看到了未来花海微微涌动的波浪。在车子所经过的沙滩上，遍地都是已经泛出绿意的灌木，有黄茂柴、沙冰草、沙米、红沙、苦豆草、沙霸王，等等。这些草木都会给八步沙开花，而沙霸王已经率先露出一种淡黄色的花尖尖儿。因为生态改变，听说地上还有了兔子、野鸡、野猪，当然还有黄羊。至于天上，则有了沙喜鹊和老鹰。沙漠里有沙喜鹊，村镇里多花喜鹊。我在土门镇住了一夜，第二天早上徒步前往八步沙林场时，沿途的树梢、电线上都是叫喳喳的花喜鹊，在这里不觉吵，只让人心情更愉快——大概都是亲近八步沙的吉祥鸟。

爱国守边最美格桑花

◎ 杜文娟

> 题记：扎日神山下的玉碓和玉麦啊／是个吉祥的地方／玉碓灵草满山／玉麦秀水遍地／进出玉麦千难万险／留在玉麦草丰水美。
>
> ——玉麦民歌

玉麦在哪里

  金色的油菜花和葱郁的青稞将拉萨河谷渲染得愈加鲜亮，西藏和平解放纪念碑与千年左旋柳咫尺相望，白鸽蹁跹在祥和欢乐间，雄鹰越过巍峨的布达拉宫，向茫茫雪原翱翔。玉麦，您在哪里？伴着雅鲁藏布江的涛声，东山顶上的暖阳，向着万水之源千山之祖的喜马拉雅群山挺进。

  隆子县政府办公室一份通告，把我堵在了追寻玉麦的逶迤峡谷。"因扎日乡曲桑村至玉麦乡施工路段降水量大，洪水、泥石流、山体滑坡等自然灾害频发，沿线路段多处坍塌，安全隐患极大，建议广大干部群众及各级工作组近期暂停前往玉麦方向（2019年7月8日）。"迫于无奈，只能一次次向人们打听。

  拉萨百货商店的四位年轻女店员抢着说：卓嘎、央宗，她们是卖什么的？是不是买了很多羊，拉到山上放生了；我知道，她们是三人乡的，现在公路修通了，房子建好了，村民非常富裕；我是山南的，听说有人动员农牧民往玉麦迁，还是没有人去。

30多岁的汉族三轮车夫说：我是甘肃人，来西藏两年了，听说习总书记给两位藏族牧民回信了，很了不起。

大昭寺一位能用汉语、藏语、英语讲解的僧人说：藏族老百姓非常纯朴，他们的理念就是守好自己的家园，看好家园就是守好了边疆。

一位老人说：1972年随老公从广东汕头老家来援藏，经见过许多感人的事，在拉萨卖了26年牦牛酸奶，自从知道三人乡以后，就不敢说这是青藏高原最好的酸奶，卓嘎和央宗在那么宽敞的山上放牧，酸奶肯定更纯正。

泽仁拉姆是西藏电视台资深记者，中宣部"时代楷模"发布现场由她担任翻译。1998年在中央民族大学读书期间第一次知道三人乡，爸爸是乡长，姐姐后来接班，妹妹是副乡长兼妇女主任，世界上还有这么好玩的事，从此幻想见到这家人，2017年10月至今先后三次前往采访。拉萨到玉麦600多公里，在广袤的青藏高原不算遥远。从隆子县城到玉麦190多公里，越野车整整开了两天，公路一侧是悬崖，一边是高山，随时都有大小石头落下，还会发生雪崩，有一次差点翻车，年轻摄像感慨道，凌晨三四点在办公室加班多么幸福。这是她21年记者生涯中最难走的路，也是最美丽最潮湿的地方。玉麦地处喜马拉雅山脉南麓，受印度洋暖湿气流影响，动植物垂直分布明显，杜鹃花从南开到北，山下是花的海洋，山上只长枝干不开花。原始森林遮天蔽日，松萝随风飘扬。这里只有两个季节，半年雪半年雨，一年260多天的雨雪使得这里云雾缭绕，青稞只长苗不结穗，土豆只有拇指大，水草太丰美，羊蹄子会泡坏，所以牧民只养牦牛和犏牛。痛风关节炎是常见病,卓嘎的右手大拇指砸拴牛桩时受伤,其他指关节也变形。玉麦乡只辖一个村,也是全国唯一,从村头到村尾1261步,全乡9户32人就生活在这个空间。

《西藏日报》编辑唐大山于2018年6月至10月,在玉麦乡定点深入生活。到了隆子县城却找不到前往玉麦的车,底盘低的小汽车无法进入,只好花3100元包了一辆卡车,从头一天傍晚6点开到次日凌晨5点,在离玉麦一个小时车程的地方,还是被堵在了路上。摄影师向世宁从县城出发,一天一夜后于凌晨到达,在蒙蒙细雨中被一行字震撼,手握方向盘,久久凝视,"家是玉麦国是中国,祖国的土地一寸也不能少"。后来他踏着桑杰曲巴老人的足迹去巡山,在夜雨中背靠盘根错节的杜鹃树干,一直站立到天明,把红色短裤撕成细条沿路拴在树枝上,三天以后被同伴找到。一位30多岁的公务员接卓嘎央宗姐妹出山,公路塌方,只能徒步,没走多远双腿发软就站不起来,50多岁的姐妹俩则健步如飞。

我一遍遍地询问被访者,中国4.4万多个乡镇,玉麦是人口最少的建制乡,在西藏近4000公里的国境线上,边境乡共有104个,只有玉麦成为全国典型,卓嘎、央宗姐妹是首位获得"时代楷模"称号的藏族人,是偶然还是必然。大家异口同声地告诉我,必然,绝对是必然。

2019年7月9日,雨后的拉萨格外清爽,我不但见到了卓嘎和央宗,还与卓嘎的两个女儿进行了交流,玉麦的神秘面纱终于被揭开,在摇曳的藏白杨里,渐次进入那方圣洁之地。

国旗的力量

1959年的日拉山冰雪还没有融化，绿绒蒿点地梅还没有绽放，山外便传来一个可怕的消息，"红汉人要来了，他们要吃人肉，喝人血"。几十户人家300多口人的玉麦村，顿时笼罩在不安和恐惧中。当时，村民不仅要为地方政府支乌拉差役，为官家转山提供食宿。每年藏历新年过后，一部分人还要翻过雪山，到山外讨生活，直到大雪封山前，才回到群山环抱的玉麦，为的是给留下来放牧的家人省下一点口粮。传言中有人赶着牛群，绕过松赞干布修行洞，三步一回头，被裹胁去了邻国，有的干脆搬到雪山之外。拉杰老人不为所动，服乌拉差役时与一位有着汉族血统的人成为朋友，这位朋友就是红汉人吧。他对儿子桑杰曲巴说，为什么要跟对我们不好的人跑呢。

玉麦的春天是从5月开始的，风姿各异的瀑布清脆嘹亮，白唇鹿和藏马鸡在林间散步，民主改革工作组来到绿雾一般的河谷，讲山外的变化，教他们识字，建议桑杰曲巴担任乡长，他不明白乡长是什么。工作组告诉他，乡长是为全乡人民办事的，同时强调，乡长责任重大，国土得由乡长带着牧民一起守护。他问，国土是啥？对方说，就是生活的这片土地，这是我们的家，哪一座雪山牧场都不能丢失。从此，正值壮年的他记住了国土就是家园。这一年，玉麦乡人民政府第一任乡长桑杰曲巴，就这样站立在森林与雪山之间。

1962年层林尽染之时，忍无可忍的中国军队进行反击，玉麦乡被推向反蚕食战争的前沿。作为一乡之长的桑杰曲巴，运送弹药担任翻译，会藏文懂简单的普通话，熟悉这里的地形，在一定程度上掌握外军出没规律，有助于解放军痛击来犯之敌。在战争中，他第一次看见五星红旗和八一军旗，并发现只要这两面旗子插到哪里，对方就不敢靠近。指战员告诉他，五星红旗是国家的象征，国旗插到哪里，哪里就是祖国的土地。

　　生活像雪线下的湖泊，又恢复了平静。日拉山的冬天冰雪能淹没牦牛脊背，每年大雪封山之前，玉麦人都要花上十多天时间，翻越两座5000米以上的雪山，跨过陡峭山谷，穿越沼泽森林，把羊毛、酥油、奶渣、竹编运出去，换回生活必需的青稞、盐巴、土豆、砖茶、火柴，这些物资要保障到来年铃铛花开满山坡，道路可行之时。整个冬季没有特殊情况，山外的人进不来，玉麦人出不去。为了方便生活，政府在日拉山另一侧的曲桑村，给玉麦人盖起新房，分了粮食和牲畜，桑杰曲巴一家也搬了出去。曲桑村的生活虽然惬意，但他心中不安，毛主席让他翻了身，当上乡长，可他连家都没有守住。3个月以后，他赶着牛群，返回玉麦，通往小屋的路已经被绿草覆盖，家里的东西被邻国人拿走。他对家人说，只有人在，这块土地才能守得住。一家人在与世隔绝的莽莽群山中穿雪送雨，五个孩子在放牧和砍柴中一天天长大，老大和老小是男孩，卓嘎和央宗分别出生于1961年和1963年，几个孩子都跟阿爸巡过山，劈过柴，放过牧。藏族人婚后有住在女方家的习俗，长子贡觉扎西结婚以后离开玉麦，和妻子住在山外的曲桑村。

　　松涛阵阵的一个夏天，直升机从南而来，打破了山谷的宁静，一群荷枪实弹的邻国军人，把国旗插在了5000多米的山头上，牧民进出玉麦河谷砍伐竹子，都要接受盘查。桑杰曲巴被惹怒了，花了整整两天时间，爬上雪山拔下旗子，并到设卡点抗议："我的爷爷曾在这里放牧，我的阿爸曾在这里放牧，我们也在这里放牧，这是我们祖祖辈辈生活的地方。"对方没有理会他，还威胁要杀掉他的牲畜。安顿好妻子和年幼的孩子，他独自一人翻过山岗，避开雪豹和老虎，平时7天的路程4天就赶到。跟跄着赶到扎日区，全身湿透，手上脸上都是被石头树枝划破的口子。信，终于送到了，解放军来了，邻国军人悻悻溜走。这件事让他明白，祖国是他的内在力量，解放军是他的现实依靠。不久之后，他把家从半山腰的玉碓搬到了谷底的玉麦，向南推进了5公里。

他没有忘记孩子需要读书，就把《毛主席语录》当教科书，教会孩子30个藏文字母，讲格萨尔王除暴安良，好人有好报的故事。把开会发的文件念给孩子听，将三张毛主席彩色画像挂在屋子最显眼位置，告诉孩子这是我们的大救星，卓嘎至今记得语录里的一些话。

独自一家住在大山深处，见不到国旗，他心里没有底气，到哪里找到呢。县城只有三四家商店，全都问遍了，不见踪影，焦虑地在街上来回踱步，猛一抬头，看到县委大院五星红旗迎风招展，他停住了脚步。国旗是布做的，就两种颜色，会剪五角星就可以。孩子们见阿爸回来，以为鼓鼓囊囊的包里是好吃的糖果和缝衣服的布料，围着火塘跑来跑去，阿爸则剪了一大四小五颗黄色星星，将星星缝在红布上，衣服怎么没有袖子和裤腿呢。阿爸严肃地说，这是中国最宝贵的东西，是我们的国旗。卓嘎和央宗第一次见到了五星红旗，隐隐约约懂得了国旗的重要性。

那天，五星红旗飘扬在屋顶上。他一共缝过四面国旗。去山外开会，领导问有没有要解决的困难，他就得到了很多国旗，不但插在近处的放牧点上，还插在高高的山头，拴在路边的高山松上，看着比朝霞还要夺目的旗帜，桑杰曲巴感到了从未有过的力量。

放牧就是卫国

1978年的冬天寒风刺骨，屋檐下的冰笋越来越长，阿妈拉肚子已经一个多月了，羸弱的阿爸和大哥把阿妈抱上牦牛，还没有翻过日拉雪山，阿妈就停止了呼吸。40年以后的2018年，花甲之年的贡觉扎西说起此事的时候，哭得像个孩子，不停地责备自己，如果不打那个盹，一口气背到卫生所，阿妈就不会死。没有了女主人的家，火塘不热了，糌粑不香了，日子还得往前过。

山谷的毛竹更繁密，红豆杉更加挺拔，15岁的小妹跟着阿爸去山外换粮食。风雪后的日拉山云遮雾罩，当找到小妹的时候，她半个身子埋在雪里，背上的青稞袋子也已僵硬。多年以后的1996年，邮递员白玛坚参一家迁到玉麦，妻子那贡的小妹妹卓玛拉宗只有十几岁，经常看见桑杰曲巴老人盯着她看，嘴里却念叨着另一个女孩的名字。

失去了两个亲人的阿爸苍老了许多，同时也思考一个问题，要在深山扎根，就得有医生。另外还有一个愿望，公路修到玉麦。聪明好动的小儿子嘎尔琼被送到山外读书，他没有辜负阿爸的厚望，后来成为山南市藏医院的医生。空阔的玉麦林莽只剩下花季少女卓嘎与央宗，和并不高大的阿爸，山外人把他们称为三人乡，乡政府设在家里。

年轻的姑娘太寂寞了，除过放牧挤奶，就是看雨雪更迭，彩虹变换，采摘比星星还要繁盛的报春花，一人抱不住的木灵芝随处可见，狼、黑熊、岩羊不期而遇，有时候会看到境外猎人，如果走得远一些，还可能遇到巡逻的邻国士兵。每年转场两次，冬牧场转到夏牧场，夏牧场转到冬牧场。有的牛倔强不好赶，有的钻进森林，有的掉进石头缝隙，有的陷进沼泽深处，姐妹俩就得费力找回，还会把拌有盐巴的青稞粉喂进牛嘴里，算是奖励的零食。产羔的时候一家人会格外忙碌，有时候羔子会被豺吃掉。没有袜子穿，靴子里垫上干草。酷寒之时，除了紧挨火塘，只能靠不停劳作增加体温。没有熟悉的面孔，更没有说知心话的异性，只能跟牛说话，根据牛的毛色和犄角不同，给牛取各种各样的名字，有的叫昂珠（白色小鸭子）、邦金（草坪上生的）、查果（黑白色），有的还取上亲近人的名字，高兴的时候，会和牦牛额头抵额头。

阿爸巡山或者外出开会换粮食的时候，猎犬"支莫"和藏獒"雷索"是她们的唯一伙伴。一旦伙伴狂犬，俩人就特别害怕，盼望阿爸赶快回家。欲哭无泪的时候，对阿爸说，搬出去吧，搬出去就能看见人了，就有人说话了。阿爸说，这是国家的土地，常去山上转一转，看见我们的牦牛，他们就不敢来了。央宗说，国家的土地让国家的人来守吧。阿爸说，我们就是国家的人啊，如果我们走了，这块国土上就没有人了。

20世纪80年代，白玛坚参成为定期进出玉麦的邮递员，翻山越岭把邮件送到玉麦时，阿爸总会闪烁起欣喜的目光，迫不及待地展开报纸，一篇篇读下去，重要新闻还要给孩子们诵读。姐妹俩逐渐懂得了放牧就是巡逻，牦牛也是战士，在边疆放牧就是守护国土，保卫国家。牦牛和犏牛已经多达100头，今天把牛赶到这座山上，明天赶到另一座山上，冬季会特意赶到南面的山谷里，实在跑得远的，任其游走在山峦草甸。

日子再苦，定期巡山仍是阿爸雷打不动的工作，一袋熟土豆，一把开山刀，就是巡山的全部装备。白天，用刀劈开密不透风的荆棘和灌木，在青苔泥泞的林间冒雨穿行。夜晚，在石缝树洞躲避野兽。饿了吃点土豆，渴了掬一捧溪水，累了靠在黄木下休息。每次巡山前，阿爸总要叮嘱姐妹俩，两天就能回来，如果第三天还没回来，赶紧出山去曲桑报信。一路上，他检查自己以前楔下的木桩，挂上的国旗和刻下的文字是否正常。木桩被拔掉，他重新楔上。国旗破损或者不见了，再次挂上。一株俩人抱不住的高山松上，他用刀子刻上藏文"中国"，不久又被涂改，并刻上邻国的英文国名。涂来改去，那株树倾斜，只好在附近的树上继续刻标记。姐妹俩也会去巡山，看见自家牦牛的蹄印，踩着自家的牛粪，闻到熟悉的菌菇清香，感到无比踏实和亲切。

1988年卓嘎接替父亲当了乡长，央宗担任副乡长兼妇女主任，俩人都加入了中国共产党。体力大不如前的阿爸也为女儿的婚事操心，玉麦是扎日神山转山道出口，每年都有转山人经过，格桑花般的卓嘎和央宗自然会引起年轻男子的青睐，如果女儿嫁到山外，谁来放牧巡逻，谁来守家护土，热烈的眼神最终抵不过冰雪现实。1997年新华社首次对我国人口最少的玉麦乡进行报道，一家人放牧守边的事迹传遍了大江南北，姐妹俩收到了七麻袋求爱信，但这并没有改变她们的现状。身材高挑活泼开朗的央宗27岁结婚，丈夫在日拉山外工作，央宗和儿子索朗顿珠依然生活在玉麦，几年后丈夫因车祸去世，后来央宗与一位会干木活的牧民结婚。

　　一位叫巴桑的青年来到玉麦，阿爸对他说，有时候卓嘎和央宗找牛都累哭了。憨厚的巴桑不但是放牧的好手，还赢得了卓嘎的芳心，腼腆的卓嘎35岁时与他结婚，三个女儿相继出生。卓嘎、央宗与巴桑一起，巩固了阿爸的巡山路线，把牦牛赶得更远。

格桑花盛开

　　1994年西藏自治区组织相关部门，对玉麦乡的居住条件配套设施进行考察调研，精心选择了新的乡址，提出了扩建方案。搬到新的村址以后，桑杰曲巴一家人的生活条件得到改善。1996年玉麦乡迎来了第一位党支部书记，邮递员白玛坚参和另外一家搬进了玉麦，妻子那贡的两个妹妹陆续成家，玉麦乡终于结束了34年只有一家人的历史。桑杰曲巴在有生之年看到玉麦河谷人口增加，放牧巡山的人越来越多，心情格外轻松。

　　20世纪90年代末，靠人背马驮，在家门口装上了太阳能发电装置和电视接收器，灯泡可以微弱地亮上几个小时，如果阳光充足，还能看上一两个小时电视。老人经常得意地说，电视上的国家领导人如果来玉麦，一定能认出来。2001年9月，阿爸最大的心愿实现了，通往山外的公路修通了，当第一辆汽车开进来的时候，阿爸给这个"铁牦牛"献上了哈达。沿着这条公路，阿爸去了一次向往已久的拉萨。乡长卓嘎沿着这条公路，去了一趟毛主席的故乡。这年冬天，77岁的阿爸在大雪纷飞中，安详地离开了坚守一生的故土。临终前把全乡人叫到床前，对大家说，不要因为玉麦苦就离开，这是祖辈生活的地方，是国家的土地，一定要看守好。

2011年新的乡政府成立，卓嘎、央宗姐妹分别从乡领导岗位上退下来，边防派出所进驻玉麦，军警民共同守边固土成为现实。

公路彻底改变了玉麦人的生活，全乡9户人家有7辆汽车，边民补贴、生态补偿和草场补助等政策性收入水涨船高，每户一年能拿到4万多元，成为全县唯一没有贫困户的乡。4户人家开起了餐馆和家庭旅馆，村民自制的竹器、鸡心藤手镯、奶渣成了抢手货。家家户户都有WiFi，不论给孩子寄零花钱还是在商店买东西，都用微信支付。

卓嘎和央宗抑制不住内心的激动，从电视上看到习近平总书记经常深入基层访贫问暖，萌生了把家乡变化汇报给总书记的想法，便给总书记写了一封信。让全村人惊喜的是，十九大闭幕后的第五天，总书记就回信了，这一天是2017年10月29日。平日里雨雪不停的玉麦，金色的阳光洒满山谷。回信中说，"看了来信我很感动"，"希望你们传承爱国守边的精神，带动更多牧民群众像格桑花一样，扎根雪域边陲，做神圣国土的守护者，幸福家园的建设者"。喜讯传来，左邻右舍奔走相告，卓嘎哽咽地说，要是阿爸能看到回信该多好啊。

姐妹俩先后获得了2018年感动中国人物，被中宣部授予"时代楷模"称号，表彰半个多世纪一家几代人，抵边放牧以牧带巡，秉承家是玉麦，国是中国，放牧守边是职责，谱写了爱国守边的动人故事和时代赞歌。3644平方公里的玉麦，这个高原孤岛，从此以家的名义，永远留在中华人民共和国的版图上。

令卓嘎和央宗欣慰的是，没有上过一天学的她们，孩子都在山外读书。索朗顿珠是玉麦的第一个大学生，2018年从西藏大学毕业，在成都找了一份收入不菲的高山滑雪教练工作，阿妈央宗给他打电话说，难道你忘了波啦（爷爷）的话吗？他立即回藏参加公务员考试，成为玉麦乡政府一名工作人员。小伙子深情地告诉记者，波啦是他人生道路上的启蒙老师，小时候跟着波啦一起放牧巡山，波啦总给他买玩具枪，更多的是刀削的竹子枪和木枪。有一次放牧点太冷，波啦取下牦牛鞍子下的护垫裹住他。作为第三代玉麦人，他说会继承波啦遗愿，守好边疆，建设家乡。

2019年7月9日，卓嘎的大女儿巴桑卓嘎对我说，一二年级在本村读书，一个老师教五个学生，三年级到曲桑村就读，路上要走两天时间，如果请摩托车接送，单程就要300元。读书实行三包，尽管不交学费，路费还是不小的开支。她不安心学习，从学校跑了出来，抱住桥栏杆不放，阿妈给她说了许多好话，还给她书包塞零花钱，姨妈央宗给的最多，好像是50元，回教室时正上数学课，从书包拿书的时候，抖出好多钱。也是三年级的时候，第一次去山南嘎尔琼阿舅家玩，惊奇地发现阿舅家有三层楼房，她兴奋地在楼梯滑上滑下，还看见花草长在菱形的花园里。家乡的花开满山谷，家乡的树木几个人围不住，但家乡也有伤心事。她和妹妹经常为赶不好牛趴在山坡上哭，最小的妹妹因为实在掏不出路费差点辍学，阿妈卓嘎坚持把她送到学校。

巴桑卓嘎说自己的名字是父母名字的组合，她刚从南昌工学院毕业，马上去一个乡实习，希望能回玉麦工作。卓嘎二女儿生下来的时候，让五岁的表哥取名字，索朗顿珠一口叫出其米卓嘎，意思是长命百岁。其米卓嘎一低头羞涩地对我说，自己还在淮北职业技术学院读护理专业，以后想跟家人在一起，在家门口的卫生院上班更好，最小的妹妹还在山南读高中。

"西藏山南玉麦线"在2018年2月被国家旅游局、国务院扶贫办列入"西部行"十大自驾游精品线路。用电并入大电网，告别了小水电历史。在湖南省对口援建支持下，玉麦边境小康示村已经建成，机关学校卫生院一应俱全。房屋为保温防潮，能抵御八级地震的农家别墅。2019年4月，47户人家迁入玉麦，达到56户。56个民族如同格桑花一般，盛开的玉麦河谷，盛开的高高的喜马拉雅山脉南麓，盛开在祖国960万平方公里的西南一隅，共同建设和谐安宁的绿色边疆，谱写守边固土新篇章。

刀尖上的舞者

"航母战斗机英雄试飞员"戴明盟的故事

◎ 沙志亮

引　子

惊天一着写传奇！

冲天一跃扬国威！

他从长江要津的一座小镇里走来。

他在西部戈壁沙滩上空练翼展翅。

他在波涛汹涌的海天之上穿云搏雾。

他是国产新型舰载战斗机歼-15的英勇试飞者。

他第一个驾"飞鲨"在中国第一艘航母辽宁舰上降落起飞。

他被中央军委授予"航母战斗机英雄试飞员"荣誉称号。

他率歼-15机群参加纪念中国人民抗日战争暨世界反法西斯战争胜利七十周年大阅兵，米秒不差飞越天安门。

他和战友们受到中共中央总书记、国家主席、中央军委主席习近平的亲切接见。

他是鹰阵的领飞者，现如今是中国第一支舰载战斗机部队的部队长。

他叫戴明盟。

孩儿立志出乡关

"盟盟,我采访你来了。"前不久,我来到海军舰载机部队,因为互相都熟悉,与戴明盟一见面,我就直截了当地说。

"盟盟"是大家对戴明盟的昵称,在非正式场合,熟悉他的人都这样叫他,而不叫他"司令",透着一股亲切和喜爱。

人常说,一方水土养一方人。

1971年8月3日,戴明盟出生在重庆市江津区石门镇,有着那一方人的长相特点,显得年龄很小,如果乍一认识,很难猜出他已跨过40岁的门槛。

上初中时,对戴明盟触动最深的事,是学校请自卫反击战的英雄做报告。他至今还记得那位叔叔的名字,曾凡凯。曾凡凯生动讲述了解放军叔叔为保卫祖国边疆安宁,领土完整,不怕艰苦,不畏牺牲,奋勇杀敌,舍家为国的英雄事迹。

戴明盟是含着泪听完这场报告的,他暗下决心,长大去当兵,当保卫祖国的英雄。

去当兵要有强健的体魄,他盼自己能快点长高,抓紧锻炼身体,并积极参加学校组织的各项体育竞赛。学校一年一度的运动会,他在班里都是第一个报名,而且还报多项。

1984年秋,学校又一届运动会开始了。

戴明盟报的是跳远、乒乓球和400米跑等项目。

在比赛400米时，用他自己的话说，闹了个"大笑话"，出了个"大洋相"。

起跑线上，选手们屏气凝神，做好了准备。发令枪响起，他们个个如出膛的子弹飞了出去。

可戴明盟刚跑出去几步，就摔倒了。原来，他起跑时用力过猛，把运动裤的腰带给挣断了，一下子滑到脚脖，将他绊趴在地。他毫不犹豫，爬起来提着裤子继续跑，引得同学们哄堂大笑。

跑啊跑，朝着终点奋力跑。后来，笑声散了，掌声响起，"盟盟加油！盟盟加油！"的呐喊声此起彼伏。同学们被他这种不服输的劲头感动了，因为要是换了别人，就有可能退出比赛，可他不！

戴明盟爱说："认准了目标，就不能当逃兵，当狗熊！"

1986年中考，是戴明盟人生道路上遇到的第一个真正意义上的挫折！他落榜了。他告诉我："语文考的还可以，数理化一般，英语最臭，差几分没达分数线。"

那段日子里，他的心情犹如当时家乡的天气，阴雨连绵，电闪雷鸣。他关在家里几天不出门，小小年纪第一次认真严肃地思考着未来：不上高中，我去干什么？当兵去，年龄、学历、身高、体重都不行；去外面打工，恐怕也不适合……

他想啊想啊，他不甘心，他不服输，几天之后，趁父亲回家休息的时间，他垂头来到父母面前。

父母对他这次落榜倒没有过多责备，一向严厉的父亲这次也没发火，只是默默地盯了他几眼。

沉默，沉默，戴明盟鼓足勇气终于张开了嘴："爸，妈，我想复读一年，再考。"

爸爸脸上没有笑容，追问了一句："你再读一年，有把握考上？"

戴明盟点点头，坚定地说："有，一定考上！"

妈妈什么也没说，只是长长吐出了一口气。

戴明盟重回学校读初三，通过刻苦努力，他胜利了，于1987年考入了江津第五中学，时称江津金龙中学。

戴明盟被分到了5班，班主任叫张邦国。

在校期间，戴明盟个子似乎"蹭"地一下蹿高了，从一米四多点，长到一米七左右。

1989年下半年，进入高三学期，师生们开始了迎接高考的总动员。

班主任张邦国找每个学生谈话，除了帮助学生分析学习短板，找出努力方向之外，还问了两个问题，一是如果考上了，上哪里的大学，喜欢什么专业；二是如果考不上，做何打算？

轮到戴明盟时，他迎着老师殷切的目光，两个问题一并回答："我想当兵去！"

张老师点点头，又问："你想当飞行员吗？"

"当然想。"戴明盟一听这消息很兴奋。

张老师告诉他："听说明年空军要来我们江津招飞，但是，体检很严格，文化成绩要求很高。"

"我身体没问题。"戴明盟很有信心。

"学习成绩要求到本科线，你要有思想准备哟。"

"老师，我会努力的。"

"好！"张老师沉吟了一阵，又说："咱们共同努力，我会帮你的。"

从老师办公室里出来，戴明盟非常激动，一个美好的愿景展现在他的面前。他抬头仰望，让思绪在蓝天上驰骋；他伸开双臂，用真诚热情地拥抱白云，"啊！我要飞翔！"的呐喊直撞他的心扉……

自那以后，他养成了看天的习惯。从前，每当有飞机从头顶飞过，他仅是好奇地短时间看上一眼，现在，就不一样了，只要听到飞机的轰鸣声，他会马上抬起头，在蓝天白云间寻找到目标，久久地目送它消失在天际，想象着自己插上了钢铁翅膀，自由地在九天之上翱翔。

没过多久，在学校的阅览栏里，贴出了空军飞行学院的招生简章，号召有志青年踊跃报名，参加人民空军，为保卫祖国的领空建功立业。

戴明盟对照招飞条件，觉得自己符合，就约上邝波、龙风军、韩勇等几个要好的同学一起报了名。

体检时，学校非常重视，专门派了一个副校长带队。

戴明盟和20多个同学来到重庆大坪医院，在这里，他第一次见识什么叫"淘汰"的残酷。

淘汰！

淘汰！

几关下来，同学们一个个垂头丧气地被淘汰了。

戴明盟在视力检查时卡了壳，医生让他闭眼休息一段时间再复查。

戴明盟的心一下子提到了嗓子眼，他在闭目等待时，在心里寻找原因，觉得是自己这一段看课外书太多太狠，影响了视力。

一个小时后，戴明盟再去检查，还是不行，让他再等。这时，看老师和同学都在等他，他怕误了大家的行程，心里就有点烦躁，有点着急。好在同学邝波的一句话点醒了他:"你来都来了,就等一等,着什么急?这有什么关系,再试一次,过了就过了,不过咱们再一块回去。"

戴明盟一听有道理,就静下心来。再次检查,医生也兴奋地说:"过了,没问题。"

老师和同学围着他一阵欢呼,因为学校来体检的20多个人,只有他一人突出了重围。

到了年底,戴明盟被通知复检,这一次更严格,住在解放军第三医科大学附属西南医院四五天,从器官到耐力,从神经到心理,几十个项目检查,用他的话说:"将身体里里外外翻了个底朝天。"

好在他都通过了,体检表上盖的是鲜红的"合格"!

身体合格了,文化关还要攻克。

班主任张邦国在默默地兑现自己的承诺,他要帮戴明盟跨越这个关隘。他知道,戴明盟数学和英语差,他找到学校的数学名师李远杰等老师,让他们为自己的学生辅导,突击复习补课,自己侧重帮他提高语文成绩。

几位老师尽心尽力,让戴明盟感动不已,深感师恩浩荡,暗下决心,决不辜负老师的期望。

高考之后,师生都在焦急地等待着结果。

1990年8月3日,星期五,建军节刚过两天,戴明盟接到了被空军第二基础飞行学校录取的通知书。

巧的是,这一天正是戴明盟19周岁的生日。

他从班主任张邦国手里接过通知书时,两个人情不自禁地拥抱在一起。

戴明盟哭了,热泪滚滚。

张邦国的眼圈也红了,嘴里不停地说:"太好了!太好了!……"

爸爸戴雨林知道消息后,一向严肃的脸庞笑开了花。

戴明盟去报到那天,爸爸把他送到了重庆火车站,并破例给了他50元钱,深情地嘱咐道:"孩子,在外面好好照顾自己。努力学习,早日飞上天。"

戴明盟提着简单的行装,看着父亲消瘦的脸庞和早生的白发,说:"爸爸,你也要照顾好自己,注意身体,少抽烟,少喝酒。"

戴雨林突然发现,儿子仿佛一夜之间长大了,变得懂事了,但还是不放心,又叮嘱道:"在部队好好干,听首长的话,和战友们搞好团结。不要贪玩,不要顽皮哟。"

"嗯!"戴明盟点点头,说,"爸,你放心,我不会给你们丢脸的。"

车要开了,戴明盟踏上车厢,那一刻,突然有一种不舍的感觉涌上心头,沉甸甸地往下坠。这是对故乡的留恋,对父母的留恋,对亲朋好友的留恋,对师长同学的留恋……

汽笛长鸣,列车开动。戴明盟抬起车窗伸头向后看,他看到父亲一只手高扬着,一只手在抹眼睛……

父亲的这两只手深深地铭刻在他心中,激励着他,陪伴着他。

列车驶出好远好远了,已经看不见父亲了,戴明盟这才端坐在座位上,稳定了一下情绪,心儿开始飞向了那未知的远方……

列车向东方,车轮铿锵。在他听来,那节奏、那声响,分明是:"我要飞翔!我要飞翔!"

万类霜天竞自由

戴明盟走出乡关，到保定报到。

迎接他的是接二连三的"下马威"，虽然他对部队生活有一定的思想准备，但没有想到这么严格、这么艰苦。

戴明盟是这个学校的第32期学员，他被分到3队3班，队长叫李广泛。

这是一位"黑脸"教官，辽宁人，个头高高大大，紫红脸庞上透着不怒而威的神色。

分了宿舍，领了军装，李广泛队长拿着花名册开始集合点名。

点名后，李广泛队长在队列里来回走了几趟，解散后留下了一些人，其中就有戴明盟。

这让戴明盟心里有些忐忑不安，心中暗想："队长留下我们干什么？"他没想到，队长像变戏法似的拿出一套理发工具，要给他们理发。

戴明盟有一头乌黑发亮的头发，报到前还专门到理发店修剪了一番，没想到让李广泛队长几推子下去给理了个"超短板寸"，边理还边幽默地说："我的理发手艺在咱们学校可是出了名的，别人想理那都要请几次，有时间才能去。理这样的板寸，起码有三大好处，一是符合军容风纪要求，军务部门检查个个能过关；二是好洗头，洗脸时就捎带上了；三是小伙子显精神，增加回头率。"

说话间，头发就理好了。从此后，这种头型就伴随着他成长，直到如今，他已经是正师级职务，大校军衔，理的还是这种"超短板寸"。

戴明盟曾经无数次勾勒跨进军校生活第一天的情景，但没想到是从"头"开始的，并且是自己的队长理发。

从第二天起，他们就进入了紧张艰苦的军训。这是快速实现"由民到兵转变"的必由之路。

站军姿，太阳底下立正挺立半个多小时，汗湿脚下土；踢正步，来来回回大半天，脚上磨血泡；练长跑，每天早晚不少于5000米，腿像灌上铅；转旋梯，一上去就是上百圈，天旋地又转……

1991年6月，戴明盟第一次跨上飞机，是进行跳伞训练。

学习跳伞，这是飞行员必须要掌握的一项基本技能。

半个月前，他们来到伞训大队，开始了基本动作训练。跳出舱门、操纵、落地，特别是腿部力量和接地姿势的掌握，要精确把握到位，防止受伤。有的同学在地面高台上练习跳跃时，不小心弄伤了膝盖，非常可惜地被淘汰了。

戴明盟一切顺利，很快在地面掌握了跳伞技能。

那天，风和日丽。

他们登上的是一架运输机。

戴明盟上了飞机，眼睛好像不够用了，看什么都是新鲜的，激动取代了紧张。

起飞了，发动机轰鸣，跑道上卷起一阵旋风。速度越来越快，一昂头，直上800米以上高空。

戴明盟似乎还没完全从兴奋中恢复过来，飞机已到达预定跳伞地域的上空。

这天，戴明盟排的是第三个。

教员又重复了一遍跳伞要领，指挥学员们往下跳。

第一个跳下去了。

第二个跳下去了。

戴明盟站到舱门前，他虽然有点紧张，但并不害怕。

"跳！"教员发出了口令。

戴明盟一跃而出。

他张开双臂，拥抱着白云。

他看到下面有两朵绽开的伞花，是先跳的战友为他探路。

他还看到碧绿的大地在迅速抬起，似乎急切地在迎接他。

耳畔风声呼呼作响，他有点纳闷，下坠的怎么这么快，转眼间，他超过了第二个跳伞的战友，一刹那，他又超过了第一个跳下去的战友……

"3号、3号，检查你的伞，检查你的伞！"耳机里传来地面指挥员焦急地呼喊。

戴明盟抬头一看，不由得惊出一身冷汗，主伞没有完全展开，伞绳缠住了伞翼，人像块肉疙瘩嗖嗖地往下掉。

危险，万分危险！生死关就横在了他的面前。

"打开备份伞！打开备份伞！"指挥员下达指令。

这一刻，戴明盟没有慌张，显得十分沉着冷静，他按照训练时的程序，"压、拉、勾、夹"几个要点进行操纵，只听"砰"的一声，伞花在蓝天上圆满地绽放。

戴明盟安全落地，各级领导都跑过去迎接他。

伞训大队大队长拍着他的肩膀说："好小子，不错，不错！感觉怎么样？"

戴明盟一边收拾伞具一边平静地回答："还可以。"

伞训大队大队长一听乐了，笑着问："哈哈，你还跳不跳？"

"跳啊，怎么不跳！"戴明盟很自信地回答。按照学校安排，这次训练每人跳三次。

"好啊！"伞训大队大队长更乐了，大手一挥，"把我的伞拿去，用我的跳。"

戴明盟乐呵呵地抱起大队长的伞包，朝学员集合的地点跑去，等待飞机第二次起飞。

伞训大队大队长冲着他的背影喊："好好跳，跳好了我给你申请上报嘉奖。"

戴明盟临危不惧，顺利地完成了这次跳伞训练，在上天的路上又迈出了坚实的一步。

实际上，无论是学校领导，还是队干部及教员，一谈及戴明盟这次跳伞历险，都有点后怕，要是他万一在空中慌张了，打不开备份伞，后果不堪设想。大家都夸他，心理素质强，是个飞行的好苗子。

冬走了，春来了。

转眼间，到了 1992 年 4 月。

戴明盟这期学员，在古城保定的学习也接近尾声。

军中有句老话："新兵盼信。"那时候通讯不发达，没有手机，更没有什么 QQ 和微信。和家中联系，基本上靠写信，有急事了，或发电报，或到邮局排队打长途电话。

戴明盟很长时间没有收到家信了，给父亲写过两封，也没见回。只有妹妹戴穹过了春节来了一封信，说是父亲身体不太好，这使他有点牵挂，也不知现在怎么样了？

这一天，大队文书取报纸回来，分发信件。他接到在成都工作的叔叔的来信，这让他有点喜出望外。

没料想喜极生悲，没看几行他的头懵地一下就大了，眼直直地傻在那里。

原来，叔叔在信中告诉戴明盟：一个月前，父亲戴雨林因病不幸去世，今后有什么事，让戴明盟直接写信到成都，他会尽到叔叔的责任。

不知过了多长时间，戴明盟才从这巨大的震惊、巨大的悲痛中回过神来，"哇"地一下哭出了声。边哭他还边喊着："不会的，不会的，这不是真的，这不是真的！"

是的，他不相信，也不愿相信。父亲还这么年轻，才40多岁，怎么可能说走就走了呢？

在领导和战友们的劝慰下，戴明盟擦干眼泪，来到保定邮局，给母亲刘德宣拍去了一封加急求证电报。

过了一天，母亲没有回音。

戴明盟心急如焚，寝食不安，又追发了一封电报。

母亲刘德宣无奈，强忍悲痛，打长途电话将父亲病逝的前后告诉了他。

父亲戴雨林独自一人在外工作，又不知道照顾自己，身体一直不太好，他也没放在心上。

送走戴明盟后不久，单位组织体检，查出戴雨林肝部有问题，怀疑是肝癌。后来经过几家医院的反复检查，确诊为晚期。

当时母亲刘德宣就提出让戴明盟请假回来看看，可父亲坚决不让，他批评母亲说："你怎么这么糊涂？孩子正是学习的关键期，让他回来看我，误了他的学习，我的病又好不了，有什么用？"为此，他还反复说，不准把他得病的事告诉戴明盟。

又一个春节来临了，戴雨林的病情愈来愈重，肝区疼痛时他用拳顶着，咬着嘴唇不吭声。好在找了当地的一位老中医，给他配了几副草药，为他减轻了不少痛苦。只不过他拿出儿子穿军装的照片越来越勤了，常常凝视良久，脸上透出自豪的笑容。那一刻，病魔也仿佛离他而去了。

刘德宣知道他想儿子了，又一次提出让戴明盟请假回来看看。

戴雨林摇了摇头，坚定地说："不行！不能分散孩子的精力。"

进入3月，他的病情愈来愈重，有时还陷入昏迷之中。9日这天下午，他从昏迷中醒来，叫了一声"犇犇"。

刘德宣抓住他的手，含泪问："你找孩子？有什么事要交代吗？"

"告诉儿子，要好好飞。国家的事大，家里的事小，任何时候、任何情况，都不要因家事分心。自古都说，忠孝难以两全。他为国尽了忠，就是最大的孝。"

"好。"刘德宣点头。

"我这次可能见不到他了，我如果这次走了，先不要告诉他。记住，谁也不能告诉他！记住，不要告诉他！"戴雨林反复叮咛。

刘德宣含泪答应。

"也许，我这次能挺过来，亲眼看到儿子驾着飞机，飞到咱家上空转几圈，那该多好啊。如果这次我真的走了，就在九天之上，看着儿子开飞机，保佑儿子开好飞机……"这一次他的话特别多，是脸带笑容，满怀希望，再次陷入昏迷之中的。

可他再没有醒来。

爸爸走了，是脸带笑容，满怀希望走的。

母亲遵从父亲的遗嘱，一直瞒了戴明盟一个多月，是叔叔的信透露了消息。

这天晚上，戴明盟悄悄走出宿舍，来到大操场，对着家乡的方向，庄重地给父亲磕了三个响头。

那一刻，他泪如泉涌，心如刀绞。他俯身扑倒在操场上，似乎趴在父亲宽厚的脊背上，儿时与父亲在一起的情景，如放电影一般闪现在脑海中。

"爸爸啊！你走好！你的话儿子记住了，为国尽了忠，就是最大的孝！我一定飞出来，飞出来！"

戴明盟擦干泪，一跃而起，他仰望西方的天际，群星闪烁，他觉得最亮的那颗像父亲的眼睛，一直在凝望着他，激励着他……

他对着那颗星星敬了一个标准的军礼，然后迈着坚定的步伐走了回去。

此时，他浑身充满了力量，信心百倍地准备迎接明天的战斗……

明天的战场在何方？

在边疆，在大漠戈壁之上。

1992年9月，戴明盟顺利结业，前往"中国人民解放军空军第八飞行学院"学飞行。

八航校位于新疆哈密柳树泉。

第一个带飞他的是中队长刘俊奇，河北人，身材胖胖的，平时眼睛爱眯着，可他一上飞机，眼睛就亮了。

这是戴明盟第一次驾飞机，心儿"怦怦"狂跳着，按捺不住，仿佛要蹦出喉咙眼。当他在刘俊奇中队长指挥下，开车，滑出，拉杆，起飞，一下子脱离大地之时，他的眼睛一下子湿润了。他多想大喊一声"我飞上天了！"可他又忍住了。他知道，这只是在上天的路上，迈出的很小一步。

刘俊奇中队长是个很负责任的飞行教官，他不仅认真地教戴明盟飞行操纵技术，还不时地询问他身体感觉怎么样，是否犯迷糊等。

戴明盟一上飞机、一握驾驶杆就感觉特别好，觉得自己就适合干这个，就是为飞行而生的。

虽然这只是一次体验飞行，他有点晕眩，但他顶住了，没有"交公粮"。

"交公粮"是一个特殊名词，指初学飞行时的呕吐。许多学员经不住飞机在气流中的上下颠簸和左右摇摆，把用过的食物吐了出来。为此，人人都准备了一个塑料袋，塞进飞行靴里。吐得厉害的那可是鼻酸泪流脸色青，肠搅胃翻胆汁倾。

通过一个阶段的带飞，马上要转入放单飞阶段了。但是，戴明盟的飞行之路充满了坎坷，差一点被淘汰。

虽然中队和教员认为戴明盟飞的还可以，但个别领导对他今后的发展有怀疑，将他列入拟淘汰名单。最后确定，由团长带飞检查他一次，看他是否有飞行前途。

一听说团长要亲自带飞检查自己，戴明盟有点紧张。

刘俊奇中队长为此专门给他打气，对他说："你不要怕团长。他飞起来不认人，只看技术。我相信你，会闯过这一关。"

大队长马友才也在一旁激他："你要想当一只鸡，就畏手畏脚，永远飞不起来；你要想当一只鹰，就放开手脚，大胆去飞。"

"我当然要当鹰！"戴明盟的斗志被激发出来了。

刘俊奇中队长又提醒他："你要把握团长检查讲评的特点，如果在飞行中团长批你这也不好，那也不好，你千万不要慌，这说明你飞得不错，有培养前途。如果团长在飞行中很少说话，只是说你飞得不错，好好飞。这就坏了，恐怕要被淘汰。"

戴明盟点点头，信心更足了。

团长叫卢建华，高高的个子，赤红色脸膛，腰板笔直，是一位标准的职业军人和经验老到的飞行教官。

带飞检查那天，是个艳阳高照的上午，碧澄的蓝天没有一丝云。

已做好飞行前准备的戴明盟，心情也如这天的天气一样，清澈如洗无一丝杂念。

一切按计划，准时起飞，戴明盟跨入前座舱，团长在后座。

"砰！"一颗绿色信号弹呼啸着跃上晴空，戴明盟规范地开车，滑向主跑道，刹车检查，然后请示报告，驾机跃上了蓝天。

这天的天气挺有意思，空中有两层风，50米以下一层，50米以上一层，左右侧风还不一样。他按飞行规程、根据气象条件，修正着起飞角度，然后又按飞行要领推油门、拉高、收起落架、转弯等，一切顺利。

他们在空中飞了一段时间后，调整航向，进入返航阶段。

卢团长今天的心情也似乎特别好，他没有过多地讲评戴明盟的飞行动作，只是这样说："一个优秀的飞行员，不仅空中要飞得好，还要落地漂亮，对正跑道、安全降落非常关键。我给你做个示范，你体会一下。"

团长示范之后，戴明盟学着去飞。

转弯、下降高度、对准跑道、收油门，这时只听团长叫了一声"好！"随后命令："降落。"

飞机很平稳地接了地。

团长打开座舱盖时对戴明盟说:"跑道对的很正,飞得不错,好好飞。"

戴明盟一听此话,心里"咯噔"一下,他想起中队长刘俊奇的话,团长这是夸赞的口气啊,不太妙呀。

戴明盟忐忑不安地跟着团长回到休息室。

团长招招手,对大队长马友才说:"这小子飞得不错,不要停飞,是个飞行的好苗子。"

团长一锤定音。

戴明盟一颗悬着的心这才放了下来。他没想到,团长这次带飞检查讲评,没按常规出牌。

1994年11月,戴明盟顺利毕业,加入中国人民解放军海军航空兵的鹰阵……

欲与天公试比高

海军航空兵,海军的一个兵种。

中国海军航空兵,伴随着共和国成立的礼炮应运而生,有着光辉的历史和战绩。但是,由于不了解情况,至今还有许多人把她与空军混为一谈。

海军航空兵正式成立后不久,1954年3月18日,某团副大队长崔巍、中队长姜凯奉命出击,首战告捷,以2∶0的战绩,打响了海军航空兵作战史上的海天第一炮。

随后，我海军航空兵越战越勇，越战越强，连连告捷。

20世纪六十年代中期，中央军委命令海军航空兵组织部队赴海南轮战，第一次在国土上空与外国飞机进行较量，先后击落犯我领空的美高空无人侦察机和舰载攻击机，取得了9：0的辉煌战绩。

截至目前，海军航空兵的空中和地面部队，共取得了击落敌机239架、击伤敌机181架的骄人战绩，涌现出了王昆、王自重、舒积成、王鸿喜、崔巍、姜凯、高翔等一大批战斗英雄和功臣。

戴明盟这批学员，共毕业了30名，一半分到空军，一半分到海军航空兵。

戴明盟本来可以留校任教，他坚决要求到战斗部队，到海军航空兵，飞歼击机，到大海之上的蓝天翱翔。

分到海航部队，首先要到训练基地进行改装，适应海上飞行。

训练基地是半部队半院校性质，从院校毕业的学员，要在这里淬火加钢，才能分到战斗部队。

戴明盟被分到训练一团一大队。时任团长骆万飞，副团长崔玉忠，由副大队长李永军主要负责带他。

训练团的驻地在举世闻名的"天下第一关"山海关。

大海的胸怀是宽广的，大海的景色是壮丽的。可对于戴明盟来说，对于第一次在海上飞行的新飞行员来讲，首先要闯过的关隘是防止"错觉。"

海上飞行和陆上不一样。

陆上飞行有地面标志，也就是人们常说的"地标"。山峰、河流、村镇、城市、大树、楼房、灯光等，都可以作为判别高度、航向的参考。

在茫茫大海之上飞行就不行了，天海一色，天上飘着云，海里倒映着云，几个战术动作下来，侧飞、筋斗、爬高，时间一长，用自身的感觉就很难分清天与海了。特别是晚上飞夜航，天上繁星一片，海中一片繁星，天上有个月亮，海里也有个月亮……

因此，带飞教员反复强调："不能凭自己的感觉，要相信仪表！要相信仪表！"

戴明盟和战友们知道，这是用血的代价换来的教训，他们个个都牢记住了，顺利地闯过了这一关。

然而，干任何事情都不可能是一帆风顺的。飞行，是高风险的事业！随时随地，都可能有凶险埋伏在航路上。

这天，飞双机复杂气象特技。

带飞戴明盟的是副团长崔玉忠。这是位经验丰富的优秀飞行员，在海天上搏击了许多年，许多羽翼未丰的雏鹰在他的带飞下，一个个振翅海天，迅速成长。

戴明盟早早地来到机场，与另一架飞机的战友，再认真地进行一次地面模拟演练，和崔副团长又进行了一次协同。

开飞了，伴随着涡轮发动机巨大的轰鸣声，大地也在震颤。

戴明盟很自信地操纵着飞机，冲向海天。

做了一组战术动作，戴明盟扫了眼面前的仪表板，转速表正常，温度表正常，高度表正常，地平仪正常……

由于是新飞行员，精力分配还有不到的地方，有的检查他还是疏忽了。

这时，后座带飞的崔玉忠副团长提醒道："你看一下液压表，怎么突然下降了？"

戴明盟闻听，急忙看液压表，果然，指针像被什么坠住了似的，一个劲地往下掉。他报告道:"报告,出现故障,液压下降。"这是他飞行以来空中第一次遇到特殊情况,未免有点紧张,报告时声音有点颤。

崔玉忠副团长很冷静地说:"不要慌张。返航,按照特情预案处置。"

在飞行准备时,对飞机在空中有可能遇到的特殊情况,飞行员均提前进行了各种预想,并做好了各种处置预案。只要地面认真准备了,一般都没有什么大问题。

歼击机上的液压系统,主要功能是保障飞机起落架的收放。大家都知道,飞机起飞到一定高度时,要将起落架收起来,减小飞行阻力,以便更快地提升飞行速度;当飞机返航时,对准跑道准备降落时,要放下起落架,这样才能用轮胎接地。另外,为了保证飞行安全,飞机上还装有一套冷气收放系统,当液压系统故障时,可以应急收放起落架。

戴明盟驾驶飞机返航,降低高度,对准跑道。

崔玉忠副团长命令道:"应急放起落架!"

戴明盟右手握驾驶杆,左手伸向了应急按钮,只听"咚"的一声,前后三个起落架放下的三个指示灯瞬间亮了。他长长出了一口气,平稳地驾驶飞机落了地。

戴明盟正确处理好了第一次空中特情,有惊无险地闯过了这一关。他也真正体味到"地面苦练,空中精飞!"这句口号,为什么这句口号矗立在机场各处,为什么它常常挂在每个飞行领导和老飞行员的口上。

可是,有的战友并没有戴明盟幸运。

就在他们即将完成改装任务,进入放单飞阶段时,一名同期学员低空掠过海面后，因飞得太低，离山太近，拉起时没有达到高度，一头飞进大山，发生了"一等事故"，伴随着涛声长眠……

这次血的教训，使戴明盟和战友们深刻认识到：条令是铁，必须严格遵守；规章是钢，绝对不能违犯！

"当一名合格的海空雄鹰！"

这是戴明盟奋斗的目标，在毕业去向公布之后，可他多少有点小失落。他没有被分到声名赫赫的"海空雄鹰团"，而是分到东海舰队航空兵另外一个兄弟团。

1995年11月，戴明盟这只雏鹰飞向东南沿海一线，降落到浙江省的宁波市，成为东海舰队航空兵某团的一名飞行员。

1996年8月7日，戴明盟分到战斗部队半年多了，飞行技艺也日臻成熟。

这天，部队组织飞行训练。

戴明盟的第一个起落，是和师副参谋长康仕俊一起，驾驶一架歼-6教练机，进行仪表课目训练，飞大航线。

座舱位置是：康仕俊飞前舱，戴明盟飞后舱。

对于戴明盟他们来讲，这只是一个平常的飞行日。因为课目简单，他们俩都显得很轻松。

这天天气也不错，天高气爽，风微云轻。

抓住好天气组织飞行，是部队的惯例。因此，开飞得很早，不到7点他们就飞上了天。

蓝天很美，海天更壮美。作为一名海军航空兵飞行员，戴明盟每次起飞来到海上，领略着这壮美的景色，每次都有独特的感受，每次都有一股豪情在胸中涌动。

起飞十几分钟后,加入空域。

他们正要按照预定课目进行飞行训练,突然,戴明盟所在的后舱里"忽"地一下冒出一股烟雾来,并弥漫着强烈的煤油味。

正全神贯注准备做动作的戴明盟,觉得不对劲,暗叫一声"不好",急忙向前舱报告。"52,52,我座舱里冒烟。"

康仕俊也发现了情况,回答道:"53,53,可能是油管破裂!"

他们一边向塔台指挥员报告,"01,01,飞机故障!"一边操纵飞机返航。

"高度?"塔台指挥员询问。

"4300。"

"速度?"

"800。"

这时,东方的太阳已经升起,朝霞染红了半边天。飞机似在火海里穿行,机身后半部喷出长长的火苗。

瞬间,飞机在剧烈抖动;

瞬间,发动机温度表直线升高,比正常时要高出一倍;

瞬间,烟尘弥漫了整个座舱,模糊了他们的视线……

紧急!情况万分紧急!飞机很有可能在瞬间发生爆炸,酿成机毁人亡的惨剧!

塔台指挥员看到了这种情况,紧急命令他们:"跳伞!"

此时,从飞机高度和速度来讲,是跳伞的最佳时机。

可是,戴明盟和康仕俊的手都没有伸向跳伞按钮。

因为他们都知道,翼下就是长三角南翼经济中心,浙江省经济中心。此刻,这座新兴的城市,街道上车水马龙,正是人们开始一天新生活的时候。他们也更清楚,如果此时跳伞,无疑向这座城市投下一枚重磅炸弹。

不行！为避免伤及地面群众和重要社会设施，两人操纵着随时都可能爆炸的飞机，调转航向，向着城郊飞去……

街道上的人们，虽然并不了解情况，但他们看到了这样的一幕：一架军用战斗机，冒着烟，喷着火，宛如一只火凤凰，朝着郊外，朝着太阳，奋飞！

指挥员也明白了他们的心思，再也没有说话，只是紧紧攥住了面前的话筒，紧紧攥住了一颗狂跳的心。

此时此刻，天地间一片寂静，整个世界都仿佛凝固了，连空气都紧张得如同绷紧到极致的鼓面，稍一触蹴就会炸裂开来。

戴明盟紧张吗？紧张！

他们在紧张地寻觅中，终于发现前方有一块郊区农民的菜地，四周没有人在活动。

戴明盟和康仕俊两个人这才相约，先后按下了弹射按钮。此时，飞机的高度仅有500米。

两朵伞花先后在空中张开之际，他们身后传来一声惊天动地的爆炸声，飞机瞬间解体了。

危险，万分危险！他们和死神擦了一下肩。

戴明盟跳伞后飘到菜地上空，低头一看，菜农们搭架用的竹竿，像刀戟、像长矛，一根根朝天耸立，危险依然存在。他借着风势，调整方向，躲避开竹竿，安全降落在菜地的水沟旁。只是在接地的一刹那，他的右脚踩到了一块石头上，崴了一下。

他有点懊恼，心想：空中没事，别在地面上把脚踝给弄断了。好在他扭了几下，疼痛并不十分厉害。就收拾好伞包，一瘸一拐走出菜地，来到路边。

一位骑摩托车的群众正巧路过，戴明盟搭乘上去，直向飞机爆炸现场驶去。

到了现场，戴明盟看到了康仕俊，很万幸，他只是胳膊受了点轻伤。

"飞机起火！飞机爆炸！飞行员受伤！飞行员牺牲！……"到底怎么样？塔台指挥员、团领导和战友们，在紧急驰往事故现场时，虽不情愿但还是作了一定的思想准备。当看到他们安然无恙地站在那里，车没停稳，团长就蹦了下来，先是朝肩窝分别擂了两拳，然后又挨个抱着他们转了几圈。

他们简单地向团长汇报了一下情况。

团长挥挥手，对身旁的值班参谋说："回去再说，先把他们送回去休息。"

抢险车把戴明盟直接送回了宿舍。

刚到宿舍，教导员姚丹江就气喘吁吁地跑来敲门，大声喊着："盟盟，快，舰航首长找你汇报。"

舰航机关离飞行团近，一听说飞行发生了"二等事故"，司令员、副司令员等首长就赶了过来。

戴明盟听后不紧不慢地对姚丹江说："好的，你等一下。我去洗一洗，换身衣服就去。"

姚丹江当时非常惊讶，暗想："这小子是个人物，遇到这种情况还如此冷静，真有大将风度。"

戴明盟向首长汇报后，到医院做了24小时观察，然后又进行了一次全面体检。当时，他还不愿意去，说没什么事，不用检查，是被姚丹江逼着去的。

他从医院回来的第二天，就找到姚丹江询问："教导员，什么时候安排我飞行啊？"

姚丹江一愣，心中说："这小子和常人不一样！"因为有的人在经历过这种险情之后，会在心理上产生阴影，不愿再从事飞行职业，甚至产生心理障碍，一听到飞机的轰鸣声就会心颤腿抖。为此，有些人就改了行，上天的翅膀被折断了。而戴明盟作为年轻飞行员，并没有因为遭遇险情而胆怯，反而积极要求复飞，这令人非常佩服。

姚丹江给戴明盟让座倒水，半是开玩笑、半是真心话地对他说："急什么急，团里还没有研究呢，你要等一等，好不容易找了个理由，还不多休息几天，睡几个懒觉？"

戴明盟一听，有点着急，嚷道："这怎么行呢？拉下几个飞行日，我可就跟不上趟了。"

姚丹江故意绷着脸，没有理他。

戴明盟有点坐不住了，他站起身，在姚丹江这个不大的办公室兼宿舍里，搓着手，来回踱着步。

姚丹江看他急成这样，"扑哧"一声笑了，对他说："好啦，急成这个猴样，逗你呢。快去做飞行前准备，我向团里请示，争取让你参加后天的飞行。"

戴明盟一听高兴了，敬了个礼，跑了出去。

在后来的飞行中，戴明盟显得更成熟、更稳重了，很快被提升为中队长。

掠海斩浪，鹰击长空！

1996年11月，戴明盟被调到他向往已久的"海空雄鹰团"——海军航空兵某部第10团。

2003年9月，戴明盟又被派往异国，学习改装第三代新型战机。

学成归国后不久,戴明盟被提升为一名驾驭先进装备的飞行大队长。

重任在肩,使命在肩!

2006年9月,一个实现中华民族百年梦想的历史担当,历史地落在戴明盟身上!

刺破青天锷未残

中国要有自己的航母,这一美好而又崇高的梦想,燃烧着几代中华儿女的激情。

中国人怀有航母梦的时间其实并不算晚。

早在1928年底,时任国民党海军署长的陈绍宽,在上报国民政府的呈文中,便首次提出中国要建造航空母舰。

这离当时英国人建成世界上第一艘具有全通式飞行甲板的"竞技神"号航母,仅约10年。

中华人民共和国成立后,毛泽东主席以其特有的雄才大略,高瞻远瞩地提出:"必须大搞造船工业,大量造船,建设海上'铁路',以便今后若干年内,建设一支强大的海上战斗力量。"

周恩来总理心中也有挥之不去的航母情结。1973年10月25日,周恩来总理在会见外宾时感慨地说道:"我搞了一辈子军事、政治,至今没有看到中国的航母。看不到航空母舰,我是不甘心的啊!"

怀揣着强国梦、强军梦，盼望有中国人自家的航母，是人民海军几代官兵的夙愿和追求。梦想变为现实，需要扎扎实实的行动和不懈的追求，甚至有奉献和牺牲。

21世纪被称为海洋世纪。海洋已成为国家利益拓展的重要空间，海洋安全已成为国家安全的重要领域。争夺海洋权益的斗争愈演愈烈。但是，权益永远要靠力量来捍卫。努力建设一支与我国地位相称、与国家发展利益相适应的强大海军，是有效履行新世纪新阶段我军历史使命的客观要求，也是维护我国日益全球化国家利益的必然选择。

在2009年，正像中国国防部长梁光烈与时任日本防卫大臣滨田靖一会见时所讲的那样："大国中没有航母的只有中国，中国不能永远没有航母。"

中国要发展航母？某大国的一位海军上将有点不相信。他曾对一位来访的中国海军将领这样说："就是送给你们一艘航母，5年内能把它管好就不错了！"

其实在当时中国已经开始对从乌克兰购买的"瓦良格"号航母进行改建。

这艘原本由苏联研制的航母，没有经历过战争，却经历了冷战结束的巨大动荡。"瓦良格"号庞大的身躯裹挟着舰体上残留的历史痕迹，几经辗转驶入了中国。进入中国的数年里，"瓦良格"号在中国东北的大连造船厂慢慢脱胎换骨，开始由中国续写这艘巨舰的传奇。

在2006年6月，人民海军开始兵分多路，"招兵买马"，组建第一支航空母舰部队，挑选舰载战斗机试飞员。

也就是在那时，戴明盟进入了挑选者的视野。

2006年9月，工作组来到"海空雄鹰团"。

一个年纪轻轻便叱咤风云的"海空骄子"，首先进入海军选拔舰载歼击机试飞员工作组的视线。

他就是飞行大队大队长戴明盟。

戴明盟是如何成为歼-15战机试飞员的首要人选的呢？

歼-15飞机是第三代战机，要求必须是第三代战机飞行员才能参加改装，而戴明盟所在的"海空雄鹰团"，装备的正是第三代战机，他也是海军最先改装三代战机的飞行员，技术高超，曾在夜间驾驶单发战机安全着陆，处变不惊；曾驾驶出现故障的战机规避村落后成功跳伞，遇险不乱……

因此，还有人这样说，戴明盟成为歼-15试飞员首要人选的主要原因，不仅仅是他的飞行技术好，还因为他曾经有过飞机失事跳伞的经历，心理素质非常好。这也有一定的道理。

然而，有些问题又让工作组一时难以定夺：作为团里、师里的"宝贝疙瘩"，戴明盟目前的发展可谓顺风顺水，前途不可限量。他愿意来吗？

再者，舰载战斗机试飞是一条高风险的路。一般飞行员飞的是定型战机，有什么性能就按什么性能飞，而试飞员则需要把未定型战机的缺陷和能力飞出来，风险可想而知。他敢来吗？

还有，舰载机部队异地组建，这就意味着原先平静的家庭生活轨迹被彻底改变，将面临拖家带口或者两地分居，家属就业、孩子上学等诸多问题都会接踵而至。他能来吗？

工作组带着这些问题约见了戴明盟。

戴明盟并没有像人们想象中的、或像记者们写的那样慷慨激昂，他对我实话实说："当时我也挺犹豫的。"

"为什么？"

"因为当时工作组找我谈话，说是为航母工程选拔舰载战斗机试飞员。我对这个事确实看不太清楚，让我当时表态，我做不到。我对他们说，'这事我得好好想想'。"

工作组一听这话，心里有点凉。他们没有多说什么，就离开了。

但是，工作组并没有离开这个团，而是找到时任团政委姚丹江，想通过迂回战术做戴明盟的工作。

姚丹江心里很矛盾，戴明盟是团里重点培养的苗子，他实在不想让这名"爱将"离开，甚至私心里想，推荐一个中上等的飞行员给他们。但是，他转念又想，航母事业太伟大了，太重要了，需要戴明盟这样的精英去干，这话他必须去说，这工作他必须去做。

第二天一大早，姚丹江打电话把戴明盟叫来，张口就问："盟盟，工作组找你啦？"

戴明盟看了看姚丹江，也直接进入主题，说："当试飞员，行。我去！"

姚丹江一下子愣了，当戴明盟嘴里蹦出"我去"二字时，他从那坚毅的眼神里，分明看到作为毛主席曾经三次点将、"海空雄鹰团"官兵所独有的那股子精气神，看见了王昆、舒积成、高翔等一大批战斗英雄和"王牌"飞行员的影子……

姚丹江深情地望着戴明盟，心中有许多话不知从何说起，只是轻轻问了一句："盟盟，你想好啦？"

戴明盟迎着姚丹江的目光，认真地点点头，说："试飞舰载战斗机，是国家和民族的大事，人民海军的光荣使命，能有我的份儿，我是抢了'彩头'，中了'大奖'啦！"

祖国的西部，黄土高原上，有一个很少有人知道的小城。

小城的城郊，有一座世界闻名的试飞院。

这里，许多人爱唱那首熟悉的歌："我家住在黄土高坡，大风从坡上刮过……"

这里，很少人想到和预料到，有一天会成为航母舰载机试飞员的摇篮，刮起了一股惊天动海的蓝色旋风……

空军有份招生简章里这样说：要想成为一名优秀的战斗机飞行员，那你就要准备好成为一块"会说话的钢铁"，一名通晓四十多门学科的科学家，一名"十项全能"的飞行工程师。这是勇敢者的游戏，这是生死一线的艺术，这是人与价值上亿元机械的"天人合一"，这是一秒钟的判断就能决定自己生命的"死亡竞技"。这个群体里没有普通人，没有普通的事情，甚至没有普通这个词。一旦加入，你就是"天之骄子"的最新注解。

在这群"天之骄子"中间，还有一些顶尖人物，就是那些被誉为"刀尖上的舞者"的舰载机试飞员。

世界航空界公认，舰载机试飞员在所有飞行员中具有崇高的地位，是精英中的精英，必须具备优秀的心理和身体素质、杰出的驾驶技术、强烈的事业心责任感以及坚定的政治信仰。

精英，他们绝对是精英！

我军首批舰载战斗机试飞员也都是从海军、空军飞行员中精挑细选出来的精英，个个技术出色、身体心理素质过硬。

天降大任！承载着这一特殊的国家使命，这支带有神秘色彩的试飞团队应运而生。

2006年11月，联合试飞小组正式成立了。目标，飞出咱们中国自己的舰载机！

此时的戴明盟，一身虎气，满脸自豪。这位海空雄鹰团的尖子飞行员，从此开启了惊心动魄的"着舰人生"。

蓝天，从来都是大国竞争的舞台。世界航空先驱李林塔尔曾说："发明一架飞机算不了什么，制造出来也没有什么了不起，而试验它才是艰难无比。"

这句话，道出了试飞员对于一个国家航空事业发展的重要性，也道出了试飞职业的高风险。

统计数据显示，美国仅在超音速飞机颤振和操稳试飞中，就摔掉了56架飞机，牺牲了72名优秀飞行员。

而当戴明盟他们这批试飞员来到这里时，更没想到，一切是那么的捉襟见肘——试飞航母舰载战斗机，国内尚属技术空白，资料少之又少，国外技术封锁壁垒森严，舰载战斗机怎么飞谁也不知道……

这一刻，他们真正明白什么叫"从零起步"了。

"难，我们可以学，最让人无助的是，我们不知道学习什么。"回忆起舰载战斗机试飞初期的那段日子，戴明盟不禁感慨万千，"别人说摸着石头过河，可我们没石头可摸，只能一步步蹚水而过。"

航空母舰战斗力生成的核心是舰载机，所有的保障设备都必须以飞机为主，为飞机服务。没有飞机的舰船也就称不上是航空母舰。

中国第一艘航空母舰辽宁舰上的舰载机确定为歼-15战斗机。

歼-15战斗机是中航工业沈阳飞机制造公司研制的，是我国第一代多用途舰载战斗机（代号飞鲨；英文：J-15）。它具有作战半径大、机动性好、载弹量多等特点，可根据不同作战任务携带多型反舰导弹、空空导弹、空地导弹以及精确制导炸弹等精确打击武器，实现全海域全空域打击作战能力，各项性能可与俄罗斯苏-33、美国F-18等世界现役的主力舰载战斗机相媲美。

说起"飞鲨"这个绰号的来历，歼-15舰载战斗机副总设计师王永庆这样解释："我们觉得这一型飞机，从性能上讲，它凶猛强悍，攻击性强；从外形上看，很优美也很健壮，就像鲨鱼一样，但鲨鱼是在水里游的，我们希望它能在天上飞，而且它又是舰载机，有海洋的元素，所以大家都觉得'飞鲨'这个名字很响亮也很顺口，因此就叫它'飞鲨'了。"

由于歼-15舰载战斗机有了"飞鲨"这个响亮的绰号，双垂尾翼上，中国军机第一次喷绘上了与它齐名的动物图案：青灰色的飞鲨身形矫健，牙齿锋利无比，目光勇猛凌厉，让人不寒而栗……

这些性能，这些数据，这些设计要求，这些战斗力，都是试飞员一次次飞出来的，一点点验证总结出来的。

可在联合试飞小组成立时，歼-15舰载战斗机还没离开制造车间呢。

怎么办？

戴明盟先是搜集资料，对世界范围内的舰载机进行理科补习，先从理论上弄通弄懂。再就是向空军试飞员战友学习，他们试飞经验多，飞的机种也多。

没有飞机怎么办？时不我待。戴明盟和战友们，对着寥寥几份资料，驾着另外一种某型歼击机就练开了。

舰载战斗机与陆基飞机最大的不同就是起降的平台是航母，"机场"是流动的平台。通俗地讲，就是要落到正在航行的舰艇上。

练着舰飞行时，试飞员要用"反区操纵"技术，不断修正飞行中的偏差。这种操作是舰载机与陆基飞机操纵技术最大的区别，试飞员以前的着陆操纵技术中从没有用过,这让"天之骄子"们一时很难适应。

"为什么要这样飞?"

"速度控制多少?"

"油门加到多大?"

……

戴明盟和战友们抛出一个个问号。

一个个问号难得飞机研制人员面红耳赤,摊开双手张口结舌难以回答。好长时间才憋出这样一句话:"我也不知道,你们自己去解答。"

戴明盟这才醒悟:这些"?",都需要他们通过一次次试飞来拉直!

要拉直这些"?",就得通过舰机适配性试验。

可航母还在船厂叮叮当当地修建,保障试飞的歼-15舰载战斗机还在厂里调试,海军兴建的试飞机场,还是一片工地,在尘土飞扬中往前赶……

现实的状况,使戴明盟冷静下来,他把在试飞院陆地飞行的每一个起落,都看成为上舰的阶梯,踏踏实实地走好每一步。

戴明盟在焦急地等待着,盼望着这一天早点到来。

全体试飞员也在焦急地等待着,盼望着这一天早点到来。

很显然,海军领率机关也注意到了这一点。海军首长一方面鼓励试飞员依靠现有条件潜心钻研,另一方面亲自挂帅调研,并及时召开常委会和专项领导小组会,果断做出"边施工建设,边研制生产,边试验试飞"的重要决策,以确保航母交付和舰载机着舰的时间节点。海军首长并做出决定:联合试飞小组移师海军新建的航母综合试验训练基地。为了解决他们的后顾之忧，组织上还专门协调试飞员家属、孩子的安置问题。

一场新的战役拉开了帷幕！

戴明盟将在这场战役中大显身手。

一场战役的胜利，不仅光靠将士的英勇，主帅的排兵布阵也很关键。

练鹰还需老猎手。飞行员出身、航母试验试航指挥部总指挥、时任海军副司令员张永义，把中军帐常年设在了试航试飞第一线。天天和试飞员们同吃同住同训，吃透了底数，自然底气就足，此刻，他霸气外露，大手一挥："4月份就搞舰机适配性试验试飞！"

2010年4月6日，第一架舰载战斗机歼-15飞机刚刚完成6个架次试验试飞，就飞到了海军航空兵某机场。

然而，随之而来的问题是，这一"催熟"的果实，必将带来技术风险和安全风险的双重压力。

"这能行吗？"工业部门的同志心里直打鼓。

这时，试飞机场的跑道刚完成，辅路还没修通，跑道外边尽是乱石堆，住房也没有。就连歼-15舰载战斗机飞来时都没有能降落到本场，而是先落到邻近机场的。

如果谁都不愿承担风险，何来零的突破！

海军官兵没有用语言回答，而是履行了实际行动。

4月7日，歼-15舰载战斗机来到后的第二天凌晨，两个机场相连的公路上，出现了一个世上罕见的场面：

一辆牵引车牵着歼-15舰载战斗机缓缓前行，而前面走着引路的是一群将校级海军军官，打头的就是航母试验试航总指挥、时任海军副司令员张永义。

这天，春寒料峭，东北的凌晨，依然透骨的凉。裹着一件军大衣走在前面的张永义，心是热的，血是沸腾的，迈出的步伐也尤为急切和炽烈！

一步，一步，他们在前面走，歼-15舰载战斗机被牵着往前行；

一步，一步，脚步"咚咚"，似敲响出征的战鼓，在天地间轰鸣；

一步，一步，步履坚定，虽然路不怎么长，仅有10余公里，连接的却是海洋，旋起的是海天雄风；

一步，一步，这每一步，走出的是志气，走出的是信心，同时也是在向世界宣告，我们中国海军能行！

4月8日，歼-15舰载战斗机第一次在跑道上亮相，拉到跑道北头进行机务检查。这天，基地官兵正在为整修跑道进行大会战，飞机过来时，他们不约而同地在跑道两旁站成两道人墙，以军人的特有方式夹道欢迎并行注目礼。

那一刻，没有一个人说话，每个人的脸上表情各异，但心中想的都是："这型飞机将从这里起飞！'飞鲨'将从这里翱翔海空！"……

张永义中将是原海军航空兵的副司令员，熟悉戴明盟这位手下的爱将。

戴明盟也十分了解老首长的性格，对他也十分敬重。

这天布置任务时，张永义副司令员点将："明天滑跑试验。戴明盟上！"

戴明盟闻听非常激动，"噌"地站起身来，大声说道："请首长放心，保证完成任务！"

4月9日，戴明盟驾歼-15舰载战斗机第一次进行滑跑试验，这也是他第一次驾驭这个型号的飞机，但在心中已描绘了无数遍，今天他终于如愿以偿了。

戴明盟跨进座舱，平抑一下激动的心情，开伞，战鹰发出了巨大的轰鸣声，仿佛向这个世界宣告：我来了，我将在这里起飞，翱翔万里海空……

航母综合试验训练基地的陆上机场濒临大海，据说，为了达到飞机一起飞就能看见海的效果，建造机场的时候，削平了海边的两座山头。

乍一看，这个机场的跑道与其他机场的跑道没什么不同，只要你登上塔台往外一看，你就会发现这个机场跑道的两端都画有一个航母甲板的图案，那是供飞行员练习着舰用的。航母甲板图案与辽宁舰的飞行甲板是1∶1的比例，甲板图案尾部有一道阻拦索，跑道下面有一部阻拦机。这阻拦机既是为飞行员练习着舰时所用，也是为了试验阻拦机的性能。

陆地机场画有航母甲板的跑道被称为一号跑道。

在一号跑道的东侧，还有一条二号跑道。二号跑道很短，跑道的两端是模拟航母舰首的14度滑跃甲板，这是训练飞行员在航母上滑跃起飞用的。

有的飞行员在驾驶飞机冲向滑跃甲板时，感觉高高翘起的甲板就像一堵高墙，心情非常紧张。这个时候，速度上去了，就会飞上天空；速度下来了，就会掉到地上，酿成惨祸。这种地面练习虽然只是为将来海上起飞做准备，而地面练习同样充满了危险。

2011年5月，滑跃起飞试验开始了。

这一天，戴明盟又是第一个跨进座舱，习惯性地向外探了探头，用眼睛瞄了一下跑道边，这一次却没看到那个人的身影。

他要找的那个人，是时任海军副司令员、中国航母试验试航总指挥张永义。只要一飞行，张副司令就会站在跑道旁边，一是可以近距离了解飞行员的飞行情况，讲评时有的放矢；二是为了给飞行员加油鼓劲。可这个地方又十分危险，许多人都劝他，甚至拉他离开，但都没有成功。

张永义到哪里去了？

他在塔台上。没有像往常一样站在指挥员身边，而是静静地坐在一把椅子上，低着头像是在沉思。

戴明盟开伡、滑行、加力……巨大的轰鸣声，把整个大地都震得颤抖起来，歼-15舰载战斗机风驰电掣般地在模拟滑跃14度甲板上呼啸升空！

"成功了！"在场的人都高兴地跳了起来。

张永义也猛地站起身来，仰望着蓝天上翱翔的战鹰，脸上绽开了灿亮的笑容。

戴明盟驾歼-15舰载机首次成功滑跃升空，具有非常重要的历史意义，为后来在辽宁舰上成功着舰、起飞迈出了坚实的第一步。

从此后，他们更加稳步扎实地为掌握舰载战斗机着舰飞行的关键技术而不懈地奋斗着……

试飞，是勇敢者的事业。试飞员，是世界上最高危的职业。

国之重器，以命铸之。全体试飞员深深地懂得：试飞，不仅要技术一流，更要带着信仰去飞，没有这一点，是无法坚持的！

人们常说："一代战机，凝聚着一代试飞员的奋斗；一代战机，带走了一代试飞员的青春。"

"干中学,学中干。不等不靠,主动作为。"为确立着舰航线,戴明盟和战友们一起研究所能搜索到的资料,探讨规划着舰航线。他们驾驶战机一次次冲入苍穹,检验航线的合理性,又一次次将制订的方案推翻重来。

经过不懈努力,他们终于探索出了一条适合中国航空母舰的着舰航线。

试验,接着一个试验。

飞行,连续进行飞行。

歼-15舰载战斗机进驻试训基地没多久,他们就进行了舰载战斗机大速度地面拉索试验。

阻拦索,更专业的说法应为"航母阻拦系统"。它帮助飞机在有限距离内强制制动,使最大过载和过载变化率保持平稳,及时将系统恢复到初始状态。简单地说,就是把高速俯冲下来的飞机拦阻住,平稳地停下来。

陆上大速度挂索试验开始了。

跑道一头,戴明盟启动飞机,滑跑、加速,以200余公里的时速向前冲刺。

此时,机场刚竣工不久,跑道两侧施工堆积的土石还没清理彻底,一旦试验失败,飞机冲出跑道,将直接威胁飞行安全,后果无法预料。

为确保试验安全,指挥部决定滑跑抬前轮,采用两点钩索的方式进行。试验时,戴明盟按下旋钮,飞机放下尾钩,挂索!瞬间,他感觉血液上涌,眼前一片模糊,仿佛撞在了厚厚的"棉花墙"上。很快恢复意识后,他发现飞机已经停在了跑道上。

陆上大速度挂索成功！现场人员兴奋地向戴明盟竖起大拇指。他们知道，为了这个试验，戴明盟已经挑战了无数次的生理极限。

禁区不闯永远是禁区，难题不破永远是难题，军人追求胜利是永恒的课题。

阻拦索被称为舰载机飞行员的"生命线"，为了真实了解"生命线"的质量，试飞员们还要测试它的极限偏心偏航数据。

极限偏心偏航阻拦试验，是试飞着舰挂索这一阶段最危险的课目。用大白话说，就是在着陆时故意偏离，看最大偏离中心和航向多少度，还能挂上阻拦索。

面对风险挑战，还是戴明盟首飞。

根据工厂给予的设计极限数据。第一次试验，戴明盟有意偏心×米，飞机成功挂索。

现场总指挥、时任海军副司令员张永义要求苛刻，让他再来一次，偏心更大一些。

戴明盟二话没说，驾驶战机高速向着极限角度冲刺。他又成功了！

一组新的歼-15舰载战斗机阻拦试验数据诞生了。

但是，并不是每一次挑战都能成功，并不是每一个人都那么幸运。

那天，后任着舰指挥官的邹建国，进行同样课目的试验。当他驾机挂索的一瞬间，巨大的拉力将阻拦索一端拉断。断裂的阻拦索一端似一记流星锤，在空中打了一个转，狠狠地砸向机尾。"嘭"的一声，飞机尾翼被击中。

幸亏当时是戴明盟在塔台指挥，他沉着冷静，口令清晰，果断指挥，处置正确，才化险为夷。

目击这一情景的人们无不惊出一身冷汗。

试验现场，一位老工程师抚摸着断裂的阻拦索，眼泪都下来了，喃喃自语："这条'生命线'是试飞员用生命炼出来的啊！"

戴明盟不仅成长为一位优秀的试飞员，还锤炼成长为了一名合格的指挥员。

有一次，一位战友在试飞中遇到了单发停车的险情。

戴明盟那天也是担任指挥，他凭着丰富的经验，指挥战友安全着陆，避免了险情。

试飞，就是这样一门残酷的科学！然而，对于未来战场来说，它又是一门确保打胜仗的科学！

戴明盟常说："飞行是我的人生抉择，也是我作为一名军人的使命所系、价值所在，面对生死考验，就要执着无悔，勇往直前。"

戴明盟从军 20 余年来，始终没有停歇追梦的脚步，把赤胆忠心化作搏击海天的铁血担当。

幸运并不是单单眷顾他一个人，在试飞过程中，戴明盟也曾多次遇险，他都遇险不惊，临危不乱，一一化解。

那年 6 月的一天，也是一个试飞日。

戴明盟驾驶歼-15 舰载战斗机，轻盈起飞。

战鹰昂首冲天而起，万没想到，在离地几十米高度，战机像条刚出水的大鱼，上蹿下跳，顷刻间失去控制。

戴明盟下意识地往上拉操纵杆，飞机出现几秒钟的延时反应，产生了剧烈的俯仰震荡。

一忽儿机头往上仰，一忽儿往下栽，反复不停……

塔台上，所有人都大惊失色。

这是一个从来没有遇过的险情。

戴明盟的心像被人猛地攥住了，发际间沁出了汗水，暗想："这家伙，今天怎么这样不听话？"

此时，人的本能反应是紧紧控制操纵杆，而越控制，飞机震荡就越大，随时都可能机毁人亡。

危急关头，戴明盟冷静应对，判断故障原因，放松操纵控制，通过操纵油门等措施，使战机逐步回归正常。

还有一次试飞，戴明盟在空中正要做动作，手中的驾驶杆突然"罢工"了。

在不用力时，驾驶杆应该保持中立，往哪边用劲往哪边倒，可现在它却东倒西歪，像被抽掉了筋。

戴明盟马上判断出是驾驶杆载荷机构出了故障，采取相应措施，驾飞机平稳飞行，与塔台指挥员的空地沟通也很平静，未见任何异常。以至于地面其他人员都没有丝毫察觉，认为他这个起落飞得非常好。

飞机安全降落了。

戴明盟找到工业部门的同志，反映飞机在空中的情况。

工业部门的同志不相信，对他说："不会吧？你这个起落飞得这么稳，这么好，怎么可能有故障呢？"

戴明盟微微一笑，说："不信，你们查看一下飞行资料。"

一查资料，个个都傻了眼。他们立即上报工厂有关部门，立即通知停飞全面检修。

歼-15舰载战斗机总设计师孙聪闻讯也赶来了，离老远就和戴明盟打招呼："盟盟啊，你可吓死我了。我一听说这事，腿就软了。"

戴明盟迎上前去，握着孙聪的手说："对不起，让您老担心了。

这不是没事吗?"

双手相握,孙聪使劲晃了晃,真诚地说:"怎么说对不起,我感谢你还来不及呢。设计时,我就怀疑这里有缺陷。果不然,出事了,这可是很危险的。你为咱们飞机又立了一大功!"

"试飞就是找缺陷,这也是我的使命啊。"戴明盟笑着说。

在戴明盟心中,遇险不足为奇,战胜危险,是试飞员的使命,更是试飞员的光荣。

　　骑着刀尖蹦舞蹈,跨着飞鲨撑惊涛。
　　挥着利剑擒凶险,扛着使命把国报!

这首短诗是他们生活战斗的真实写照。

几年间,凭着大胆加科学的精神,戴明盟和战友们一次次挑战极限,创造了试飞着舰战机"零坠毁"和人员"零伤亡"的世界奇迹。

在这一个个世界奇迹面前,"飞鲨"被驯服了。

可是,戴明盟心里非常清楚:驯服"飞鲨",只是万里长征迈出的第一步。他和战友们在未来的航程上,还要迎接更多更大的挑战。

他们准备好了,必将赢得这次远征。

无限风光在险峰

2012年9月25日上午10时，这是一个让中华民族、人民海军永远铭记的时刻！

那天，初秋的大连港，阳光和煦，波平浪静。

焕然一新的航空母舰彩旗高挂，已很少找到原"瓦良格"号的影子。

五星红旗和八一军旗下的全体舰员，精神抖擞，分区列队，展示着特有的庄严。

我国第一艘航空母舰已按计划完成建造和试验试航工作，这天上午，在中国船舶重工集团公司大连造船厂正式交付人民海军，并向世界庄严宣布：我国第一艘航空母舰被命名为"辽宁舰"，舷号"16"。

国歌声中，热血澎湃！

碧海长天伴随着庄严的军礼，共同见证了这一伟大的时刻！

辽宁舰入列，标明从今以后它具有了自己的舷号和名称。同时，"入列"还标志着辽宁舰已经作为海军的正式作战单位编入到海军序列。它从一个研制型的装备变成了正式的装备，以前是由研制方为主，以船厂的工程师、科研院所的工程师为主，海军官兵在那里学习操作、学习互相之间的协调。入列后变成以我们海军为主，工程师们随舰帮助继续进行训练。

那天，戴明盟虽然没有去参加那场庄严的典礼，但那颗会飞翔的心始终盘旋在辽宁舰的上方。

他非常清楚，辽宁舰入列之后，人们对它的最大关注点就是何时"机上舰"……

神鹰掠空过，利剑刺苍穹！

2011年12月9日。

歼-15舰载战斗机的首次绕舰飞行训练，是在这一天进行的。

根据辽宁舰航行试验计划，歼-15舰载战斗机在这次训练中，要完成寻舰飞行、绕舰、下滑道进入、通过母舰上空、触舰复飞等课目训练。绕舰飞行的目的，是在舰、机之间形成初步协同，为今后歼-15舰载战斗机着舰奠定基础。

首飞还是戴明盟，用现在的流行语来说，他要驾机与航母进行"第一次亲密接触"。

清晨，朝阳驱散了笼罩在机场上空的一层薄雾，歼-15舰载战斗机雄踞在跑道一端，如刀锋般伸展的机翼泛着银光，双垂尾翼上"飞鲨"的标志尤其显得威猛。

戴明盟微笑着走来了，信心满满地跨进座舱，然后从容不迫地驾驶战鹰，加速向深海飞去。

大海深处，辽宁舰正犁波斩浪，在预定海域航行。

戴明盟到达预定空域之后，推了一下驾驶杆，机警的眼睛如雷达般在搜寻，他的首要任务是发现目标，找到辽宁舰。

航母是最大的水面舰艇。

辽宁舰虽然还不能和美军的航母相比，但它的全长也已达到了300多米，宽是70多米，从轮毂到桅杆的高度是60多米，主甲板以下是10层，主甲板以上舰岛式的上层建筑9层，也就是说它相当于一个20层楼房的高度。它还有3500多个舱室，上万套设备，近2000号人战斗生活在上面。

但是，这样一个庞然大物，从高空往下俯瞰，也只不过是茫茫大海之上的一叶扁舟，有人还说，像漂浮在海面上的一只火柴盒子。

戴明盟在空中盘旋了几圈之后，循着辽宁舰航行的尾迹捕捉到它，偌大的战舰在他的视野中像是一枚纪念邮票。

戴明盟驾歼-15舰载战斗机接近目标，开始了舰机适配试验的第二项任务，绕舰飞行。

绕了几圈之后，戴明盟开始下滑，矫健地掠过辽宁舰的上空，声震惊涛骇浪，势压万马奔腾。

歼-15舰载战斗机的每一次通过，都引起辽宁舰飞行甲板上的战友一片欢呼。那一刻，他们甚至忘记了凶险。

这是公认的常识，航母飞行甲板，是"世界上最危险的4.5英亩"。普通人看来，这块地非常宽阔，可要是在上面起降飞机，就非常狭窄了。它长仅有300多米、最宽处也不过70米。通俗地讲，这个狭窄的地带就是飞机跑道，航空部门的许多人员要在上面保障飞机起降，危险程度可想而知。

戴明盟要驾机进行触舰复飞了，飞行甲板上顿时安静下来，空气和时间都仿佛凝固了一般，屏息静气地注视着这飞机和母舰真正接触的一刹那……

为了使大家能够了解这一接触的重大意义，这里需要给大家解读什么叫触舰复飞。

按照军事飞行的惯例，飞机轮胎轻微触及航母飞机跑道，然后迅速离开，并非严格意义上的着舰。这和我们一般所说的连续起飞看似类似，其实是完全不同的。

连续起飞过程飞机其实已经完成着陆，飞机的重量已经完全通过起落装置支撑在道面上，而轻微触舰复飞，飞机的重量其实并没有完全支撑在跑道面上，此时，机翼的升力依然承载着飞机重量，起落装置其实只是一个触及面，然后迅速拉起再次离开，这个过程其实更像是低高度复飞，只是机轮触及跑道面而已。

触舰复飞尽管不是严格意义上的着舰，然而，其意义却非常重要。因为我们知道，作为首次着舰成功的标志性时刻，要达成这一目的必须经过艰苦的努力，除了在陆地机场模拟着舰道面上进行模拟着舰训练，舰上训练的过程也是漫长和艰苦的，要做的各项准备工作和练习内容非常之多。

当然，最后阶段也是最关键的阶段是低空通过航母、触舰复飞和最终的正式着舰。低空通过航母的训练目的，是使飞行员熟悉航母进场程序和迫近航母的危险环境，除了程序的复杂需要不断训练来适应外，更重要的是对迫近航母是巨大心理负荷的适应性。

从心理学的角度来讲这个过程叫心理代偿训练，就是逐步使飞行员适应复杂危险环境，从而最终消除心理障碍，这对飞行员着舰成功是最为关键的。

另外，触舰复飞与低空通过最大的不同是，可以使飞行员正确体会着舰的操纵程序和动态，除了挂拦阻索和减速过程外，整个过程与正式着舰完全相同，因此，触舰复飞训练是必不可少的。

戴明盟以漂亮的姿态接连完成了几次触舰复飞，然后，他把飞机拉起来，绕着辽宁舰又飞行了几圈，以这种特殊的方式向辽宁舰上的战友们致意。

战友们昂首挥手，向他表示祝贺。

他们都知道，离战机着舰那一历史时刻，为期不远了。

国外有人用"刀尖上的舞蹈"来形容舰载机着舰，用"刀尖上的舞者"来称呼舰载机飞行员。

这一切都给舰载机飞行员提出了极高的要求，也使得舰载机飞行员的选拔培养，堪比航天员，有些条件甚至更为苛刻。

我国的第一艘航母辽宁舰是一艘常规动力航母。

根据设计，辽宁舰可搭载固定翼飞机和直升机。

辽宁舰上的固定翼舰载战斗机采用的是滑跃式起飞方式。

航母舰载机有弹射式起飞、滑跃式起飞、垂直起飞三种方式。目前，歼击舰载机的起飞主要采用弹射起飞和滑跃起飞两种方式。

辽宁舰飞行甲板的倾斜角为14度。

舰载战斗机着舰起飞，无论是对飞行员，还是对全体舰员，都是一场前所未有的大考。舰、机、人，任何一方面出现一个小差错，后果都不堪设想。

辽宁舰上的阻拦索装置，安装在飞行甲板后部，完全由我国自主研制制造。在战机着舰时与尾钩完全咬合后，在短短数秒内使战机速度从数百公里的时速减小为零，并使战机滑行距离不超过百米。

阻拦索共4条，铺设于航母甲板之上。

舰载机降落时事故最多的情况是阻拦索断开。马上拉断还算幸运，舰载机仍可保持较快速度立即复飞。如果在末端拉断阻拦索，舰载机速度下降太多，就只有坠海一条路了，其后果就难以预料了。

有人说，13亿人中，只有少数人有幸承担国家使命。

戴明盟就是这少数人中的一个。他说："祖国选择了我们，我们就要不辱使命，勇于担当。"

水到渠成，一切都准备好了。

海军党委决定：在2012年的11月中下旬，进行首次着舰起飞试验试航。

第一次模拟定点着陆、第一次冲索试验、第一次陆上滑跃起飞、第一次驾机触舰……试飞中几乎所有的"第一次"都是由戴明盟来完成的。

是为了检验他的成熟，还是为了考验他的智谋，历史把一个关键时刻的关键战役交给了戴明盟，将第一个着舰起飞的重任又放在了他的肩上。

2012年11月中下旬。

寒风呼啸，雪雨迷蒙。大海深处，战舰破浪前行……

这次试验试航，目标就是机上舰！备受外界关注的我国航母舰载战斗机首次着舰进入最关键时刻。

可是，老天也似乎在有意考验这支新生的中国航母部队，出海后，接连几天板着一副严肃的脸庞，似磨刀石般的青灰，很少让太阳、星星出来绽露一下笑容。到了预先确定舰载机要着舰的前一天，依然朔风劲吹，忽而雨伴着雪，忽而雪挟着雨，纷纷扬扬地在天与海之间飘舞……

23日清晨，天公作美。渤海湾雪后初霁，难得的风平浪静，波光粼粼，能见度转好。

我国航母舰载战斗机首次着舰起飞的惊天大戏，在一片灿烂的朝阳中拉开大幕。

辽宁舰迎风高速航行，在翡翠般的海面上犁下一道银色的航迹。

一切显得如此宁静，似乎连大海也为即将到来的歼-15舰载战斗机着舰起飞轻轻屏住了呼吸。

戴明盟这天晚上睡得很踏实，他是6点多钟醒来的，起床后他拉开窗帘一看，天气出奇的好。他马上兴奋起来，心中暗想："今天有戏。"

进场，准备有序。

开飞，准点准时。

滑跑，风驰电掣。

起飞，拔地而起。

戴明盟驾驶552号歼-15舰载战斗机升空，即将演绎"刀尖上的舞蹈"。

这个"刀尖"很小——高速飞行的战机，必须精准落在甲板上4根阻拦索之间，而每根阻拦索间隔12米，有效着陆区域仅有36米，超过1毫米就是失败。

这个"舞蹈"很难——把疾如闪电的战斗机降落在行进中的航母甲板，形同过"鬼门关"，稍有闪失，后果不堪设想。

此时此刻，戴明盟却没有想这么多，而是和平时训练一样，信心满满地加速向深海飞去。他极目往前望着，天空万里无云，能见度非常好；他俯身往下看去，海面平如蓝缎，闪着粼粼波光。在预先准备时，他还担心渤海在秋冬季节风流大，空中风对飞行有影响，可现在一切都与往日不一样，在心中不由赞叹："好！老天爷也在帮我们啊！"

很快，辽宁舰出现在戴明盟的视野里，俨然漂浮在汪洋中的一片树叶。

"舞蹈"就要开始了，辽宁舰上的官兵们都捏着一把汗。

8时45分，辽宁舰广播播报："552号已于8时41分起飞，预计8时55分左右临空，进行阻拦作业试验。"

随着这声通播的响起,整个辽宁舰突然安静了下来,从飞行甲板到最底层的机舱,每一个战位上的每一名舰员,都不由自主地紧张起来,无论是在舰岛还是在每一幅监控屏前面,除了设备运行发出的细微嗡嗡声,没有人交谈,每一双眼睛、每一个镜头都紧紧盯着战鹰可能出现的方向。

飞行塔台内,时钟指针的每一次跳动,都在揪着人心。

9时整,天边传来轰鸣声,战鹰如期出现在预定空域。塔台内,一双双充满血丝的眼睛,紧盯着监视屏幕上不断跳动的参数和曲线。

近了,近了,更近了!

着舰指挥官邹建国告诉戴明盟:"一切正常,从舰艉通过。"

戴明盟平静地回答:"明白。"他加入着舰起落航线,驾战鹰像凌波海燕,轻巧灵活地掠过甲板上空,完成了着舰前第一次绕舰复飞。

9时04分,戴明盟又精准地控制战鹰,出色地完成了触舰复飞科目,轻盈的身姿犹如蜻蜓点水。

甲板上,不等飞机留下的尾烟散尽,舰面保障人员就迅速冲了上去,展开了飞行前甲板异物再次排查。随着甲板的再次清空,一切准备都已就绪。

中国航母敞开了她宽广的胸膛,随时准备迎接与战鹰的第一次拥抱。

时间仅仅过去了3分钟,可每一秒都显得那么漫长……

"轰隆隆……"天边传来一声闷雷,舰艉方向,戴明盟驾552号歼-15舰载战斗机像一只羽翼贲张的雄鹰,再次出现在人们的视野中。

绕舰一转弯、二转弯,放下起落架,放下尾钩,歼-15舰载战斗机调整好姿态，对准甲板跑道，以近乎完美的下滑轨迹开始降落。

此时，天空、大海、在场的官兵都屏住了呼吸，静听着戴明盟和邹建国平静得像闲聊似的对话……

戴明盟报告："起落架襟翼好，安全带锁紧，油量×××！"

着舰指挥官回复："姿态好，保持！"

戴明盟："明白，请示下降高度！"

着舰指挥员："可以下降至×××！"

戴明盟："明白！"

在这时断时续、不急不缓的对话声中，舰、机配合得惊人的默契。

300米、200米、50米……飞机发动机的咆哮声越来越大。

声如千骑疾，气卷万山来。

在这对话中，戴明盟娴熟地操纵着战机，放下起落架，放下尾钩，调整好姿态飞至舰艉后上方，瞄准甲板跑道，以几近完美的轨迹迅速下滑。

戴明盟在预先准备时，就设想目标是挂第二道阻拦索，这是最理想的位置。如果挂第一道，万一挂不上，就只能复飞；如果挂第三道，尾钩就有可能跳到第四道上，这样不托底。

下滑、下滑、下滑……

飞机就要接触到甲板了，戴明盟觉得飞机稍有一点高，他很自信地轻收了一点油门。

为什么说他自信，因为"速度、迎角、姿态"和"保角、对中、看灯"，是战舰着舰的两个三要素。速度大了，有可能把阻挡索拉断，或挂不上，小了也不行，有可能靠后，挂不准。要保持等速、等迎角和姿态不变，在轮子接舰的那一瞬间，还要把油门推到最前面，一旦不成功，没有挂上阻拦索，随时都能逃逸复飞，挂上后，才能收油门、踩刹车。

9时08分！

惊心动魄的一幕以迅雷不及掩耳之势展现在人们面前：随着"嘭"的一声拉动弓弦般的脆响，眨眼间，舰载机的两个后轮"拍"在甲板上，机腹后方的尾钩精准地钩住了第二道阻拦索，飞机掀起的气流，猛然涌向两侧，激起了一缕青烟，一个象征胜利的巨大"V"字出现在飞行甲板上，阻拦索的两端构成"V"字的两边，尾钩钩住处，正是"V"字的底端。刹那间，疾如闪电的舰载机在阻拦索系统的作用下，滑行数十米，稳稳停在飞行跑道上。

"好样的！"着舰指挥官邹建国当场给戴明盟打了个满分。

现场掌声雷动。

"成功了！"掌声和欢呼声，瞬间激活了所有人紧绷的神经，一颗颗揪紧的心，一下子舒展开来，每个人的脸上都绽放出胜利的笑容。

战位上，许多人落泪了！他们说："太让人激动了！"为了这一着，面对技术封锁，多少人殚精竭虑，青丝变白发；多少人顽强攻关，累倒在试验场；多少人无怨无悔、默默奉献……今天，终于有了一个圆满的结果，能不激动吗？

歼-15舰载战斗机轻轻收起尾钩、襟翼，折叠机翼，在引导员指挥下缓缓滑行到机务准备位置，发动机关伡，座舱盖开启，戴明盟在座舱里高高扬起了手臂，现场沸腾了！

戴明盟满脸含笑，跨出座舱，走下了飞机。

在场等候的总部、海军首长和工业部门领导快步迎上前去，与戴明盟热烈握手拥抱。

这一刻，戴明盟是甲板上当之无愧的明星！不，他是令我们整个中华民族骄傲的英雄！

在舰载歼击机着舰的那一瞬间，航母试验试航总指挥、时任海军副司令员张永义中将泪水满面……

此时，张永义顺着舷梯，快速地从舰岛顶端跑向飞行甲板，戴明盟刚抬起手臂准备向首长敬礼，张永义一把抱住了他。

长时间的拥抱！泪水再次奔涌而出……

张永义中将是飞行员出身，海军航空兵的功勋飞行员。这一刻，他已经盼了半辈子；这一刻，人民海军官兵已经盼了60多年；这一刻，中国人等待了太久、太久……

这一刻，除了泪水和拥抱，还有什么更能表达我们内心激动万分的感情和汹涌澎湃的豪情！

稍微平静了一下心情，张永义亲切地问戴明盟："感觉怎么样？"

"感觉好极了！"戴明盟自豪地回答。

张永义抬手拭了一下眼睛，含泪笑了。

歼-15舰载战斗机前沸腾了，鲜花映衬着戴明盟的笑脸，人们忘情地与戴明盟紧紧拥抱，争相与戴明盟合影留念……

"咔嚓！""咔嚓！"……

随着照相机的快门声响起，中国第一位成功着舰的航母舰载战斗机飞行员的风采，定格在人们的镜头里，镌刻在共和国的史册上。

平静一下，再平静一下……

等现场稍微平静以后，在起飞准备之前，戴明盟来到时任海军副司令员张永义住的舱室，他要陪老首长坐一会。

张永义的眼圈还红着，他深情地望着戴明盟，说："盟盟，马上又要起飞了,我相信你,会飞得更加漂亮。不要松劲,虽说这个阶段画句号了,可前面的路还很远。"

戴明盟郑重地点了点头。首长的话,他记住了。

舰面地勤人员顾不上长久地回味舰载战斗机着舰成功的喜悦,他们又立即行动起来,迅速投入到舰载战斗机起飞的准备作业中。

加油、供电、充氧、惯导对准……

发动机、座舱、飞机外表、起落架检查……

3小时后,一场新的战斗又打响了。

戴明盟在放飞单上郑重地签上了自己的名字,脸上挂着他那副招牌式的微笑,向首长和战友们、向工业部门的领导和技术人员,挥了挥手,信心满满地又一次跨进了552号歼-15舰载战斗机的座舱。

戴明盟又要开始新的冲锋,在辽宁舰上沿着14度滑行甲板滑跃起飞。

着舰,对舰、机、人是一场生死大考!

起飞,对飞行员的技术、心理、生理同样是一种极限性挑战!

辽宁舰广播播报:552号飞机准备起飞。

甲板上顿时安静下来,一双双眼睛,一颗颗心,都聚焦在同一个目标。

12时18分,飞机双发点火、展开机翼、自检、暖机、解除系留,然后缓缓滑出,随着起飞助理陈小男一连串流畅准确的引导动作,戴明盟驾战机准确地滑到了3号起飞位。

止动轮挡、偏流板先后升起……

加油、加速、接通全加力……

飞机发出震耳欲聋的怒吼，整个甲板也都颤动起来。

戴明盟头靠座椅后枕，抬起右手行礼，示意起飞助理可以起飞。

起飞助理陈小勇看到戴明盟的手势后，心领神会，下蹲屈身，拉开弓步，右手臂猛力一挥，如一位矫健的射手，做出了一个优美的放飞姿势。

这个潇洒动作，通过电视荧屏展现在世界面前，后来被国人争相模仿，并由网络演绎成风靡全国的"航母Style"！

戴明盟驾着战机开始在甲板上滑跑加速，以雷霆万钧之势，沿着14度的滑跃甲板腾空而起，直冲苍穹……

首架次滑跃起飞成功，掌声再次在辽宁舰响起，甲板再次沸腾了。

一切都在掌控中，一切远比想象中要顺利，这让一向喜欢挑战的戴明盟感觉意犹未尽。于是，加速、转向，他驾机又绕了回来。在通过辽宁舰的舰岛上空时做了个完美的横滚动作，舞起了空中"芭蕾"……

这一段额外的华丽舞蹈，一下子点燃了辽宁舰上所有人的激情，霎时间，欢呼声响彻海天……

戴明盟当时也没有想到，他这一连串的动作，引爆了中华儿女爱国情怀的一次集体放飞。

"刀尖上的舞蹈"还在继续：紧随戴明盟之后，其他几名试飞员依次驾驶歼-15舰载战斗机，顺利完成了在辽宁舰上的阻拦着舰和滑跃起飞……

一着惊海天！

一飞冲苍穹！

经过8600多架次的生死考验，今天的一着一飞，是那样轻松，那样优美,那样漂亮。

"空中飞鲨"的完美演绎,把航母战鹰"梦之队"这一赞誉写在蓝天碧海之上。

训练结束后,辽宁舰鸣笛一分钟,向书写海军航空兵新辉煌的戴明盟等飞行员表达最崇高的敬意!同时,也是向世界宣告:中国航母建设工程取得了具有里程碑意义的胜利!

这举世瞩目的、惊天动地的一着和一跃,彻底打破了西方大国套在中国人头上的"魔咒",中国人想干的事,一定能干成!

在中国航母事业的发展进程中,这是一个划时代的标志性事件。

请记住这一刻,9时08分!这一刻,中国人扬眉剑出鞘,中国航母试剑深蓝,舰载战斗机惊天一着!

请记住这一刻,12时20分,这一刻,共和国的舰载战斗机,第一次跃过辽宁舰滑跃14度甲板顶端,仰天长啸,凌云升空……

请记住这一天,2012年11月23日,这一天,中国军人完成了外国人认为不可能的事,并将载入人民海军的发展史册,中国航母的砺剑航程从此展开了更加波澜壮阔的新画卷……

请记住这个名字,海军航空兵飞行员戴明盟,中国航母舰载歼击机着舰起飞第一人!实现了我国固定翼飞机由岸基向舰基的突破。

有评论说:"一道完美的弧线,划出了中国海军的航母时代!"

作为我国舰载战斗机事业的开拓者,戴明盟被任命为海军首支舰载航空兵部队的副部队长。

戴明盟肩负重任,开始了履历新使命的新航程。

而今迈步从头越

中国航母辽宁舰！中国航母舰载战斗机歼-15！

全国人民关注、关心、关爱着它，党的新一代领导集体也同样关注、关心、关爱着它。

2013年8月30日，新华社播发了一条记者采写的消息，标题为：《习近平视察舰载机综合试验训练基地和辽宁舰 强调深入贯彻落实党在新形势下的强军目标 不断提高履行使命任务能力》。

8月28日这天，天空飘着雨。

10时35分，习主席冒着风雨乘车来到该基地的外场。在跑道一侧的观看席上，详细听取了关于歼-15舰载战斗机滑跃起飞的流程介绍。

按照计划安排，戴明盟和魏红卫将分别各进行一次陆基滑跃起飞和挂阻拦索着陆，为习主席进行训练演示，接受最高统帅的检阅。

飞机起动待命，"飞鲨"跃跃欲试。

可是，天公偏不作美，仿佛故意刁难和考验戴明盟。

在就要起飞时，风却越刮越疾，外场侧风呼呼作响；雨也越下越大，跑道上已布满积水，座舱盖前方的雨帘遮挡住了视线，天地间一片迷蒙，能见度很低。如此复杂的气象条件，对飞行员来说，既是一次技术考核，又是一场心理考验。

习主席十分关心飞行安全，他关切地询问，这样的气象条件飞机能不能起飞，并叮嘱一定要按飞行标准。

塔台指挥员征求戴明盟的意见，飞不飞？由他自己来决定。

"飞！"戴明盟坚定地回答。他暗想："打仗时是不会让你选择天气的，就当是一次复杂气象条件下的飞行训练。"

决心已下，就要抓住稍纵即逝的时机。

一阵侧风吹来，座舱盖上的雨帘被吹开了一点，戴明盟模模糊糊地看到了跑道上的黄线，虽然滑跃平台看不太清楚，但他还是毫不犹豫地向指挥员请示起飞。

加大油门，打开加力，巨大的轰鸣声骤然响起，发动机喷出橘红色尾焰！

发出放飞手势！释放止动轮挡！瞬间，战机如离弦之箭，在跑道上激起阵阵水雾，飞速冲向滑跃平台，拔地而起，直插云霄。这是歼-15舰载战斗机成功实现滑跃起飞、阻拦着舰以来，第一次在大雨中、在复杂气象条件下滑跃起飞。

由于风大，戴明盟在起飞时觉得飞机尾部轻轻甩了一下，他马上提醒紧随其后的僚机："03，注意，起飞时可能甩尾巴。"

魏红卫回答："02，明白。"随后也驾战机升空。

真是无比的壮观，无比的精彩，两架"飞鲨"跃上海天，在大风中尽情地狂舞，在豪雨中酣畅地滚翻……

习主席一边观看，一边询问：舰载机着舰的特点难点在哪儿？舰载机飞行员与陆基、空军飞行员主要区别是什么？一旦阻拦不成功怎么处置？危险性在哪儿？……

戴明盟返航了，要着陆挂索了，这比他们着舰时还要难。因为陆地上只安装了1根阻拦索，辽宁舰上有4根。

此时，雨更大了。"砰砰砰……"地撞在座舱盖上，如擂响的战鼓。

艺高人胆大！

戴明盟驾"飞鲨"呼啸而下，干净利落地挂住了那根阻拦索，稳稳当当地将飞机停下，胜利地完成了任务，向最高统帅交了一份圆满的答卷。

魏红卫也随即而下，可他出了点小状况，着陆挂索时没有成功，他拉起飞机逃逸复飞，再次降落时圆满成功。

看到戴明盟他们干净利落地完成各项训练课目，习主席十分高兴，为他们热情鼓掌，高度赞赏他们在复杂气象条件下表现出的过硬本领和精湛技艺。

习主席动情地说，在这样复杂的气象条件下，两位同志还进行了试飞训练。滑跃起飞，阻拦着陆，今天都亲眼看到了。而且两种情况都看到了，钩上的和没有钩上的，再复飞。我听介绍，这是你们一万多次训练中气象条件最差的一次，大家完成得非常好，很振奋！

说来也巧，在戴明盟他们完成任务之后，风势雨势渐渐减弱下来。

习主席兴致勃勃地走下观看席。

雨依然下着，习主席没有打伞。他冒雨来到起飞区，实地察看了有关设备，并参观了刚刚完成飞行任务返航的歼-15舰载战斗机，详细了解了歼-15舰载战斗机的研制情况和装备性能。

11时50分许，习主席亲切接见了首批上舰的指挥员、试飞员和舰载机飞行员，与他们亲切交谈，并合影留念。

戴明盟和战友们一身戎装，英姿勃发，整齐列队。

习主席走到他们面前，与大家一一握手，面带微笑地询问他们舰载机飞行训练情况。他深情地说，你们刚才在这样恶劣的条件下飞行，我都看到了。

习主席对舰载机试验训练取得的阶段性成果非常满意，明确指出，航母舰载机工程是一项开创性的工作，该项任务的实施，是航母形成战斗力极为重要的一步。他要求有关科技人员认真分析战机试飞数据，不断攀登科技高峰。

临别时，习主席勉励大家早日成为优秀的航母舰载机飞行员。他满含深情地说，刚才看了训练，很有感触。接下来的后续任务非常艰巨、繁重，严峻的考验还在后头，希望大家再接再厉、深入钻研、勤学精炼，早日成为优秀的航母舰载机飞行员，并培养出更多的舰载机飞行员。

"再接再厉、深入钻研、勤学精炼，早日成为优秀的航母舰载机飞行员，并培养出更多的舰载机飞行员。"

这是习主席的指示，这是习主席的期望，这是习主席的嘱托。

戴明盟牢牢记在心里，并以此时刻鞭策自己。

就在此后没过多少日子，2013年9月，戴明盟随团出访。

在美国某军港，戴明盟应邀观摩"卡尔·文森"号航母。站在宽阔的甲板上，他看到一架架战机频繁起降。这一幕，使他感慨万千：什么时候，中国也能够成批量培养出自己的舰载机飞行员呢？

戴明盟深知，独木不成林。航母要真正形成战斗力，必须培养出一批成熟的舰载机飞行员。由于难度大、风险高，当今世界只有美、俄两国具备这种培养能力。

戴明盟也坚信，这种培养能力中国一定会很快具备，并且会走在世界的前列。

一个有希望的民族不能没有英雄，一个有前途的国家不能没有英雄，一支能打胜仗的军队不能没有英雄。

2014年8月27日，新华社对外发布消息，《中央军委主席习近平签署命令授予戴明盟"航母战斗机英雄试飞员"荣誉称号》。

命令指出，戴明盟同志被遴选为首批舰载战斗机试飞员以来，带头试飞高难课目和风险项目，第一个驾机在航母上成功实施阻拦着舰和滑跃起飞，实现了我国固定翼飞机由"岸基"向"舰基"的突破，为加快歼-15舰载战斗机研制定型和航母战斗力建设做出卓著贡献。

英雄！"航母战斗机英雄试飞员！"

戴明盟无愧于这个英雄称号，无愧为强军征程上的时代先锋。

9月1日上午，中央军委授予戴明盟同志"航母战斗机英雄试飞员"荣誉称号命名大会在北京海军机关礼堂隆重举行。

戴明盟在题为《光荣属于伟大的祖国》的发言中说："航母梦昭示强军梦，强军梦支撑强国梦。不久的将来，我们有决心、有信心，随时听候党中央、中央军委和习主席点兵。请祖国和人民放心！"

大梦起兮云飞扬，安得猛将兮守海疆。

党中央、中央军委和习主席点兵了，让海军舰载机部队派出精兵强将参加"9·3"大阅兵。

2015年，是中国人民抗日战争暨世界反法西斯战争胜利70周年。中共中央、国务院决定：9月3日这天，在天安门广场举行盛大的阅兵式，以纪念这个伟大的日子。

戴明盟是在 2014 年底领受这一任务的。

那天，海军副司令员丁毅来到舰载航空兵部队驻地，将政委赵云峰、时任部队长张少兵和戴明盟叫到小会议室。

没有过多寒暄，丁毅副司令没等他们坐稳，开口就是布置任务："明年是抗日战争胜利 70 周年，我们要在天安门广场举行大阅兵。上级决定你们组成舰载战斗机阅兵梯队，参加这次活动。"

三个人一听，眼睛都亮了。

赵云峰兴奋地表态："这是政治任务，坚决完成！"

张少兵接着说："副司令，你布置任务吧，多少架飞机？什么编队？"

丁毅挨个扫了他们一眼，最后把目光定在了戴明盟脸上，说："5 机箭形编队，盟盟，你说谁上。"

"长机当然是我了。"戴明盟扭脸征求张少兵的意见，"少兵，你看让张叶做 2 号机，徐汉军在塔台指挥，这样行不行？"

张少兵点头同意，然后他又点了几个人，祝志强、罗胡立丹、徐爱平等。

丁毅副司令员是位老飞行员，国庆 50 周年大阅兵时，他是"飞豹"战机箭形编队的带队长机，非常有经验，提醒他们："还要有两个人备份。"

"陈健和丁阳吧。"戴明盟说。

戴明盟深知这一任务的神圣和光荣，不仅政治意义大，而且要求非常高。大机群在天安门临空时，误差以秒计算；编队间距 20×20，不得超过 1 米。

人员定下来之后，戴明盟对战友们说："这是我们舰载战斗机编队首次向全世界亮相，谁也不能掉链子。"

这也是该部队首次组织装备方队参阅，没有任何现成经验可借鉴，更缺少相关的训练教案和预案。

戴明盟一边四处拜师学艺，向从前参加过大阅兵的兄弟部队和战友请教，编写出详尽的训练教案；一边发动大家进行特殊情况预想，只要能想到的都要提出来，制定出处理特情的预案。比如，当箭头长机出现故障时，2号机怎么代替，备份机怎么补上；再比如左边双机角度过大，右边双机怎么弥补等。他们边训练，边总结，边完善，把一切可能发生的问题消灭在萌芽之中。

可是，大阅兵进行首次合练，他们却被兜头泼了一盆凉水，在所有飞行梯队中成绩最差，只得了3分。

原因是他们起飞机场离北京较远，航路上天气状况差，有一段乌云密布，一架飞机因避积雨云，与梯队拉的距离较大。

合练回来，队员们都有点垂头丧气，觉得很没面子。那位掉队的战友难受得吃不下饭，眼圈都红了。

戴明盟对战友们说："这次我们打了个败仗，但我觉得是好事，通过这次合练，让我们看到了差距，找到了不足。人常说，失败是弱者的绊脚石，却是强者的垫脚石。在下一阶段的训练中，我们重点要突破天气关。都打起精神来，飞出我们舰载机飞行员的威风来，不要被这点小挫折所绊倒。3分、4分不行，必须满分5分！"

听了带队长机这番话，飞行员们个个都攥紧了拳头。

突破天气关，他们拼了。从前飞行，当然是找好天气飞，躲开云飞。现在他们是专门找阴雨天飞，专门找云团飞，终于练就了5机密集队形编队穿云的硬功。

还有起飞距离远，如何把握准时。他们在航路上设置几个点，看着秒表练，对着地标飞，终于练出了一秒不差到达天安门上空的好成绩。

此后，阅兵指挥部又组织了多次合练，他们的成绩全是5分，夺得第一名。

有一次合练，驻地机场天气十分恶劣，云高仅有80米，能见度不足1公里，从座舱里外看非常模糊，只能看见半截跑道。

这样的天气能起来吗？飞出去能否飞的回来？许多人有着这样那样的担心。

戴明盟力排众议，率领编队劈云破雾，如箭一般直射苍穹。取得了合练满分的优异成绩，胜利返航。

为了更好地向世人展示"飞鲨"的雄姿，他们自加压力，向新的难关挑战。戴明盟和几位领导商定：阅兵时放下尾钩，使舰载战斗机的特色更明显更突出。

"放尾钩这么长时间行不行？"有人提出疑问。

有人还有些担心，"密集编队放尾钩太危险，出了问题怎么办？"

"行不行，我先飞飞试试，让事实来回答。"戴明盟这样说。

戴明盟驾机上天了，放下尾钩，1个多小时后，他返航落地，轻松地说："没问题，编队时注意好队形就不会出问题。"

戴明盟看似轻松，但其中该蕴含着多大的惊天鹰胆，舰载战斗机的又一个历史空白被他填补！

阅兵前这几天，华北地区一直阴雨连绵，人们还有些担心。到了9月3日凌晨，一阵劲风吹过，把阴霾吹散，吹进了历史。

戴明盟和战友们却没有什么担心的，他们早已做好了一切准备，等待着这一庄严而又神圣的时刻到来。

时钟滴答，奔向10时。

礼炮轰鸣，红旗招展。

纪念中国人民抗日战争暨世界反法西斯战争胜利70周年大会隆重开幕。

天安门城楼上，中共中央总书记、国家主席、中央军委主席习近平神色庄严凝重，声音铿锵有力：

"在那场惨烈的战争中，中国人民抗日战争开始时间最早、持续时间最长。"

"捍卫了中华民族5000多年发展的文明成果，捍卫了人类和平事业，铸就了战争史上的奇观、中华民族的壮举。"

"那场战争的战火遍及亚洲、欧洲、非洲、大洋洲，军队和民众伤亡超过1亿人，其中中国伤亡人数超过3500万，苏联死亡人数超过2700万。决不让历史悲剧重演……"

"无论发展到哪一步，中国都永远不称霸、永远不搞扩张，永远不会把自身曾经经历过的悲惨遭遇强加给其他民族。"

这声音穿过历史烟云，激荡当代长空……

世界目光追随着习近平的身影。他乘检阅车，过金水桥，进长安街，沿天安门向东。

11个徒步方队、27个装备方队意气风发。

习近平亲切问候、招手示意。

检阅军人，检阅军魂，检阅一脉相承的英雄气概。

大阅兵开始了。

习近平主席同并肩站在天安门城楼栏杆前的很多外国元首，一道目送17个国家的军队方队或代表队，高擎国旗、军旗，依次健步走过天安门广场。

中国大阅兵邀请外国元首和军队参加，尚属首次。

依然是首次，我国阅兵史上从未有过的大机群编队，20多种型号，183架战机梯队划过长空。预警机、轰炸机、加油机、歼击机飞过来了！

舰载战斗机飞过来了！

戴明盟和战友们组成的箭形梯队通过天安门上空，以"米秒不差"的精准接受检阅。

现场解说中，播音员激动地向全世界报告：

受阅梯队中，驾驶长机的是海军某舰载机部队副部队长、被中央军委授予"航母战斗机英雄试飞员"荣誉称号的戴明盟。

习近平主席和来宾们抬起头，久久注视着湛蓝天空……

"敢闯""敢笑"的当代铁人王启民

◎ 何建明

再次采访王启民，是在他荣获中央表彰的百名"改革先锋"之一的崇高称号之后。

岁月匆匆，难掩沧桑。记得20年前第一次见这位被誉为"新时代铁人"的石油专家时，他是那样的意气风发，激情澎湃！20年过后，我再度来到大庆见到王启民先生时，他一再说自己"老了""老了"，"82岁了还能不算老了嘛"！

如果从年岁和身姿看，现在的王启民先生和20年前他走路如风一般的样儿相比，真的有些显老。然而当我们面对面坐下开腔谈事后，他那爽朗的笑声和坦率的高论，仍然风采不减当年，令我印象深刻。

在松辽石油大会战时的1960年，王启民作为北京石油学院的应届毕业生，选择到大庆油田实习，后来毕业又正式分配到这个石油熔炉的大战场工作，至今再没有离开过一步。我知道王启民先生的老家在浙江湖州，那是个山青水绿湖波荡漾的人间天堂，像他家乡的人和他那个年龄的人，很少会跑到遥远的北大荒一带工作，而且一去不返。"我是个例。当年考大学，在班级里我不是成绩最好的，所以拼不过成绩好的同学们，他们选择清华、上海交大，我就避开他们选择冷门的石油大学。到了大学毕业时，许多人不愿到东北艰苦的地方，我想人家不愿去的地方，我去了不是可以多发挥作用嘛！所以我就坚决要求到大庆去。那个时候的大庆处在会战初期，吃没吃的，睡没睡的，极其艰苦。我是大学生，一到那儿，组织上很信任我，就把我送到井台当技术员。但那时的技术员跟生产队的记工员差不多,每天就到油井上记记数字,统计和汇总材料,几乎日复一日干那些活。你根本不会直接感受到有什么惊天动地和轰轰烈烈的伟业……"王启民最初的工作就是这个状态。

或许换成另一个人、另一位知识青年,他可能就想离开这样一个乏味、呆板和感受不到"激情"的工作岗位,或者即使留下来也不会专心致志。然而王启民不是。

"那个时候,我留在井上的几年里,得以有机会把油田上的各种采油井的'脾气'和它们所处的'地下情况'都摸得一清二楚,而且对这些油井在各种条件下可能出现的各种情况娴熟于心,就像一位登山者熟悉整座山脉的每一条通向高峰的崎岖小道和每一块岩石、崖壁的所有情况一样,甚至对它们在各种风向、天气等环境下的情况,也都了如指掌。"王启民说到初来大庆油田的那几年在采油队当技术员的经历时,格外动情。他说在他年轻时,他身后是一身泥、一身油的石油工人们;在他前面,是一群又一群留过学、上过洋学堂的大专家们……他是介于这两类人之间的一颗"油砂粒"。在石油工人面前,他是一位同在一个井台、同住一条炕铺的"队友",什么活儿、什么苦难、什么粗糙的话语都"不见外";在那些大专家眼里,他是满身带着油渍、满腔冒着热气和有棱有角的"井队人"。

很多年前,王启民在领导和石油工人眼里,就是这样一位"油砂粒",似乎并不起眼,似乎又与众不同。王启民的可贵与成功之处,就在于他对这些满不在乎,他在乎的是他的油井和油井下面的"地下情况"。他比纯粹的打井和守井的石油工人更多地了解井的实际和理论知识;又比那些高谈阔论的大专家们更多地掌握和了解油井的表与里、上与下、内与外、始与末的所有情况,如同一个孩子的父母,远比这个孩子的老师要了解和熟知其脾气与性格,教育孩子,家长的影响力和作用远胜过学校的教书先生。油井的沉与浮、劣与优、高产与低产,他王启民可以道出一千种、一万种的"情况",像一位中医先生对患者的脉象的诊断般清晰明了……

大庆油田上之所以出现"铁人"王进喜这样一个石油工人的硬汉形象和中国工人伟大精神的典型,就是因为在那个极端困苦、要啥没啥的年代里,王进喜以"宁可少活20年,拼命也要拿下大油田""石油工人一声吼,地球也要抖三抖"的冲天气概与拼命精神,在大庆油田上义无反顾地奉献出自己全部的热血和精力。

王进喜是大庆的第一位"铁人"。

外貌文质彬彬、看上去有些弱不禁风的知识分子王启民,之所以被大庆人称为"新时期铁人",就是因为王启民近六十年来自始至终、坚定不移地站在油井和油田这块大地上从未挪过步子、从未移开过自己的眼神、也从未有过一次对油田前景的迷茫。

王启民的"铁人"特质,是一位爱国、爱岗、爱事业、爱石油的中国知识分子的信仰力量、工作精神以及人格光芒。

在没有人关注他的时候,他笃守和履行着一位普通基层技术人员的职责,用一丝不苟的工作精神,默默地做着绣娘一样的工作,将每一根丝线勾扎在正确的地方,其针针线线的活儿是饱满的和无瑕疵的。

当有一天有人关注和需要他的时候,他毫不犹豫并无所畏惧地说出自己的见解——像一束夜幕下的光束,去照亮那些黑暗的地方,直到正确的方向、最终的目标实现的那一刻,他都会全力以赴、奉献出所有的能量……

王启民就是这样的"铁人"——一个技术专家的和科学力量的"铁人"形象。

那些几十年来一直在大庆工作和生活的人都经历过油田一次又一次的沉与浮,也目睹过从康世恩到田在艺、闵豫、张文昭、杨继良、王德民、蒋其垲、严世才等一批又一批工程技术专家们为开发油田而付出的努力,或者说他们都为油田的高产稳产做出了自己的不懈努力并贡献了可贵的智慧。需要指出的是,在"文革"结束的前夕,以宋振明为首的一批领导,他们在油田生产面临严重下滑、油田"地下情况"几度出现危急的关键时刻,一方面高扬起"大干社会主义有理""大干社会主义有功""大干社会主义光荣""大干了还要大干"的旗帜,另一方面采取了几项对油田起着方向性作用的重大举措:一是地质大调查,二是跳出构造探三肇。

这里特别要说的是"跳出构造探三肇",指的是随着萨尔图、杏树岗、喇叭甸三大主力油田全面投入开发,大庆长垣七个构造当中储油量最丰富的三个油藏皆面临产量下降且不可逆转的宿命。大庆油田面临着向何处发展、能不能突破年产5000万吨和能否按照国家意愿持续长久的保持年产5000万吨的大命题,在党中央和当时的石油部领导下,当时的大庆领导者做出了一个新的重大战略决策:向一个面积达5740平方公里的新地方,即三肇凹陷区进行勘探找油……这"三肇"指的是肇东、肇州和肇源地区。

"太吸引人了!"当时任大庆油田负责人的宋振明在"大庆油田外围勘探技术座谈会"上刚刚讲完"战略意图",在场的几百名技术人员的心就都激荡了起来。接着,油田总地质师闵豫用了一个星期将"战略意图"的详细计划向技术人员们全部公开:其一,要对滨北地区的大片未知领域进行地质概查和勘探,加深对那里的地质情况的全面了解;其二,对最具吸引力的三肇地区用模拟磁带地震仪尝试性做一条6次覆盖地震剖面,探明其地层结构;其三,对长垣西部比较熟悉的地区继续进行预探和详探。

"为了确保以上勘探调查和实际效果，我建议：将油田开发研究院改称为大庆油田勘探开发研究院，以侧重恢复油田的勘探工作和勘探科研。同时建议在原有的地质综合研究室基础上扩展七个专业研究室，其中计算机站增设地质资料处理室……"闵豫不愧是位地质战略家，他的布局得到了宋振明等油田领导的全力支持。

当时的大庆油田，宋振明、闵豫为何如此"兴师动众"大搞勘探，是因为自大会战之后的近十年里，油田的主要任务就是为国家多产油，打井主要是打采油井和注水井，为后续油田的发现而进行的勘探井基本停滞了。当闵豫他们真正重新实施勘探战略时，便发现此时的油田勘探技术装备已经全面落后，此时世界石油勘探技术已进入模拟磁带时代，钻井也发展到了钻头定向引导，试油也已经出现了地震测试仪，测井则与电子计算机联姻，从而大大提高了分辨率。而大庆的勘探仍然在大会战的"旧兵器时代"——靠普通而笨重的老式钻机。然而，大庆人就有那么一股劲，越困难，他们干得越欢；越难攀登的高峰，越让他们战斗昂扬、满怀激情。油田作家宫柯在他的纪实作品《大脚印》一书中这样描写当时的第二次大勘探场景——

> 1974年10月，金色的秋黄覆盖了田野和草原，雁阵飞过松花江去南方寻找温暖，大庆长垣北面的喇嘛甸油田钻机轰鸣，南部葡萄花构造炮声隆隆，地震队使用"五一"型光点式地震仪，在70多公里长的测线上开始采集数据。二次勘探的第一轮冲击波选在这样的季节炸响，是因为三肇地区肥沃的农田是黑龙江省的粮仓，庄

稼收割后便于钻孔、布线、放炮操作。

经过一个冬天的地震数据采集，油田勘探开发研究院的大型电子计算机开始忙碌起来。1975年瑞雪再次覆盖这片原野的时候，首次使用电子计算机解释出的6次覆盖结果令地质专家们眼前一亮。地震图幅上出现了一个中央凹陷隆起带，呈南宽北窄、南高北低的地垒形态，两侧发育着近千米厚的登娄库组地层和近1500米厚的泉头组地层。沉积岩是蕴藏石油的温床和产房，大庆长垣外围的地层好比是一口大锅的锅沿，在石油生成后的运移过程中总会有一些没有进入大构造的油气滞留在锅边。

在勘探技术座谈会上争论了多年的三肇之谜到了揭晓答案的时刻，依据地震测线描绘出的地层剖面，1975年初部署了肇3井进行钻探。2月27日开钻后对葡萄花层取心，发现了4层累计厚度6.6米的含油砂岩。提前完钻试油，在1444.8~1470.6米井段射开有效厚度11.8米，经轻质油洗井，气举诱喷，获得了日产8.37立方米的工业油流，随后又进行了压裂施工，日产油量上升到14吨。新发现的油藏，命名为模范屯油田。

同年，在宋芳屯构造上布钻了芳1井，也是在葡萄花层气举试油求产，获得了4.28立方米的工业油流，发现了宋芳屯油田。

南边的三肇凹陷连连报喜，北边的战略侦察也取得了重大进展。在地质资料空白的滨北地区，18支地震队完成了3637.25公里的地震测线，覆盖了2.37万平方公里的面积，布钻了38口探井对主要构造的重点部位进行解剖，1975年底基本完成了预定任务。

重建勘探指挥部不到两年的时间，大庆油田长垣外围便呈现出令人鼓舞的找油找气前景。尤其是三肇凹陷的新发现，虽然单井的产量不算高，但是连成片的希望很大，为了尽快认识清楚，1976年在模范屯和宋芳屯两处合计部署了10口探井进行油层追踪，均不同程度见到了油气显示。进而决定在三肇凹陷的最深处徐家围子布钻徐1井，结果见到了4层累计厚度3.8米的含油砂岩和油侵砂岩。这一现象大大超出了构造找油的传统认识，说明三肇凹陷的大面积含油很可能是受岩性控制的原因，引发了勘探思想观念大转变：

宋芳屯、模范屯的勘探和徐家围子油田的发现，给我们启示，就是找油目标要开阔，在三肇地区，如果只盯住构造油藏，松辽盆地已经找到的115个构造已经钻完，今后将无路可走。要把眼光跳出构造，放在大面积的岩性油藏上，勘探前景将会一片光明……

勘探队伍始终是走在油田开发建设最前列的开拓者，如果说钻井是油田的火车头，那么勘探就是测量线路、修建路基、铺设钢轨的先锋队。谁都知道没有石油储量就没有石油产量，大庆油田之所以石油滚滚流，就是因为勘探的队伍走在了最前头。人们往往只看到了生产石油的红线向上走，却不一定知道寻找石油和天然气的地质师们对地平面以下长年累月的不懈追求。

勘探指挥部的重建，使大庆长垣外围以及周边地区不再沉寂。二次勘探给了地质师们展示学识和才华的舞台，跳出构造探三肇，一个新的储量增长高峰已经在为期不远的苍茫之中隐隐露出了尖顶。

向长垣外围寻找新油田是大庆油田的一个历史性事件和重要转折点。这一举动带来的开发大庆油田的新思路，是"大庆外围找大庆，大庆底下找大庆"的宏愿。它预示着大庆自"松基三井"后的大会战之后，在松辽大地的上空响起了一声震天的春雷……

想象丰富而具有诗人气质的地质学家们与严谨务实的工程勘探技术人员，加之天不怕地不怕的"铁人"式的石油工人们组合成的大庆人，高举起"大干社会主义"的旗帜，开始向广度和深度的两个"大庆"进军，那猎猎战旗、那高歌猛进的情景，让当时只唯政治、不唯生产的中国大地乃至世界石油业为之意外和惊愕。

决战时刻，闵豫从远在辽河油田的战场上调回精兵强将——杨继良、张兆琦和张自竖等经验丰富的地质专家，在长垣外围地区的广阔平原上开展了史无前例的地质大勘探……这一战役的结果，让闵豫等地质学家们心潮难以平静：原来大庆油田长垣之外的松辽大平原，岂止有已明朗和发现了的"大庆"，还有更广阔无垠的近30个可能和完全可能储藏石油的大大小小的盆地啊！

那里的草原，那里的沼泽湿地，那里的地貌，甚至我们闻到的泥香味，与我们现在的大庆无异啊！杨继良等地质师从野外回来，向闵豫汇报时这样描述他们的所见所闻。

哈哈……我们是不是又像当年余、康部长第一次到"松基三井"那样见证了一个新的历史时刻啦？！闵豫闻讯后，开怀大笑。

于是，大庆油田的"请战"报告打到北京的石油部。石油部迅速抽调给大庆5个地震队，连同大庆原有的2个地震队，重新组建成两个地震大队，加之拥有8台钻机的钻井大队和14支测井队组成的测井大队及一个试油大队，全面出击于长垣外围的广大地区，进行又一场勘探大战……

战场除了长垣外围，还延伸到内蒙古高原的海拉尔和三江盆地——这是新"大庆"的地域广度；深度则由过去普通油井的1000~2000米，拓展至3000~4000米的深度，即第四系地层到白垩系和侏罗系……

呵，深层的勘探初步结果让地质技术人员们眼界大开，仿佛走出粗劣阴暗的沙丘之后见到了一片柳绿花红之景：要知道，最初的大庆人是一不小心"掉"进了油海之中，后来由于技术不够过硬，油海日益让人烦心，生产严重不稳，地下情况愈加复杂。这个时候，松辽盆地上靠撒大网捕大鱼的好光景一去难复返。以往长垣底下的油田好比大锅里的大白米饭，石油人再轻而易举用勺盛进自己的口中似乎难了，而长垣外围的"小米粥""五谷杂粮"，正遍地飘香……经过第二次大勘探的大庆，宛如遇到"柳暗花明又一村"的好前景。

然而，"地下情况"和地面情况在那个时候，都很复杂。

1976年，新中国经历了自成立以来最痛苦的一段历程：毛泽东、周恩来、朱德三位开国领袖，相继去世。失去"主心骨"的大庆人仿佛当头遇雷。

好在党中央迅速粉碎了"四人帮"，中国重新开启了一个全新的伟大时代——改革开放纪元……

"大庆油田五千万（吨）稳产十年！"这个口号喊出来的第一个回声就震撼神州大地。因为，全面经济建设更需要石油，人民生活提升也更需要石油，国防现代化同样更需要石油，一句话：中国要实现四个现代，要在东方崛起，但石油紧缺。

紧缺，就意味着国人的目光再次盯上了大庆和大庆油田。口号既是大庆人的豪言壮语，更是祖国和全国人民的期待。但"地下情况"并非按人的意志为转移的，它们早已在寻找各种机会"报复"和折磨人……

这个时候，王启民站到了大庆油田技术新革命的前沿阵地。

出生于1937年的王启民自己说，他的"命"里就跟大庆油田同生死，因为他的生日（9月26日）就是大庆油田的生日。

"大庆油田开发初期，我们对此毫无经验。苏联专家嘲笑我们最初搞的采油试验，说：你们搞的十大试验就是把一块很好的西服料子挖了个洞，做了裤衩，非常可笑的事。我们当时刚从学校出来，心头不服，就想自己干番有为的事业，便拿出铁人王进喜的精神，从最基础的一点一滴做起。"王启民开场白就给我讲了一个他刚到大庆油井队的故事，他说那时兴写对联，他和同学们就在自己住的"干打垒"的门口贴了一副对联：莫看毛头小伙子；敢笑天下第一流。横批：闯将在此。他把"闯"字里的"马"写得特别的大——"在当时我就想，别的国家的专家能做到的事，我们中国人一定也能闯出来！我内心誓言做一头闯荡在大庆油田上的骏马！"

王启民"敢闯""敢笑"的人生便从那个时候开始……

他所遇到的问题，并非王进喜的"有条件上，没条件创造条件也要上"的问题，而是在相当长的一段时间里，大庆油田所认为的"灵丹妙药"——温和注水，却挖不出地下的"定时炸弹"——康世恩语。

大庆油田在最"光芒四射"的时候，其实也埋藏了一颗惊天的

"定时炸弹"，这就是至1975年时，油田主力油层的产量下降幅度增大，而油井的普遍含水量平均上升到54%，也就是说，油田命运再度危急，面临新的考验。

"油田到底发生了什么情况，大家恨不得都钻到地底下去弄个明白。但就是一下子弄不明白……"王启民说。

被奉为油田开发经典的"温和注水"法，其实是一套外国油田开发的基本方法。顾名思义，它重点在"温和"两字上，对于一些油藏而言，注水要考虑裂缝发育状况，优化注水参量、注水压力等，避免油水过早暴性水淹而提出的控制注水的一种注水思路。中国的油田包括大庆早期开发和后来的如胜利油田、长庆油田等，都采用"温和注水"，实现了顺利开发并保持了一定阶段的稳产，所以大庆油田一直到开采十几年后仍然采用了这种传统的温和注水法。但由于松辽平原地下情况的特殊性，以及大庆油田的"抽油"力度远远高于中外其他油田的速度与强度，温和注水后来带给大庆油田的油层压力令人无比担忧，这直接关联到中国能源危机和现代化进程的大业，故从中央和石油部、再到大庆油田，对此问题都极为关切。

"那个时候，连普通的钻井工和采油工都能明眼知晓，咱们大庆油田遇上了大麻烦，因为油田的许多地方地层压力下降，油井一口比一口快的在递减产油量，而且已经出现了近一半油井被水淹，平均油井的采收率仅为5%……这还了得嘛！别说中央着急，我们的普通石油工人也跟着着急了！"王启民回想当初，如此感慨道。

"王工，你在油井上打滚了十几年，咱们就这样眼看着吃尽千辛万苦找到的油田就这样一天不如一天下去？总得想个办法出来嘛！"井队的领导和工友们找来王启民一个劲儿地问。那个时候王启民还不是"总工"，而是主任工程师，但在井队和采油工眼里，他王启民就是"技术权威"——井队的情况他啥都知道，啥困难都能解决。

"办法总是有的，就看我们敢不敢用！"王启民回答得非常肯定。

"你真有办法？"油田领导知道后，就来找王启民。

"我认为有办法！"王启民如此这般地说了一通自己的意见。

"你这跟以前的'温和注水'方法有点背道而驰呀！"领导听后有些吃惊。

"是这样，不然就没有突破的希望。如果你们信得过，我就带几个人去高产区块上做试验去，成功了，你们推广，失败了就永不使用我！"别看王启民瘦细条一个，但骨头很硬，他像下军令状似的这样说。

"这个人很有闯劲。让他闯一闯不是不可。"领导终于发话了。

王启民第一次如鱼得水，也第一次有了指挥团队的权力了。

试验组由王启民亲自挑选了4个人，他们分别由搞地质和采油开发的几位技术人员组成，在一口含油量达60%的高产井上作试验。"当时油田上为了防止注入水'突进'，提出要消灭高产井，即日产百吨以上的高产井不能再保留。我想我们是搞开发研究的，高产井来之不易，为何必须'消灭'嘛！关键是要搞清'低速'与'突进'的问题，不能简单地形成固定思维，所以试验组是专门朝培养高产井的方向进行试验分析……"根据王启民长期在油井上的细致观察，其实高产井也分有两种：一种是长命的高产井，另一种是短命的高产井。而所谓的"长命"与"短命"都是因为地下的不同情况所决定的。

"那么弄清楚储油的地层情况是关键。"王启民回忆说，他当时调了一位女技术员，专门研究地下情况。这位女技术员有位老师是地质大专家，所以王启民要求她把井上观察到的地质情况及时报告给她的老师，然后请老师解答其奥妙所在。

地质情况搞清后，再经过对井下砂体进行对比和追踪分析，明确了易水淹的高产短命井一般处于河床沉积的下切部位，其底部渗透率最高。而相对长命的高产井则处在河床下切带边部，所以相对含水上升慢。在此基础上，王启民再让搞流体力学的技术员精心画出注入水的流线分布图，其意图是想破解均匀注水的问题所在。

王启民的办法看起来似乎有点拙劣，但他的功夫用在摸清不同高产油井的地下规律，这个"功夫"后来被大专家们盛赞对开发大庆油田高产稳产具有"启民意义"。因为王启民通过多口井的对比，发现注入水突进是有规律的。比如S-1-3-27油井，就是一口典型的高产井，它处于几个时期河道边部叠加的厚油层，日产上百吨，累计产油达到100万吨。后来产量下滑，主要原因是含水上升慢，而它边部处于河床下切带的井厚度较大，所以成了短命井。而另外一些井的情况则与之相反。

"经过反复试验后，我们对不同高产井的地下情况得出初步结论：原来我们开发的几个主力油层，其实并不是湖相沉积，而是河流相沉积，且是由多条河流沉积的储层组成一个相对大平面的储油面积体，这个发现首先是地质学家的认识转变和突破。有了这个正确认识之后，对于我们搞开发动态的人来说，也就初步懂得了注入水突进是油层沉积条件造成的客观规律，而不是'定时炸弹'。这个认识实在是太重要了，它打破和摆脱了我们原先的固定思维模式，这个认识上的飞跃，让我们可以根据新的认识规律来进行对油田的注水开发工作了。高产油不再是以往的那种'长命'和'短命'的了，它都应该是相对的稳定寿命了……"当王启民把试验组的结论向领导汇报之后，油田领导宋振明高兴得直拍大腿，问王启民：我给你再大一点的区块试验，你能不能成功？

道理一个样，我会搞成功的！王启民毫不含糊道。

行，他要啥给啥，你们听着啊！宋振明干事向来军人作风。

这回王启民真的感到天地如此之大：他的试验战场比之前的地盘不知大了多少……

稳产高产的奥妙嘛，还是在他的"细功"上：利用动静结合的方法，让地质人员重新修正主要油层原来的砂体图，然后再在主体带部位上加强注水。对高含水的油井，则进行分层堵水，控制含水，其目的是利用主要油层的主体带先提高产量，然后再利用水淹带堵水和继续加强注水，使产量向主体带两侧转移进行接替，保持整个区域所有油井的稳产——这就是他的"王氏非均匀注水法"。结果，王启民试验的这一区块采油速度由1.1%提高到2%，并保持了5年稳产。

别小看了这从1.1%到2%的产油率的提高，它对拥有几万口井的大庆来说，简直就是个天文数字！事实上王启民及他的团队进行这样的试验，也并非像我用了这么简单的几十个文字就顺利完成的。其实这一大区块试验耗了王启民近10年功夫。这10年间他和团队的同事不论春夏秋冬，一年四季都在野外的油田上与地下的油和水之间摸索着，这种摸索不是一般人所能坚持得下去的，光是采集和分析的数据就达1000多万个！

"其实，任何科学都并非人们想象的那么高深和奥妙，他常常在我们的细微工作之中发现和摸索。"王启民说，当初他就要求试验组人员一不怕苦，二不怕烦，三不怕重复烦琐。特别是在搞清"六分四清"过程中工作非常辛苦，他首先要求大家深刻领会余部长、康部长所说的"岗位在地下，斗争对象是油层"的准确含意，其次要求试验组成员要敢下笨功夫，争当"地层活字典"和"地下好警察"。也正是在这种要求和精神下，王启民带领团队依靠双脚、双眼和双手采集来的1000多万个数据，研发出了一套"分层开采，接替稳产"的注水采油新模式。同样，也正是依靠这些数据的科学和合理的运用，他们为整个大庆油田绘制出了第一套高含水期地下油水饱和度图，从而摸清了油水在平面和剖面上的分布情况，揭示了油田不同含水期开采的基本规律和稳产手段。

王启民的成果获得验证之后，宋振明异常高兴，他像当年余秋里、康世恩给铁人王进喜等"五面红旗"披红戴花一样，给王启民记功授奖。

"5000万吨，稳产它个十年！"宋振明在中央和石油部领导面前拍胸脯。

稳产10年？10个5000万吨年产？这对大庆油田是一个惊天的目标啊！

1976年，大庆第一次实现了年产原油5030万吨，也意味着它第一次跨入了世界特大型油田的行列，从而开创了中国石油工业发展的新纪元！

这个时间非常重要，因为国家的改革开放就是在这之后的第二年全面开启，而从1978年之后国家各行各业所需的外汇成倍地增加。大庆人曾经骄傲地告诉我，因为他们油田的出口量成倍增长，大庆对改革开放初期全国的外汇贡献量最高时，每100元外汇中就有大庆人创造的14元——14%的份额确实值得石油人骄傲。

现在，大庆为了国家建设快速发展的需要，必须加足马力，力争每年为国家奉献5000万吨原油。

"10年连续5000万吨？不会是在说梦话吧？"有人提出严重质疑。之所以称这质疑"严重"，是因为了解大庆油田的人都知道，当时的大庆油田并非像油田之外的人认为的大庆地底下全是"咕嘟咕嘟"的油海，而实际情况是：整个油田的油井抽出来的"油"中含水量已经超过95%……

一次又一次地布井、一次又一次地在井之间加密；一次又一次的技术突破和攻关……然而仍然难以改变油田"今年不知明年"的生产局面，领导们和职工们都深感压力，一方面大庆红旗要高高飘扬，另一方面地底下的情况"越来越不争气"。在这种情况下，大庆人从上到下都在质疑：到底油田能不能实现较长时期的高产稳产，到底还有什么"高招"呢？

"王总，你说说吧！"王启民此时已经是研究院的总工程师。

王启民说，自己当时回答是：油田开发要学会"先吃肥、后吃瘦、再啃骨头，最后还要吸骨髓"。意思是大庆油田不仅主力油层平面上非均质性很严重，纵向上非主力差油层非均质性也很严重，即纵向上层数很多，渗透率很低，级差很大，但储量很丰富。只要我们会把这些差油层逐步地开发动用起来，就可以实现油田较长时间的接替稳产。

换种说法，由于二次加密调整井的对象是表外储层，它相当于做衣服时要扔掉的"边角料"，理当不能划为有效厚度的储层。但这样的"边角料"在广阔的松辽平原上，加起来就不是一般的量了！所以王启民对此激动万分，而假如这个"边角料"成立并能够开采的话，对正面临石油产量压力日益增加的大庆油田的领导甚至石油部领导来说，将是个振奋人心的喜讯。

然而，"边角料"是否可以成为一种资源，当时的分歧不小。首先是来自油田的技术专家层面。"启民啊,咱们的油田地下情况极为复杂。第一次加密井后已经出现了许多让我们头痛的现象,你现在再提出要搞第二次加密井,绝对是冒大风险的事啊!谨慎为好,可不要到处乱讲!"跟王启民说话的是油田的一位副总地质师,而且他非常尖锐地提出了这种意图获取"边角料"地层储量的油井有可能影响到其他原有的油井开采,甚至破坏整个储油层的地质压力均衡,从而对油田造成严重伤害。

权威专家的这些意见绝非没有道理,但问题是王启民在研究开采"边角料"时就已经意识到上述问题。现在,他需要的是通过试验来论证这种开采"边角料"的过程并不会影响现有油井开采,也不会改变整个油田的地下情况。科学便是如此,牛顿发现苹果从树上落下,再到提出"万有引力"理论花的时间不下十年。王启民现在提出的开采油田"边角料"观点也需要他自己去寻找到实践的"证据"——

王启民之所以被大庆人誉为"新时期铁人",就是因为他身上有股当年王进喜的精神——只要能为祖国多献石油,什么困难都不在话下。1988年和1989年两年中,他在中南三区表外储层布置了近20口井,进行开采性试验,以观察表外储层是否有一定的产能和可开采的可行性。

"那个时候,我们吃住在野外,像当年大会战一样,啥苦都吃过。但心里并不觉得苦,因为我们想着如果'边角料'开采可以获得成功,就又给整个油田连续创造年产5000万吨创造了新的条件。有了这份心思,啥都不在话下!"82岁的王启民回忆起这段历历在目的往事,依然豪气冲天。

经过对在不同试验区内的不同油井提取的岩心分析表明:表外

储层都具有物性很差的薄差油层，它们属于泥质粉砂岩，其含油产状均以油斑、油迹为特征，然而其产状厚度都较大，即便那些只有1.5米或2米的隔厚层内，仍旧有一定的厚度可供挖潜开采。"通过试验，再次证明，这样的'边角料'确是一种特殊的储量资源，由于它不能按原规范划有效厚度，所以我们称其为'表外储层'……"王启民说。

"既然'边角料'也能成衣，那就请王工先做几套给我们看看呗！"油田领导很支持王启民的油田开发创新理论。

在杏十一区三口井上进行试验，结果一试采油，初期平均日产6.41吨，经80天的试采后仍达日产2.69吨！

"好嘛！别说一口井是产2吨多，就是一天产一吨油，对油田来说，也是巨大的胜利！"油田领导听说后，专门跑到杏十一区油田现场向王启民表示祝贺。

然而，此时也有人还在观望王启民的另一个"难点"能否突破——开采了"边角料"，会不会形成对原有油井的"偷油"现象。

这一关比开采"边角料"有没有油更复杂和要命。王启民当然清楚，所以他在此问题上所下的功夫也更精到。他首先认为：表外储层不是孤立的砂岩体，它与表内层为同一水动力系统，而且表外层的开采可依托表内层而发挥作用。同时在邻近表内层注水条件下，通过压裂后不仅可以采出表外层自身储量，更重要的是可以采出表内层的部分储量。只有这样，才可能实现它的开采效果不仅好，而且不会"偷"其他油井。

杏五区的8口油井成了这一结论的成败关键！专家和油田上的很多人都在等待王启民的试验结果。

"要心平气和，沉着冷静。"王启民在"决战"时候，表现出了大将风度。

这个试验的复杂性和高难度，超乎想象。而要让人相信他王启民打的"边角料"井抽上来的油是来自"表外储层"而不是"偷"了"表内储层"，这必须有"硬功夫"上手。

"我们就对所布下的 8 口井拔取本身井网未注水的条件下开采，而且连续 19 个月进行开采试验，结果油产量令人极为满意，日产油在 19 个月时还能达到 9 吨，含水也只有 10%。8 口井在 19 个月中累计产油达 5757 吨，效果比较理想。"王启民用铁的事实，再次证明了他的"边角料"存油理论和实际效果。

"什么？边角料也能产油！"北京方面听说了王启民的创新发明实验及其效果后，立即命他亲赴石油部汇报。

"启民同志，你的这个'边角料'可是成宝贝了啊！"部里的专家会后，严敦实总地质师把王启民叫到自己的办公室，拍拍他的肩膀，兴奋道："余、康二位部长对你的'边角料'采油极感兴趣，约你亲自当面向他们汇报……"

王启民听后，当晚激动得久久不能入睡。这距他当年离开北京石油大学参加大会战已经整 20 年了！这 20 年中，王启民想，自己从一个普通地质技术员，成长为油田的一名高级工程师，这中间如果没有余、康两位部长正确地带领包括几万名石油铁军苦干巧干、不断探索着干，就不可能有大庆油田的今天，当然也不会有他王启民发挥才智的机会和战场……想到这儿，王启民从床头爬起，奋笔疾书，写了长长的汇报提纲。

第二天，他来到康世恩家，见到了久别的两位老部长。

"放开讲！"已从政治局委员和总政治部主任退任为中央顾问委员会常委的余秋里一甩空袖，说道。

于是王启民就原原本本地将他在油田上苦心研究出的"边角料"理论，如此这般的全盘托给二位德高望重的老部长听。

"老康，这可是立大功的一个找油新理论啊！你说呢？"余秋里听王启民介绍后，大喜。

康世恩频频点头，连称"是这样"！然后对王启民说，你们发现表外储层也是资源，这是一个理论和实践的重要突破，它很具有工业开采价值！我认为，据此进行油田二次加密调整工作具有实际的指导意义。建议油田尽快实施方案。

余秋里又道：鉴于"边角料"的特殊性，油田可以暂不列入油田储量之中，也不用向上面报，这样有利于鼓励油田创新发展。你们觉得怎么样？

王启民和同去汇报的石油部领导一听这话，深受鼓舞。

有了余、康两位老部长的表态和支持，大庆油田依据王启民及团队创造的表外储层理论，开始对整个油田的二次加密工作迅速作了全面布局。由此，油田再次开启持续年产5000万吨的快速航程。到1985年，油田不仅胜利实现了10年稳产5000万吨，还攀上了年产5500万吨的高峰，再创世界油田开发史上的奇迹。

1984年，王启民受命承担了大庆油田1986年至1995年第二个5000万吨稳产10年规划的编制任务。这绝非是件轻松的事。科学来不得半点虚假，油田也不是万能的聚宝盆，相反，此时的大庆主力油田的含水量已经升至了历史最高水平。怎么办？

王启民发扬"有条件要上，没有条件创造条件也要上"的"铁人"精神，再次向难啃的骨头和骨髓——更稀薄的表外储层要油。他主持研究并提出了"分阶段多次布井开发调整"理论，让只有几十厘米厚的表外储层也获得开发利用，打破了国内外公认的"不能开采的禁区"，真正实现了"变废为宝"的目标。之后的5年间，王启民主持了油田高含水后期"稳油控水"项目研究，不但有效地控制了产液量剧增，而且与国家审定的"八五"油田开发指标相比，累计多产原油610多万吨，累计增收节支150亿元。

"新时期铁人"的脚步没有停止，之后王启民又创新研制出能适应油田污水配置的超高分子量聚合物，使大庆油田成为世界上规模最大的聚合物驱油提高采收率新技术应用油田，使油田年产5000万吨的高峰一直延至2002年……

连续27年年产原油5000万吨啊！这样的纪录，世界石油史上前所未有！中国大庆油田由此成为世界石油界独一无二的存在。

为石油而生、为石油而痴的王启民不仅是这一奇迹的见证者，更是创造这一奇迹的功臣。他因此无愧于祖国给予他的"改革先锋""新时期铁人"和"新中国成立以来感动中国人物"等崇高荣誉。

大医忠诚

记中国工程院院士、著名神经外科专家王忠诚

◎ 刘标玖

王忠诚（1925.12.20—2012.09.30），山东烟台人，中共党员，曾任北京天坛医院院长、荣誉院长，北京市神经外科研究所所长。他是中国神经外科事业的开拓者和创始人之一，世界著名神经外科专家，中国工程院院士。

他幼时家庭贫困，高中时曾辍学，大学里半工半读，历尽艰辛才完成学业。他参加过抗美援朝医疗队，深为"脑外科伤员无法医治"而苦恼，遂立志从事神经外科。他刻苦钻研，努力攻关，在脑干肿瘤、脑动脉瘤、脑血管畸形、脊髓内肿瘤等方面都有独到之处和重大贡献，解决了一系列神经外科领域公认的世界难题。

他带领中国神经外科从无到有，从小到大，直至步入国际先进行列。他荣获2008年度国家最高科学技术奖，还被世界神经外科联合会授予"世界神经外科最高荣誉奖"，成为我国获此殊荣的第一人。

一个远大的志向

1978年3月下旬，中共中央、国务院在北京隆重召开了全国科学大会。

王忠诚时任宣武医院神经外科主任，有机会作为北京医学界的代表，出席了这次盛会，并在会上获得了"全国科学大会先进工作者"称号。他的专著《脑血管造影术》获得"全国科学大会奖"。

在会上，他聆听了邓小平的讲话，听到了"现代化的关键是科学技术现代化""知识分子是工人阶级的一部分""科学技术是生产力"等著名论断和观点，茅塞顿开。他觉得，小平同志的讲话澄清了长期束缚科学技术发展的重大理论是非问题，打开了长期禁锢知识分子的桎梏，对科学的发展将有巨大的推动作用。

在科学的春天里，王忠诚对神经外科的发展进行了战略思考，规划了发展纲要。他觉得，首先必须有个基地，有一定的硬件条件，还要有政策支持。于是，他向北京市领导和有关部门进言，希望建一座大型的现代化神经外科医院，当作神经外科的科研和治疗基地。

这是一个远大的志向，是一个伟大的战略构想，对中国的神经外科发展有着极其重要的意义。

王忠诚提出了申请，又四处奔走，寻求有关部门的支持和帮助。在这个过程中，他先后升任宣武医院院长，兼任神经外科研究所的所长。

1978年冬天，王忠诚冒着严寒，不断奔走于国家计委、卫生部和北京市政府等相关单位和部门之间，呼吁在北京建一所具有世界水平的神经外科医院。时任国家计委副主任的房维中被他的宏伟计划打动了，北京市常务副市长白介夫被他的锲而不舍感动了，于是，建设一所神经外科医院被正式列入国家重点建设计划，并于年底下达了相关的文件。

北京天坛医院的建设终于拉开了帷幕。

1980年动工的那一天，王忠诚出席了奠基仪式。随后，他就把自己的铺盖搬了过来，全身心地投入到医院的设计和施工中。他住在一间破旧不堪的小平房里，周边到处是杂草蚊蝇，环境和条件都相当差，但他没有在乎，一直坚守。

王忠诚不懂建筑设计，但他有个总体想法，那就是"顺其自然的构型，合理的格局，既满足使用功能的需要，又具备现代化的特点"。按照建筑设计师何平喜的说法："医院的建筑设计与饭店、公寓不一样，不能造成高大的体型。因此，天坛医院在设计上力求实用、线条简洁，方便患者治病，减少交叉感染，有利医院的管理，同时又要在建筑造型上给人一种现代化新型医疗设施之感。"

天坛医院设计占地面积85000平方米，总建筑面积92000平方米，功能是国内唯一的以治疗研究神经外科为主的大型综合医院。设计主体建筑由门诊楼、病房楼、手术楼、放射楼、科研楼、教学楼及附属设施组成。由于靠近天坛公园，不能破坏天坛古建筑群的空间完整，设计上必须有新的突破，楼层不能超过六层。因此，总体规划采取了分数式布局，把两幢主体楼设计成两个凹型，坐东朝西，周围环绕小建筑，充分体现了现实精神和时空观念。设计师还吸取国外先进理论，结合院址的实际情况，设计出了"地下环状主街"，用主街把门诊、病房、手术楼、科研、供应等有机联系起来，使自由尽端的各部既可"各自为政""自由发展"，又不影响医院总体完整和正常运转。

医院原定投资700万元。但是，要建设一座现代化大型医院，这点钱远远不够。王忠诚只好一次次找有关部门申请追加经费，最后追加到5800万元。

开工后的某一天，王忠诚站在北京天坛公园南面的一片建筑工地上，看着热火朝天的施工场面，不由心潮起伏。医院得以开工扩建，其中凝聚了他多少心血和汗水，只有他自己知道得最清楚。当然，这些并不是他心潮起伏的原因，真正让他激动或担心的，是他内心那个远大的志向如何更好地实现，他脑海里那个宏伟计划如何更好地落实。

那段时间，他几乎每天都要来工地看一看，用目光记录每一栋建筑成长的历程。

工地上开始呈现出医院建筑的雏形时，王忠诚按压不住内心的激动，特意带着一些同事来观摩。他指着那些建筑的雏形，兴奋地向同事们介绍："那边是主楼，这边是神经外科研究所，靠近门口的是急诊楼、辅诊楼，建成以后，我们的硬件条件会有很大的改善，最起码在亚洲是最好的。"

"那我们的设施设备是不是也要更新？"

"当然。我打算按照国外最先进的神经外科模式来建设，手术室装备必须是一流的，研究所必须拥有世界最先进的仪器设备。"

"太好了！那我们的神经外科在世界上就有一席之地了。"

"是啊！中国的神经外科不能永远处在落后局面，我们这代人如果不奋起直追，以后没法向子孙后代交代。"

王忠诚和同事们看着远处的工地，兴奋地交谈着，脑海里都浮现出王忠诚描绘的美好蓝图，脸上露出会心的笑容。

医院和研究所的硬件开始建设了，软件也必须加强。王忠诚在关注着建筑工地的同时，始终没有放松科研和临床工作，尤其是研究所的软件建设。1980年，他从战略和全局出发，把目光投向了神经系统疾病的流行病学研究，创建了全国第一个神经流行病学研究室。

研究所的春天

1982年1月7日，经北京市政府批准，北京第二医学院附属崇文医院改名为北京天坛医院。三个月之后，天坛医院正式挂牌。

此时，天坛医院建设工程已经有了很大进展，很多建筑已经矗立在人们视野里。旁边的天坛公园里正好也迎来了春天，到处桃红柳绿，一片欣欣向荣的景象。

在4月的明媚的春光里，王忠诚决定搬家。他带领北京市神经外科研究所和神经外科医护人员75名，从宣武医院迁到刚刚挂牌的天坛医院，开始了新的征程。

这时的天坛医院虽然充满了生机，但各种设施还不完善，条件相对较差，说是一个大的建筑工地一点也不为过。神经外科研究所虽然迁了过来，办公生活都在简易的小平房里，医疗设备也十分简陋。一时间，同事们的牢骚声不断传出，有些朋友也担心王忠诚的宏伟目标不切实际。王忠诚不以为然，他总是安慰大家说："面包会有的，一切都会有的！不久之后，我们的研究所将是世界上最先进的研究所。"

王忠诚一面带领大家在简陋的条件下搞科研，在简易的手术室里做手术，一面继续奔走，寻求资金支持和帮助，医院和研究所的建设得以有条不紊地进行。

就是在这种艰苦的条件下，王忠诚在实践中不断钻研，不断开拓手术领域，创造了一个又一个医学奇迹，填补了一项又一项医学空白。到1982年底，研究所已经有23项科研成果获得全国科学大会奖和北京市科技成果奖。其中，对脑电图的电子计算机分析、小鼠胶质母细胞瘤株的建立与传代、听神经瘤切除手术、射频机治疗三叉神经痛、垂体瘤的综合研究、血清垂体的放射免疫测定、垂体瘤组织培养过程中的内分泌素测定、垂体瘤超微形态观察、电子计算机断层扫描研究、微腺瘤的显微手术切除、溴隐亭治疗垂体瘤等，均已达到国内外的先进水平。

研究所取得了令人瞩目的成就，各国同行业机构和专家纷至沓来，国际间的学术交流活动十分活跃。世界卫生组织连续在这里举办了三次神经系统疾病与脑血管病讲习班，由近十个国家的专家对来自中国各地的神经外科医生讲学，并交流学术经验。数十个国家的神经外科专家专程来研究所参观访问，研究所也多次派医生出国考察。

1982年年底，神经外科研究所被世界卫生组织任命为"世界卫生组织神经科学研究和培训协作中心"，被卫生部任命为"全国神经外科培训基地"。

1983年，随着面积达5400平方米的基础实验室大楼的建成，随着先进的仪器设备逐渐添置，研究所的条件越来越好。研究所的学科研究室增加到了10个，分别是神经生物化学研究室、神经生理研究室、神经病理研究室、神经放射研究室、生理病理研究室、细胞生物研究室、生理解剖研究室、心理研究室、情报研究室、流行病学研究室，规模、仪器设备和科研水平都迈入了世界先进行列。

此后的3年间，王忠诚个人也取得了丰硕的成果，陆续完成了数个国内首例和世界首例：国内首例一次开颅夹闭四个脑动脉瘤，国内首例完全切除脑垂体腺瘤并保留正常腺组织，国内首次成功栓塞基底动脉瘤，世界首例摘除直径 9 厘米、内无血栓的巨大脑动脉瘤……让中国的神经外科越来越被世界瞩目。

1985 年，王忠诚又遇到一个更凶险的病例。患者刚上手术台，呼吸就突然停止，血压也测不到，一切生命体征都没有了，他还是坚持把手术做完，让病人起死回生。

一项"世界纪录"

患者名叫赵栓柱，是河南新乡市的一名中学生。从 10 岁开始，栓柱就经常头疼，时好时犯，但每次都在很短的时间内不治自愈。

1985 年 6 月底的一个午后，栓柱吃完午饭，正准备去上学，头突然又疼起来。像往常一样，爹让他躺到床上休息，以前都是这样休息一会就好了。栓柱躺在床上，越疼越厉害，疼得在床上打起滚来，最后竟然疼得昏了过去。

这种情况以前从来没有出现过，爹娘都慌了，他们赶紧行动，把栓柱送到最近的乡镇医院。

乡镇医院的医生也没碰到过这种情况，处理不了。栓柱爹只好带着儿子赶往县医院。

县医院的医生为栓柱做了腰穿检查，发现蛛网膜下腔出血，初步诊断为脑瘤，却拿不出好的治疗方案。医生建议说："这种病，只有去北京天坛医院，找一个名叫王忠诚的神经外科专家，才有可能治好。"

栓柱爹听了医生的话，知道没有别的办法，只好借了些钱，带着栓柱到北京找王忠诚。

7月3日，栓柱来到了天坛医院，找到了王忠诚。

王忠诚热情地接待了他们，认真地为栓柱做了CT、脑血管造影等一系列检查。看到结果，王忠诚也很惊讶，栓柱的大脑中动脉上长了个巨大的动脉瘤，是从没见过的那种巨大。动脉上长个小瘤子都很危险，这么大个肿瘤是非常可怕的，一旦破裂，患者必死无疑。即使不破裂，肿瘤压迫脑组织，引起剧烈疼痛和功能障碍，也是危在旦夕。

肿瘤这么大，王忠诚以前从来没有遇到过，手术难度肯定是非同一般，他也没有把握。但是，患者病情危急，必须尽快手术，他又不能见死不救。于是，他思虑再三，还是做出决定，亲自做这个手术。

经过周密的术前准备，栓柱被推上了手术台。可是，手术还没开始，栓柱就突然停止了呼吸，测不到血压，一切生命体征都没有了。

王忠诚知道，栓柱动脉上那个巨大的瘤子破裂了，大量出血造成了脑疝，几乎可以宣布死亡。按有关操作规程，这种情况下可以放弃手术。

这时，几个助手停下了手中的工作，不约而同地看着王忠诚，等着他做出停止手术的决定。但是，放弃手术就意味着患者死亡，继续手术还可能有一线生机，王忠诚不愿放弃。

大脑缺血的极限时间是6分钟，如果能在6分钟之内找到出血点，进行有效止血，也许还可以挽救患者的生命。但是，能够在短短的6分钟之内锯开颅骨，找到出血点吗？必须争分夺秒。

"继续手术！开颅！！赶紧！！！"在短短的数秒钟之后，王忠诚下了决心，发出了简短的指令。

骨锯架好，王忠诚亲自操作，动作熟练而快捷。按说，这些工作都是助手来做，但今天他等不及了，他必须在第一时间把颅骨锯开。

短短的3分钟，颅骨打开了。可是，王忠诚掀开颅骨，鲜血像喷泉一样汩汩而出。

眼下，最要紧的是止血，但鲜血淹没了整个视野，根本无法看清出血点在那里，怎么办？

王忠诚深吸了一口气，稳定了一下自己的情绪，然后把一根手指探进了患者的脑组织。脑组织非常复杂，每个脑区都对应着肢体的功能，任何损伤都会引起严重的后果。但是，为了挽救患者的生命，他已经顾不了那么多了。

凭着多年练就的手感，王忠诚用手触摸到了出血点，迅速进行了处理。血终于止住了，患者的血压上来了，同时进行的心肺复苏也很有成效，患者恢复了呼吸。一条鲜活的生命被王忠诚从死亡边缘拉了回来。

剥离和切除动脉瘤也费了不少功夫，但总算有惊无险。

手术成功了。切下的动脉瘤经过测量，瘤体直径达到9厘米，创造了一项世界纪录。在此之前，世界上成功切除的最大的一例颅内肿瘤瘤体直径只有8厘米，是1967年由西班牙医生切除的。时隔18年，王忠诚把这个纪录提高了1厘米。

手术结束，王忠诚下意识地看了看表，发现6个小时已经过去了。手术过程中，他总是全神贯注，没有时间概念，但他的身体却在时间的消耗中渐渐透支。走下手术台那一刻,疲惫的他顿觉头重脚轻,浑身就像散了架一样。

他在助手的搀扶下,硬撑着走出手术室,但大家都知道,等待他的将是一场大病。他的白细胞比常人少一半,抵抗力也只有常人的一半,这么长时间、高强度的体力劳动,他根本就受不了,但为了治病救人,他总是咬着牙坚持。

栓柱爹焦急地等在手术室门口,看王忠诚出来,担心地问:"王院长,栓柱怎么样?"

王忠诚强打精神,笑着回答:"手术很顺利,放心吧。"

栓柱爹激动得热泪盈眶,他一边抹着泪水,一边喃喃地说:"大恩大德,大恩大德啊!"

半个月后,栓柱头痛明显缓解,偏瘫有所恢复。

8月24日,王忠诚为栓柱做了脑血管造影复查,发现动脉瘤消失,中动脉未显影。CT复查也没发现肿瘤的影子。

术后两个月,赵栓柱痊愈出院。出院时,他不仅能下地走路,视力和记忆力也基本恢复正常。他看上去比来的时候胖了些,显得很健壮。栓柱爹拉着王忠诚的手,不知该说什么好,再次流下了感激的泪水。

这一年,王忠诚先后做了7例颅内巨大动脉瘤手术,都获得了成功。年底,他的研究课题"脑动脉瘤的显微手术"取得了重大成果,一举夺得"国家科技进步二等奖"。

这一年,对神经外科来说有着特殊的意义。自从1955年赵以成在同仁医院创建神经外科,王忠诚从天津调来北京,到这年正好过去了30年。30年来,王忠诚和他的同事们已经成功实施了10628例脑瘤手术,手术死亡率从早期的10%降低到4%,达到了国际先进水平。

勇 闯 禁 区

所谓"禁区",是指一个"未经许可不允许进入"的特殊区域。在医学界,"禁区"是指人体中不敢触碰的部位。在神经外科领域,"禁区"则是一个叫"脑干"的地方。

要说清楚这个问题,必须先了解大脑的解剖结构。人类的脑是所有器官中最复杂的一部分,是所有神经系统的中枢;虽然它看起来是一整块的样子,但它的结构很复杂,包括大脑、小脑、间脑和脑干等四部分。

大脑分左右两个半球,体积占整个中枢神经系统一半以上,重量占全部脑重量的60%～70%。大脑皮层的总面积可达2200～2600平方厘米,集中了约140亿个神经细胞。通常,大脑左半球以言语机能为主,在逻辑推理、数学计算等方面也起着主要作用;右半球以空间图象知觉机能为主,在音乐和艺术能力等方面起着特殊作用。

小脑在大脑的后下方,位于脑干的背面,也分左右两个半球,与大脑皮层、皮层下神经节、脊髓有许多联系,主要功能是维持身体的平衡,辅助大脑皮层对身体运动起协调作用。

间脑位于大脑半球下部,包括丘脑和下丘脑。丘脑是皮层下的感觉中枢,除嗅觉外,其他感觉都在丘脑中转换后再到大脑。下丘脑则调节内脏的活动和体内物质代谢,是植物性神经较高级的中枢,和情绪反应有密切的关系。

脑干包括中脑、脑桥和延脑。中脑位于间脑、脑桥和小脑之间，背侧称为四叠体，是视、听运动的反射中枢。腹侧称为大脑脚，与身体的运动和姿势的维持有很大关系。脑桥是小脑腹面特有的构造。连接小脑两半球，里面有大量的纵向、横向的神经纤维束，与其他脑区相连。延脑在脑干最下端，同人的基本生命活动，如呼吸、心搏、吞咽、肠胃运动、排泄等有关，被称为"生命中枢"。在脑干中央有许多分散的神经细胞纵横交错呈现网状，被称为网状结构，对维持大脑皮层的兴奋、使人处于清醒状态和调节内分泌功能有重要意义。

综上所述，被称为"生命中枢"的脑干是人脑中最重要的部分，一旦有了病变，将严重影响人体的功能。然而，脑干只有成人拇指大小，如果长了肿瘤很难处理，一直被视为手术的禁区。

王忠诚在做了无数次脑干周边的肿瘤手术后，便产生了向脑干进军的想法。在多年的临床实践中，他总结出一个经验，禁区总是相对的，曾经有很多被称为"禁区"的领域，被不断地突破。那么，脑干作为一个"禁区"，理论上也是可以被突破的。于是，他暗暗把脑干作为研究的目标，悄悄地向它发起了进攻。

王忠诚的进攻并不是盲目的，也不是单打独斗。他在研究所成立了一个科研小组，制订了详尽的攻关计划和实施步骤，一步一个脚印地前行。

他们首先从实验室研究起步。在王忠诚的直接倡导下，研究所建立起了动物实验室，并致力于实验环境的建设。实验室购买了大批的实验设备和一定数量的实验动物，挑选了科室优秀的医务人员，选择了与之相关的科研课题，便开始了脑干研究。

王忠诚是实验室的负责人，也是在实验室里工作时间最长的人。

他在这里做了大量的动物试验，探讨了呼吸、心跳、意识等与生命密切相关的神经中枢在脑干中的具体位置，观察和分析了物理的、化学的以及其他损伤对脑干产生的影响，掌握了第一手直观的资料。他发现，呼吸中枢对应的脑干主要部位（栓部）不容侵犯，损伤后呼吸无法恢复，会直接导致动物的死亡。心跳中枢对应的脑干部位损害，将引起胃肠道弥漫性出血，但对心脏功能的影响不是太大；意识中枢受到外力压迫，可能导致意识丧失，但解除压迫后有望恢复……

在实验室得到动物实验资料，王忠诚又转向临床的脑干研究。他先后观察了几十例脑干附近的肿瘤切除前后脑干的情况，了解手术前后脑干形态及功能的变化，分析人体脑干与动物脑干的区别，以检验实验室成果在临床的意义。他发现，术前脑干受压变形及缩小，其功能出现障碍，但脑干形态的变化与其功能障碍的程度并不一致，功能上有更多的保留；术后，脑干形态及功能都有所恢复，有的甚至恢复得很好。对于这种现象，他分析后得出原因，脑干旁边的肿瘤是慢慢长大的，在长大的过程中，脑干渐渐形成了一定的代偿能力，一旦摘除了肿瘤，功能便会很好地得到恢复。继而他又推断，既然脑干附近的肿瘤压迫脑干有这种代偿功能，那么，脑干内的肿瘤对脑干本身形成的压迫，应该也会有这种功能，肿瘤切除后，脑干应该也会得到很好的恢复。

从1987年起，王忠诚开始尝试着把研究成果用于临床，开始做脑干肿瘤的手术。第一次，他先从囊性肿瘤入手，异常小心地试探着进行，速度非常缓慢。他先用细针穿刺脑干，证实没有问题后再换粗一些的，证实仍然没有问题后，才继续往下进行，最后终于获得了成功。

关于脑干研究的过程，王忠诚在一次接受采访时曾有过详细的描述，他说："其实一开始我也害怕。那我就先研究在脑干外，但是压迫到脑干的肿瘤。脑干原来不是被压迫变形了吗？我要研究它恢复了没有，功能怎么样，有没有偏瘫。观察了一年，做了不少病历，发现完全可能恢复，这说明脑干本身有可缩性，有代偿能力，可以恢复。我的胆子就大了一点，接着研究囊性的脑干肿瘤。脑干很重要，哪都不能损害。我选择脑干薄的地方用细针穿刺，看会怎么样，对薄的地方有没有影响。发觉效果不错，胆子又大了一点儿，换了粗一点儿的针看看，效果还是很好。就这样，我一点点地大着胆子进行进一步的研究。切开，把瘤子掏出一部分，发现效果也很好，之后就逐渐全拿掉。当然，这里最要紧的原则是不能增加对病人的损害。以后就进而研究对各种性质不同的肿瘤，其不同的取法。最后积累了一套诊断、手术的办法。我原来也没有想到自己能解决脑干手术的难题。"

关于王忠诚手术治疗脑干肿瘤的临床实践，王忠诚的博士生、北京三博医院石祥恩教授后来回忆说："当时国内外还没有全面开展手术切除脑干肿瘤的先例，这方面的国内外资料和临床报告也少之甚少，任何细节都要反复思考，周密准备。刚开始开展手术时，老师都是亲自查看每个患者，亲自记录病人手术前脑干肿瘤的部位、术中的情况、术后病程，并用卡片画图留以保存，每例手术他都是从开始做到结束。脑干肿瘤的临床技术，就是这样一点点摸索出来的。"为了说明这个问题，石祥恩还举了一个例子。他说，关于手术入路的选择，刚开始手术时，往往采取脑干中线切开，因为从解剖结构来说，脑干腹侧是传导束，背侧是脑干核团聚集区，中线功能结构少。但是，由于肿瘤偏向一侧生长，从中线切开切除肿瘤后，患者反应严重，效果也不太好，有时切开后肿瘤寻找困难。经过反复探讨，后来逐步采取从肿瘤距离脑干表面最近的部位切开，这个部位虽然有重要的神经结构部位，但手术切开后，患者反应却不严重，有些患者甚至安然无恙。

实验室和临床得到的结论基本一致，那就是脑干有些部位可以手术，手术后的效果理论上应该不错。他把这个结论归纳了一下，称之为"脑干的可塑性"，从而形成了他的脑干肿瘤可切除的理论。1987年6月，王忠诚参加了在意大利首都罗马举办的世界"神经可塑性学术会议"。会上，他发表了题为"脑干可塑性临床研究"的主题演讲，受到了入会代表广泛关注。

王忠诚的第一例脑干手术具体是什么时候做的，患者的情况如何，笔者都没找到准确的资料。但是，从1988年6月25日的《北京日报》上，可以清楚地看到，当时他们已经成功实施了4例脑干肿瘤手术。原文如下：

> 本报讯（通讯员杨建民）天坛医院最近成功地在长期被国内外医学界视为"手术禁区"的脑干部位，为四例脑干肿瘤患者实施手术。它标志着我国脑干肿瘤治疗取得重大进展。
>
> 脑干被称为人体的"生命中枢"。由于脑干肿瘤生长在大脑深部，周围布满丰富的神经组织，在这里动刀极为危险。因此，脑干部位长期被视为"禁区"，脑干肿瘤便成为"不治之症"。患有这种疾病的病人因得不到有效的医治，一般只能生存半年左右。
>
> 从1987年起，天坛医院在王忠诚教授带领下，敢

闯"手术禁区",探索出应用显微技术切除脑干肿瘤的手术方法,并应用于临床。近一年来,他们已成功地对四例患者实施了这种手术。

一个领域攻克了,一批患者得救了,王忠诚的名气也越来越大。世界神经外科相关的会议都要邀请他参加,世界各地的高等医学院校很多请他去讲学,他的足迹几乎踏遍了五大洲,国际影响力也越来越大。

走上国际舞台

1987年10月,王忠诚应邀参加日本第46届神经外科年会,会议主席、日本神经外科创始人之一佐野向来宾介绍王忠诚时说:"王忠诚,来自中国,是世界著名神经外科专家。"日本的著名神经外科专家铃木二郎也对王忠诚极为推崇,他说:"全亚洲的神经外科是一家,这个家长应该是王忠诚。"

此前,王忠诚也参加过在加拿大多伦多举办的世界神经外科大会第八次会议,参加过在日本仙台举办的脑卒中神经外科国际会议,代表中国神经外科医生出访过苏联、美国、加拿大、意大利等很多国家,但王忠诚在国际学术界的地位并不算高,而这次,他不仅被请上了主席台,还代表中国作了题为《中国的神经外科现状》的报告。

他在报告中说:"中国神经外科事业已取得可喜成绩,现有神经外科病床8000余张,全国脑瘤手术已达8万余例,仅北京市神经外科研究所就做了1万余例,特别是动脉瘤手术已做了600例。颅内外动脉吻合手术也做了1580例,约占全世界总例数的三分之一。据不完全统计,中国已有神经外科医生3600多人,其中有主治医师约1000余人。北京、上海、天津等地已成为我国神经外科专业的科研和教学中心,为培养神经外科医生、护士和科研人员做出了自己的贡献。仅北京市神经外科研究所,已为全国培养临床神经外科医师约600人,包括神经外科专业护士、麻醉师、放射医师、电生理等专业基础人员,共计1300余名。中国现有神经外科研究机构23处,神经外科单位186个,分布在全国各大、中城市以及专区、县的医院中。目前世界所有的先进技术设备,已经进入或者正在进入中国的医疗科研机构。在神经流行病学研究方面,北京市神经外科研究所曾先后在北京市西长安街地区及全国其他6城市组织了神经系统疾病流行病学调查,在全国22个省区农村以及少数民族地区对25万人进行了神经系统疾病流行病学调查,规模之大,民族之多,分布之广,在世界上是少有的……"

王忠诚的报告引起国际同行的高度关注,赢得了会场的阵阵掌声。

这是一次质的飞跃,是中国神经外科在国际上受到尊重和认可的飞跃。

然而,王忠诚发现,偌大的主席台上,他是唯一的中国人。按说,他应该感到自豪,可他心里却产生了自卑的情绪,自尊心受到了打击。他想,中国作为一个人口大国,脑系疾病患病率也很高,可神经外科人才太少了,能够进入国际会议主席团的专家太少了。会议结束后,他感慨地对同行的人员说:"我们应该加把劲,大力发展神经外科，培养高尖端人才，争取有更多的医生能够参加国际会议，能够在国际上发表高质量的论文，能够为世界神经外科的发展多做贡献。"

多年来，王忠诚和同事们一直在为建设、发展中国的神经外科事业而努力，为把中国的神经外科推向世界而努力，他的梦想很简单，只是谋求一种与世界同行平等对话和交流的权力，谋求一种国际同行对中国神经外科刮目相看的神情。如今，他的梦想可以说已经实现，但他同时也发现了差距和不足，理想和目标也随之"水涨船高"。

这时，王忠诚已经62岁，早过了"花甲"的年纪。他的理想和追求已经不再是个人的成就和辉煌，而是中国神经外科的整体发展和世界神经外科的开拓创新，而是多为世界神经外科的发展做贡献。

回国之后，王忠诚规划了下一步的工作方向，精神抖擞地踏上了新的征程。他的下一个目标，也是国际上刚刚开展的一项技术，用脑组织移植的办法治疗帕金森病。

脑组织移植

这项技术的开展是从1987年开始的，起因是王忠诚在这年读到了一篇相关的文献。这篇文献的主要内容：墨西哥马德拉索（Madrazo）医生在这年采用显微外科技术，开颅直视下将自体肾上腺髓质、胎儿中脑黑质及胎儿肾上腺髓质植入脑内以治疗帕金森综合征，先后治疗32例，并取得了明显效果。

　　王忠诚读着这篇文献，脸上露出了笑容，心里便在跃跃欲试了。他研究和分析了文献中手术方法，觉得并不是太完善，还有可以改良优化的环节。

　　为了做到万无一失，王忠诚还是从实验室起步。他又找了一些相关的资料，包括瑞典医师巴克伦德（Backlund）做动物实验的资料，开始进行动物试验。他一起步就从异体脑组织移植开始，在猴子身上做试验。

　　实验开始后，王忠诚和罗世祺、黄山等医生一起，全力以赴，连续奋战，取得了宝贵的数据和经验。

　　这年冬天，一位帕金森病患者来院求医，王忠诚决定尝试着把这项新技术应用于临床，便向患者家属推介最新的研究成果。患者家属同意试用，他便和助手们一起走上了手术台。

　　他们采取开颅显微手术，从右额小骨瓣开颅，在额中回做脑室穿刺，确认脑室额角位置，在该部行皮质造瘘，置手术显微镜，确认尾状核位置。然后，从流产胎儿大脑中取出一块脑黑质，在手术显微镜直视下植入患者大脑的尾状核腔隙内。术后，经过几个月的观察，患者感觉良好，帕金森病的症状明显减轻。

　　手术成功了。这不仅是国内首例，在世界上也很少，可以说达到了国际先进水平。

　　1987年12月8日，又一名帕金森病患者入院。这是一名男性患者，48岁，帕金森病史已达4年，右上肢活动不便，右手书写困难，伴有僵直和震颤。检查发现，患者脸上毫无表情，像戴着一个面具，说话不流利，下颌及舌肌有细小震颤，四肢股张力增高……

　　经过一个多月的准备，1988年1月26日，王忠诚给患者做了手术。这次，他给患者做的是"胎儿肾上腺髓质尾状核内移植术"。

术后一周，患者双上肢的震颤明显减轻了，四肢肌张力也有所降低，仰卧时身体可以完全伸直。

一个月后，患者自我感觉身体轻快了许多，迈步已很自如。

一年后，患者的症状进一步减轻。

手术效果很好，吸引了不少的帕金森病患者前来就诊。后来的两年里，王忠诚和同事们又做了7例这样的手术，都取得了很好的疗效，手术方法也在实践中不断改良，达到了世界先进水平。在印度新德里举办的世界神经外科大会第九次会议上，王忠诚报告了题为《开颅直视下自体与胎儿肾上腺髓质脑内移植治疗帕金森病初步报告》的论文，引起了广泛关注。

在开展脑组织移植治疗帕金森病的同时，王忠诚还在积极推动一项国家战略——脑血管病的防治。

防治脑血管病

脑血管病是指由于脑血管破裂出血或血栓形成等各种脑血管病变所引起的脑部病变，以脑部出血性或缺血性损伤症状为主要临床表现，又称脑血管意外或脑卒中，俗称脑中风。它是导致人类死亡的三大疾病之一，在全球范围内，每年使460万人死亡，其中三分之一在工业化国家，其余发生在发展中国家，患病和死亡主要在65岁以上的人群。

中国是脑血管病死亡率高发地区，每年新发生脑血管病130万人、死亡近100万人，在幸存者中约四分之三的人留下偏瘫等后遗症状，部分病人丧失劳动能力和生活能力，给社会和家庭带来了巨大负担。

在全国部分省市神经流行病学调查过程中，王忠诚就发现了这个问题。他分析说，我国老年人所占的比例逐年增长，脑血管病的发病与死亡均随年龄增长而增高。尤其是患病率近乎呈直线上升，死亡率从45岁起大幅度上升，至70岁左右达到高峰，高血压、心脏病、糖尿病是造成脑血管病主要的危险因素，吸烟、饮酒、咸食，对脑血管病也有一定影响。由此，他呼吁全社会重视和加强对脑血管病的预防和治疗。

王忠诚认为，减少脑血管病对人类威胁的关键，在于预防。首先应广泛宣传和普及脑血管病知识，使之家喻户晓。特别是对于那些患有高血压、心脏病和糖尿病的老年人，更为重要。他建议要增加脑血管病的家庭病床，在有条件的医疗单位，每年应对患者进行一次家庭检查，早发现，早治疗，减少该病的死亡率。要提倡少抽烟，少饮酒，最后达到戒烟戒酒目的。要注意控制食盐量，多吃些清淡蔬菜。这对于缓解脑血管病的形成，有一定作用。在医疗上，要大力开展脑血管病的流行病学调查，查清其病因及范围，同时，组织全国科研人员对脑血管病进行攻关，提高治疗效果。

在一次卫生部领导参加的会议上，他发言说："当前脑血管病患者越来越多，但没有得到应有的重视，很多患者得不到及时发现，也不能及时住院治疗，造成严重的后果。对比心血管病受到的重视程度，脑血管病太弱了，也不太公平。因此，必须提高对该病的重视程度，为该病的预防、治疗乃至康复训练提供条件。"

王忠诚的呼吁引起了卫生部领导的高度重视。1988年初，卫生部正式设立了全国脑血管病防治研究领导组。领导组办公室设在北京市神经外科研究所内，选派专职人员负责，王忠诚被任命为第一任组长。

自此，他把更多的时间用在了脑血管病的防治和研究工作中，先后组织了几次领导组会议，商讨全国防治规划，推动卫生部制订合理的防治对策。他提出，首先要重视预防工作，注意轻型患者的全面检查，注意致病危险因素的分析、检测和控制，研究应激、遗传、血型等对发病的影响，力求减少脑血管病的发病；其次要积极应用新技术提高诊断水平，应用多普勒图像、数字减影、局部血流量测定、脑电地形图及诱发电位等，探索实验室指标对诊断的估价；再次要重视临床诊断和表现的探讨，对CT及动脉造影检查的报告，要结合临床表现进行分析，加深对脑血管病各种表现的认识，区别出血和缺血；还要注重对与脑血管病相关的全身情况的研究，如高血压、糖尿病，特别是脑心综合征的研究，提高对专业边缘部分的重视程度。

除了制订政策措施，他还亲自走上街头社区，开展脑血管病防治的宣教和咨询活动。领导组成立不久，他就和天坛医院医疗预防保健处的同志们一起，走进了天坛东街中区居委会，为居民召开了一次脑血管病防治动员会。他们向居民介绍了开展这项工作的重要意义和预防的有关知识，为居委会管辖片内35岁以上居民建立了保健卡片，定期检查随访。

预防之外，他对临床治疗毫不放松。一方面，他积极推动脑血管病临床治疗的开展，推动医疗单位设立脑血管病病床，改进急诊观察条件，推动医疗单位和康复医院建立横向联系，设立家庭病床，收治康复期病人；另一方面，他刻意加强了脑血管病的临床研究力度，注意总结临床诊疗的经验，提高诊疗水平。除了继续研究中医、中药、针灸等传统疗法外，还探讨了综合防治措施，最佳治疗方案。他带领同事们研究了国际上正在探讨的血小板抑制剂、钙离子拮抗剂、抗纤溶药物、血液稀释疗法，探讨了体外反搏、蛇毒、心脑脉宁、Ⅱ号氟碳代血液等的治疗效果，发展了脑血管病显微外科手术治疗技术，降低了手术死亡率。当时，北京神经外科研究所已经做了600余例颅内动脉瘤显微外科手术，手术死亡率仅为1.95%，达到了国际先进水平。

在印度新德里举办的世界神经外科大会第九次会议上，王忠诚报告了题为《721例脑血管病治疗分析》的论文。也是在这次会议上，王忠诚还主持了关于"颅内肿瘤手术治疗"的专题会议。与会专家一致认为，胶质细胞瘤是最棘手的一种肿瘤。它不仅切不干净，最易复发，而且生存周期短。全世界的神经外科医生都在探索，但却进展不大。

王忠诚也觉得这是一个很值得研究的课题，决定下一步要在这方面进行探索，为世界同行提供经验或教训。毕竟，北京神经外科研究所的条件在世界领先，中国的病例又相对较多，可能会更快更好地摸索出经验。

1989年，王忠诚从天坛医院院长这一行政岗位上退了下来，医院行政工作少了许多。他全身心地投入临床和科研中，重点开展了对胶质瘤的研究。

剑指胶质瘤

胶质瘤是起源于脑组织中神经胶质细胞的一种常见的颅内恶性肿瘤，约占所有颅内肿瘤的45%左右，在儿童和年轻人中多发。胶质瘤系浸润性生长物，它和正常脑组织没有明显界限，难以完全切除，对放疗化疗不甚敏感，非常容易复发。生长在脑干等重要部位的胶质瘤，手术难以切除或根本不能手术。

通过翻阅大量国外文献，王忠诚掌握了当时世界的最新研究成果。关于胶质瘤的治疗，国际上达成共识的首选策略是手术切除，基本原则是最大范围安全切除肿瘤，即在最大程度保存正常神经功能的前提下，最大范围地切除肿瘤病灶。世界著名神经外科专家爱泼斯坦等曾对34例儿童脑干胶质瘤进行了手术治疗，他们用超声吸引手术刀或激光刀操作，尽可能全切肿瘤，一些病例行诱发电位监测，术后症状均获改善。术后，还要辅以放疗、化疗，有助于抑制和杀死残留肿瘤细胞。

结合国外同行的经验，王忠诚探索、总结出一套以手术治疗为主的治疗方法。他决定找个合适的机会，把成果用于临床。

正在这时，一个胶质瘤患者来到了天坛医院。

1991年的阳春三月，北京乍暖还寒，但杨柳已经露出了一些绿意。

天坛医院门口，依然像往日一样熙熙攘攘，来自全国各地的脑病患者络绎不绝。一个面色憔悴的农民出现了，身上还背着一个十五六岁的少年。

这个农民名叫肖占英，他背上的少年是他的儿子肖志勋，家住河北固安县礼让村。肖志勋这年只有15岁，却不幸生了脑瘤，成了个四肢瘫痪、生活不能自理的重病患者。

来之前，肖占英带着儿子在当地医院做了检查，被诊断为脑干肿瘤，也被告知治不了。肖占英听到这个消息，一下子陷入了绝望。

看着肖占英痛哭流涕，医生也于心不忍，便告诉肖占英："北京天坛医院的王忠诚院长可以做这种手术，你去试试吧！"

肖占英像找到了一根救命的稻草，便匆匆忙忙地背着儿子来了。

王忠诚给肖志勋做完检查，诊断是"脑干星形胶质瘤"。这是一种恶性程度很高的肿瘤，又在脑干部位，不是手术的适应症。如果治疗，应该主要靠放疗和化疗，但效果也都不好。

肖占英看出了王忠诚的犹豫，一把抓住王忠诚的手，流着泪哀求说："王院长，您就行行好，救救我的孩子吧。他才15岁，正在上中学……"

"孩子的病情很重，手术风险很大，也不容易成功。"王忠诚如实相告。

"王院长，您就死马当作活马医，真是出了什么事，我们绝不怨您。"停了停，他又说："花多少钱我不怕，我回去把牛卖了，不行再卖房，怎么也得救我儿子的命。"

王忠诚被这个朴实的农民感动了，他毅然做出了决定："您放心，我亲自给您儿子做手术。"

手术前的准备工作，王忠诚做得一丝不苟。他亲自主持了几次会诊讨论，制订出详尽的手术方案，又动员各相关部门做好了准备。

3月27日，手术开始，王忠诚亲自主刀。手术过程险象环生，王忠诚都凭着他丰富的经验一一化解，最后取得了成功。

4月28日，肖志勋痊愈出院时，已经可以自己走路，不用父亲背了。肖占英激动地说："是王院长给了志勋第二次生命，这大恩大德我们永生难忘。"

王忠诚给肖志勋做完手术仅仅一个月后，1991年6月，第一届亚太地区国际颅底外科研讨会在日本召开，他带着刚刚整理好的论文《脑干胶质瘤手术治疗》，在大会上做了报告，引起了不小的轰动。同月，在莫斯科举办的欧洲神经外科第九届大会上，王忠诚作了题为《中国神经外科历史和现状》的报告，又一次提到了脑干胶质瘤手术治疗的成功经验，让欧洲同行惊喜不已。

一年后，肖志勋恢复得很好，由一个重病患者变成了一个健壮的小伙子。肖占英带着他来医院复查，王忠诚亲自接待了他们，并安排了详细的检查。结果显示，肖志勋病情稳定，没有复发迹象。肖占英激动地说："本以为志勋不会恢复得太好，没想到，他现在能帮我做家务了，还可以干一些清理猪圈等体力活。"

两年后，肖志勋恢复了学业，并顺利地读完了中学。

十八年后，2009年，已经结婚生子的肖志勋带着父亲和妻儿，专程来到北京，看望了他的救命恩人王忠诚。

方秋荣的病情比肖志勋更严重。第一，她的肿瘤也是长在脑干上；第二，她的脑干上长了两个肿瘤；第三，她脑干上的两个肿瘤病理性质不一样。

在颅内肿瘤中，多发性不同病理性质的肿瘤极为罕见，连王忠诚都是第一次见到。方秋荣的肿瘤一个在幕上中脑背侧意识区，是松果体肿瘤；另一个在幕下延髓闩部呼吸中枢，是血管网状细胞瘤。王忠诚给她做了多次检查，确定了这个诊断，他感慨地说："我搞了一辈子脑外科研究，做过几千例脑瘤手术，近百例脑干手术，这样的病例还是第一次遇到。"

方秋荣的丈夫刘均洪听到这话时，心里七上八下的，他担心王忠诚不能为妻子做手术。

这是1994年的春天，王忠诚已经69岁高龄，荣誉已经得了很多，按说已经不是个喜欢冒险和创新的年纪了。但是，为了治病救人，他还是愿意挑战，哪怕患者仅有一线生机，他也要去努力争取。

方秋荣的病情远比想象的复杂。在手术准备过程中，又检查出她患有病态窦房结综合征，每分钟的心率仅为40多次。本来脑干多发肿瘤的手术风险就特别大，再加上心功能不正常，许多人觉得凶多吉少。

王忠诚没有退缩。他和几个弟子一起制定了手术方案，先请内科给患者安装了心脏临时起搏器，以防麻醉时出现意外。

3月2日上午，手术正式开始。王忠诚亲自主刀，他的学生张俊庭、石祥恩担任助手，王保国副主任医师担任麻醉师。麻醉很顺利，方秋荣的心脏没出问题。王忠诚拿起手术刀，切开了头皮，张俊庭和石祥恩相互配合，锯开了颅骨，然后一层层深入，直到分开脑组织，露出肿瘤。每个手术环节都有条不紊，准确无误。

时间一分一秒地过去，王忠诚时而亲自操作，时而指导学生，累得额头上冒出了汗。他的两个学生也都是神经外科领域的著名专家了，但在如此复杂的手术面前，也只能像一个小学生一样，在老师的指导下小心翼翼地操作着。

分离肿瘤时，王忠诚全神贯注，整个身体像尊雕像，一动也不动，双手却在显微镜下忙活着。他额头上的汗越来越多，护士轻轻地帮他擦掉。

肿瘤成功与正常组织分离，然后是止血、切除、再止血……经过6小时15分钟，两个肿瘤被完全切除，手术胜利完成。

术后，方秋荣的肢体功能渐渐恢复，能够自如行走了。她的心脏功能也渐渐转好，心率提高到正常的70多次。

3月28日，方秋荣痊愈出院。临行前，她与医护人员依依话别，她的丈夫刘均洪也一再表示感谢。刘均洪激动地说："王忠诚院长让秋荣获得了新生，恩同再造。"

方秋荣的成功救治，为脑干多发性肿瘤的手术积累了经验。几个月后，王忠诚又碰到了一个更特殊的患者，这个名叫张守和的患者颅内竟然长了四个肿瘤，其中一个长在右小脑半球，两个长在脑干上，一个长在延髓内。

王忠诚用了9个半小时，再次成功地完成了手术，创造了脑干多发性肿瘤手术的奇迹。《健康报》《中国卫生信息报》《北京晚报》等多家报刊进行了报道。

至此，王忠诚已经做了100多例脑干肿瘤手术，数量绝对是世界第一，死亡率仅1%，也是世界领先水平。他的手术技术已经炉火纯青，达到了登峰造极的地步，按他自己的说法："现在世界上能做的神经外科手术，中国已经都能做；世界上做不了的，有的我们也成功地做过了。"也就是说，从这时起，王忠诚和他领导的天坛医院已经以无可辩驳的优势，站在了世界神经外科的前沿。

王忠诚已经69岁，即将进入古稀之年。他的身体在早年受过强烈的辐射，虽经多方调整，但一直算不上太好。因此，在学术研究和临床实践中，他开始有了力不从心的感觉。于是，他决定，调整工作重心，把主要精力转移到推动全国神经外科事业发展上，在全国建立一个神经外科网络，把全国的神经外科整体推到世界先进水平行列。

这时，王忠诚又迎来了两件喜事，一是光荣当选为中国工程院院士，二是他领衔研究的"脑干肿瘤的外科治疗"获得该年度国家科技进步二等奖。加上贵阳脑科医院的签约，迈入古稀门槛的王忠诚可以说"三喜临门"，同事弟子纷纷前来贺喜。

祝贺之余，大家纷纷关心起他的身体。有的劝他："在神经外科领域，你已经功成名就，达到了事业的巅峰，再拼命还有什么意义？"有的说："现在，您应该把健康放在第一位，和普通的退休老人一样安享晚年。"家人也劝他："年龄大了，身体又不太好，该休息了。"

王忠诚笑而不语，但他没有停歇，每天依然按照他自己的计划忙碌着。他不仅继续为他的"网络"建设而东奔西走，还不忘科研和临床。1995年春天，70岁的王忠诚又亲自主刀，成功切除了一例世界罕见的巨大脊髓内肿瘤。

又一个"世界首例"

1995年春节前夕，江苏省淮阴市（现淮安市）第二人民医院的家属院里，家家户户都在忙着筹备年货，一派节日气氛。然而，在医院党委书记范继才家里，却连一点过节的迹象都没有。

范继才独自坐在沙发上，望着躺在床上的儿子范勇，目光呆滞。一年前，儿子在一次跑步中偶然发现双腿活动失调，以后渐渐加重，走路时打晃，双上肢也出现了抬举困难的症状。他带着儿子去另一家神经外科较好的医院看了看，被诊断为髓内巨大肿瘤。身为医院领导，他对一些医学常识还是很清楚的，知道这是世界上尚未完全攻克的医学难题之一。

脊柱支撑着人的躯体，但脊柱椎管里的脊髓却更重要，它支配着人的知觉和运动。椎管的脊髓内长了瘤子，就像一根水管中堵了一块石头，上下不通，造成瘫痪。这个病对人体功能影响很大，然而治疗起来没有什么好办法，尤其是很难做手术，因为医生的每一个细小动作都关系到病人的生与死，健康与瘫痪。多年来，脊髓内肿瘤只能做活检和减压，顶多是部分切除，没人敢做全部切除手术。

这个诊断结果，对范继才来说无疑是晴天霹雳。可是，作为一家之长，作为男人，他在家人面前不能表露出过多的忧愁，只好把痛苦咽进肚子里。

春节当然没有过好，儿子的病痛让全家人没有过节的心情。大年初二，范继才坐不住了，他不能看着儿子的病情一天天加重，决定带着儿子去省城求医。

范继才到了省城南京，找到了南京最好的医院和神经外科专家，做了最详尽的检查。专家看了范勇的检查结果，给出的诊断与淮阴医院一样，处理结果也大同小异。专家无可奈何地摇头说："肿瘤太大了，这个手术我不敢做。"

"您能不能给我指条路，国内有谁能做这个手术？"

专家摇头："据我所知，不仅国内没人敢做，世界上估计也很少有人敢做。"

范继才的心一下子凉了，无奈地回了淮阴。

范勇的病越来越严重，一天比一天消瘦，肢体的功能也越来越差。范继才看在眼里，痛在心里。不行，不能让儿子在家里等死，就是找到天涯海角，也要为儿子找到再世华佗。

范继才决定去一趟上海。他听说过那里的神经外科水平比较高，看看那里有没有办法。到了上海，他找到了一个著名专家，把核磁共振片子小心翼翼地递到专家手里。

专家接过片子，认真看了半天，肯定地说："这个病治不了！回家等着吧，孩子想吃啥就给吃点啥。"

这个专家在国内应该算是很权威了，做出这样的结论，无疑是给范勇判了"死刑"，范继才的希望顷刻间化为泡影。然而，专家已经这么说了，范继才也没有其他办法，只得拖着沉重的脚步回家，按专家的说法"等着"。

在家"等着"的日子里，范继才一直守在儿子身边，强打精神与儿子聊天，挖空心思为儿子做好吃的。他想在孩子有限的生命里，尽可能多给儿子一点关怀和父爱。

这天，范勇吃了点东西，昏昏沉沉地进入了睡眠状态。范继才信手翻看着前段时间没顾上看的报纸，突然发现了一篇介绍王忠诚和北京天坛医院的文章，他眼睛一亮，迫不及待地读起来。

范继才过去就听说过王忠诚，知道他是著名神经外科专家，脑瘤手术做得特别好。这张报纸上的文章告诉他，王忠诚不仅脑瘤手术做得好，还在不断地突破神经外科的"禁区"，使很多"不治之症"变为可治。

绝望中的范继才看到了一丝希望的曙光。他想起本院泌尿科主任的亲戚在北京天坛医院工作，便决定去找这位亲戚帮忙，争取让王忠诚给看一看。

2月下旬的一天，范继才和爱人一起，抬着儿子直奔北京。来到天坛医院，他们先找到了泌尿科主任的亲戚——王恩真主任，请王主任引见去看王忠诚。当时，王忠诚正好不在医院，王恩真主任便带着他们先去神经外科看了另一个专家的门诊。

检查发现，范勇全身肌肉严重萎缩，可以说骨瘦如柴，一米八的身高，体重还不到九十斤。他的四肢一点力气也没有，躺在担架上一动不动，只有那双眼睛还眨呀眨的。

专家又看了范勇的片子，遗憾地告诉王恩真和范继才："以前的诊断没有错，治疗方法只能是手术。但是，这么大的肿瘤，手术难度很大，世界上都没有人做过，我们也做不了。"

范继才的心一下子凉了大半截儿，但他仍不甘心，试探地问："王院长也做不了吗？"

"王院长也没做过。但你可以找他看一看，只要他敢做，那就还有希望。如果他说不能做，你跑遍全世界也没有办法了。"

第二天，王恩真带着范勇的片子，抱着试试看的想法找到了王忠诚，以求最后的定夺。

王忠诚反复地看片子，不由倒吸一口冷气。只见一条粗2.5厘米、长22厘米、形状像毛毛虫状的肿瘤横卧在延髓、颈髓以及上胸髓之内，占据了9节椎体，把脊髓挤向周围，挤得像葱皮那样薄。他边看边喃喃地说："瘤子太大，神经系统严重受压，没有退路……"

"能做手术吗？"王恩真忐忑地问。

"手术风险很大，但也有成功的希望。"王忠诚的话不多，但字字有分量。

王忠诚经过慎重考虑，决定收治范勇，亲自给范勇做手术。王恩真立刻把这个喜讯告诉了范继才。

范继才听王恩真一说,激动得热泪盈眶,兴奋得语无伦次:"儿子这回算是有救了!这回算是有救了!"

范勇被抬进了神经外科八病房,住上了院,开始做术前的准备。王忠诚亲自为他做了一系列的检查,又专门召开会议进行了病例讨论。大家一致认为,患者肿瘤巨大,肢体神经受损严重,手术难度极大,稍有不慎,很可能会出现高位截瘫,甚至造成延髓受损危及生命。但是,除了手术,没有任何保守治疗的选择。

有人劝王忠诚:"这是一个世界性的难题,咱们也没有经验,还是别冒这个险了吧?"

"您已经70岁了,早已功成名就,万一这次……"

"医生的名声再重,也重不过病人的生命。"王忠诚不为所动,仍坚持做这个手术:"外科手术谁也不敢打保票,生与死的界限很微妙,而重大手术一般情况下都是风险大于希望。这例手术确实是一例高精尖难的手术,有巨大的风险,可是,只有承担巨大的风险,才能为患者争得生存的希望。"

王忠诚态度坚决,别人也不好再说什么,只能全力配合。

为了解决这个世界性难题,王忠诚又开始了全面慎重的术前准备。他翻阅了大量的国内外文献,对脊髓结构及功能进行了仔细研究。结合本院脊髓外肿瘤手术成功的经验,通过对动物脊髓血管栓塞模型的试验,探索脊髓内肿瘤入路的办法。他心里渐渐有了底,并越来越自信,他觉得,肿瘤不但有可能全部切除,术后病人的瘫痪应该也会有明显改善,甚至有恢复健康的可能。

3月16日,一个普通得不能再普通的春日,但对范勇来说,却是个生死存亡的重要日子。早晨7点半,护士把他推进了手术室,开始做术前麻醉准备。麻醉科主任王恩真教授亲自为他实施了麻醉。

　　这一天，对王忠诚来说，也是一个重要的日子，他要么创造奇迹，要么留下医学生涯的重大遗憾。这天他起了个大早，简单地吃了早饭便赶到手术室，认真地检查了手术的准备情况，重温了手术方案。8点半，他带着助手张俊庭副主任医师走上了手术台，开始做这个举足轻重的脊髓肿瘤全摘除手术。

　　手术开始，一切顺利，戴着花镜的王忠诚不断调整自己的位置，以便使自己和助手的手术视野保持最佳。后颅凹及椎板被打开，王忠诚手持手术剪小心翼翼地剪开了硬膜。这时，白白的脊髓暴露出来，上面布满了血管，却看不到肿瘤在哪里。

　　肿瘤当然就在其间，但从哪里下手呢？王忠诚有些为难。考虑了足足有三分钟，他才做出决定。他先纵向切开脊髓，从肿瘤的上端延髓向下一点点分离，分离到约一半时，又从肿瘤下端胸髓慢慢地向上剥离，然后避开血管，再剥离中间。手术的速度很慢，每一刀下去王忠诚都要考虑再三，他知道，在这个节骨眼上，每一个动作，每一个错误的指导，都关系到病人的生命安全。搞不好，前面所作的一切努力都会付诸东流。

　　时间一分一秒过去，墙上钟表的时针已经指向了下午5点钟，手术室其他手术都早已结束，王忠诚和助手们还在艰苦地剥离着肿瘤，连午饭都没顾上吃。在不到30厘米长的刀口处，一条褐色的瘤体被一点点分离出来。

　　手术室外，范继才坐在椅子上，不时地看手表，不时地站起身子向手术室观望。他看不到自己的儿子，却看到其他患者一个个被平安推出来，手术室外等候的患者家属也一拨一拨地离去。他相信王忠诚的医术，也在心里祈盼着手术成功，但随着时间的推移，他的心情越来越紧张。

5点半,手术获得了重大突破,瘤体终于被完整地端了出来。王忠诚和张俊庭相视一笑,手术室的气氛顿时变得轻松了些。

此后的手术环节进行得很快,时钟指向6点15分时,手术全部结束。

经过9小时45分钟的艰苦努力,手术成功了。长22厘米、粗2.5厘米的髓内巨大肿瘤被成功摘除,不仅国内绝无仅有,在世界范围内也是第一例。手术室里一片欢腾。

看到王忠诚面带笑容走出手术室,站在门口的范继才松了一口气。但他还不放心,赶紧迎上来,急切地问:"王院长,手术怎么样了?"

"瘤子全取出来了,放心吧。"王忠诚短短一句话,却像和煦的春风,抚平了范继才眉宇间的愁结。

"太好了,太好了!谢谢,谢谢!"范继才激动不已。

术后,在医护人员的精心监护下,范勇成功地度过了危险期,慢慢康复,一个月后出院。

从北京回到家,范勇的身体恢复得很快,三个月后就完全康复了,体重增加到60多公斤。

一个久卧病床、病入膏肓、一切都要人照料、被许多专家判了死刑的青年,半年之后竟奇迹般站了起来,和常人一样有说有笑,有跑有跳,还能骑着自行车到处转,一时被传为佳话。

十七年后的2012年,王忠诚逝世,范勇还活得好好的。他手术后没有留下任何后遗症,不仅结了婚,还有了一个可爱的女儿,生活平静而幸福。

给范勇做完手术,王忠诚又先后为130多位脊髓内肿瘤患者做了手术，年龄最大的 65 岁，最小的 8 岁，都获得了成功。术后除 2 例出现硬膜外积液，后修补症状好转外，大部分患者得到了满意的恢复，无一例肢体瘫痪或死亡。

王忠诚通过完成这个"世界首例"，打开了一个领域，救活了一批患者。

至 高 荣 誉

如果把人的一生比作四季，那么古稀之年无疑应该算"深秋"。经过了春播夏长，秋天是收获的季节。在人生的秋天里，王忠诚迎来了密集的收获期。

1995 年，70 岁的王忠诚毫无争议地荣获了"全国卫生系统先进工作者"称号，他的科研成果"脑干占位性病变及其外科治疗"获得国家科技进步二等奖，北京市科学技术委员会做出"向王忠诚同志学习的决定"。

1997 年，他被中国科学技术协会评为"全国优秀科技工作者"，被北京市委授予"北京市优秀共产党员"称号，荣获首都精神文明建设奖章，荣获"何梁何利基金科学与技术成就奖"。这年，他还光荣地当选为中国共产党第十五次全国代表大会代表。

1998 年，他当选为第九届全国人民代表大会代表，主席团成员。

1999 年，他的科研成果"脊髓髓内肿瘤显微外科手术治疗的基础与临床研究"再获国家科技进步二等奖。被北京市总工会授予"首都楷模"称号，参加了国庆50周年系列庆典，受到党和国家领导人的亲切接见。

2000年，他荣获卫生部颁发的"白求恩奖章"。

2001年，他被评为全国优秀共产党员，当选为中国共产党第十六次全国代表大会代表。

在国际上，他先后两次被美国传记研究所评为世界名人，授予"杰出领导奖"和"国际公认奖"；被英国剑桥国际传记中心授予"国际荣誉勋章"。2001年，他更是被世界神经外科联合会授予"世界神经外科最高荣誉奖章"。

这枚沉甸甸的"最高荣誉奖章"，是世界神经外科领域级别最高、分量最重的奖章。该奖章每四年才颁发一次，王忠诚是获此殊荣的第一位中国医生。

这枚奖章，标志着中国神经外科得到了世界的承认，标志着以王忠诚为代表的中国神经外科人挺起了脊梁，走向了世界……这不仅是王忠诚的至高荣誉，也是中国神经外科的至高荣誉。